U0454950

本色文丛·柳鸣九　主编

无味集

黄晋凯／著

海天出版社（中国·深圳）

图书在版编目（CIP）数据

无味集 / 黄晋凯著. —深圳：海天出版社，
2018.7
（本色文丛）
ISBN 978-7-5507-2433-4

Ⅰ. ①无… Ⅱ. ①黄… Ⅲ. ①散文集－中国－当代
Ⅳ. ①I267

中国版本图书馆CIP数据核字（2018）第121324号

无味集
WUWEIJI

深圳出版发行集团
海天出版社

出 品 人 聂雄前
策划编辑 林星海
项目负责人 韩海彬
责任编辑 韩海彬
责任校对 万妮霞
责任技编 梁立新
装帧设计 深圳斯迈德设计 Smart 0755-83144228

出版发行 海天出版社
地　　址 深圳市彩田南路海天大厦（518033）
网　　址 www.htph.com.cn
订购电话 0755-83460397（批发） 0755-83460397（邮购）
印　　刷 深圳市新联美术印刷有限公司
开　　本 787mm×1092mm 1/32
印　　张 12.25
字　　数 210千
版　　次 2018年7月第1版
印　　次 2018年7月第1次
定　　价 54.00元

黄晋凯（1939—2017），生在南方，长在北方。1957—1962，就读于北京大学西语系法语专业。从毕业到退休，一直在大学任教，主要讲授欧美文学史。中国人民大学教授。无为、无怨、无悔的教书匠人生。

总序：学者散文漫议

◎ 柳鸣九

“本色文丛”现已出版三辑，共二十四种书，在不远的将来，将出齐五辑共四十种书。作为一个散文随笔文化项目，已经达到了一定的规模，也大致上形成了自己的特色：一是以“有作家文笔的学者”与“有学者底蕴的作家”为邀约对象，而由于我个人的局限性，似乎又以“有作家文笔的学者”为数更多；二是力图弘扬知性散文、文化散文、学识散文，这几者似乎可统称为“学者散文”。

前一个特点，完全可以成立，不在话下，你们邀哪些人相聚，以文会友，这是你们自家的事，你们完全可以采取任何的称呼，只要言之有据即可。何况，看起来的确似乎是那么回事。

但关于第二个特点，提出“学者散文”这个概念本身就是易于带来若干复杂性的问题，要说明清楚本就不容易，要论证确切更为麻烦，而且说不定还会有若干纠缠需要澄清。所有这些，就不是你们自己的事，而是大家关心的事了。

在这里，首先就有一个定义与正名的问题：究竟何谓“学者散文”？在局外人看来，从最简单化的字面上的含义来说，“学者散文”大概就是学者写的散文吧，而不是生活中被称为“作家”的那些爬格子者、敲键盘者所写的散文。

然而实际上，在散文这个广大无垠的疆土上活动着的人，主要还是被称为作家的这一个写作群体，而不是学者。再一个明显的实际情况就是，在当代中国散文的疆域里，铺天盖地、遍野开花的毕竟是作家这一个写作者群体所写的散文。

那么，把涓涓细流的“学者散文”汇入这个主流，统称为散文不就得了嘛，何必另立旗号？难道你还奢望喧宾夺主不成？进一步说，既然提出了“学者散文”之谓，那么，写作者主流群体所写的散文究竟又叫什么散文呢？虽然在中外古典文学史中，甚至在20世纪前50年的中国文学界中，写散文的作家，大多数都同时兼为学者、学问家，或至少具有学者、学问家的素质与底蕴。只是在近半个多世纪以来的中国文学界中，同一个人身上作家身份与学者身份互相剥离，作家技艺与学者底蕴不同在、不共存的这种倾向才越来越明显。我们注意到这种现实，我们尊重这种现实，那么，且把近半个多世纪以来由纯粹的作家（即非复合型的写作者）创作的遍地开花的散文作品，称为“艺术散文”，可乎？

似乎这样还说得过去，因为，纯粹意义上的作家，都是致力于创作的，而创作的核心就是一个“艺”字。因此，纯粹意义上的作家，就是以艺术创作为业的人，而不是以“学”为业的人，把他们的散文称为艺术散文，既是一种应该，也是一种尊重。

话不妨说回去，在我的概念中，“学者散文”一词其实是从写作者的素质与条件这个意义而言的。“素质与条件”，简而言之，就是具有学养底蕴、学识功底。凡是具有这种特点、条件的人，所写出的具有知性价值、文化品位与学识功底的散文，皆可称“学者散文”。并非强调写作者具有什么样的身份，在什么领域中活动，从事哪个职业行当，供职于哪个部门……

以上说的都是外围性的问题，对于外围性的问题，事情再复杂，似乎还是说得清楚的，但要往问题的内核再深入一步，对学者散文做进一步的说明，似乎就比较难了。具体来说，究竟何为“学者散文”？“学者散文”究竟具有什么特点？持着什么文化态度？表现出什么风格姿态？敝人既然闯入了这个文艺白虎堂，而且受托张罗“本色文丛”这个门面，那也就只好硬着头皮，提供若干思索，以就教于文坛名士才俊、鸿儒大家了。

说到为文构章，我想起了卞之琳先生的一句精彩评语，那时我刚调进外文所，作为他的助手，我有机会听到卞公对文章进行评议时的高论妙语。有一次他谈到一位年轻笔者的时候，用幽默调侃的语言评价说：“他很善于表达，可惜没什么可表达的。”说话风趣幽默，针砭入木三分。不论此评语是否完全准确，但他短短一语毕竟道出了为文成章的两大真谛：一是要有可供表达、值得表达的内容，二是要有善于表达的文笔。两者缺一不可，如果两者具备，定是珠联璧合的佳作。这个道理，看起来很简单、很朴素，甚至看起来算不上什么道理，但的的确确可谓为文成章的“普世真理”、当然之道。对散文写作，亦不例外。

就这两个方面来说，有不同素养的人、有不同优势与长处的人，各自在不同的方面肯定是有不同表现的，所出的文字，自然会有不同的特点与风格。一般来说，艺术创作型的写作者，即一般所谓的作家，在如何表达方面无一不具有一定的实力与较熟练的技巧。且不说小说、诗歌与戏剧，只以散文随笔而言，这一类型的写作者，在语言方面，其词汇量也更多更大，甚至还能进而追求某种语境、某种色彩、某种意味；在谋篇布局方面，烘托铺垫、起承转合、舒展伸延、跌宕起伏、统筹安排、井然有序。所有这些，在中华文章之道中本有悠久传统、丰富经验，如今更是轻车熟路，掌握自如；在描写与叙述方面，不论是描写客观的对象还是自我，哪怕只是描写一个细小的客观对象，或者描写自我的某一段平常而普通的感受，也力求栩栩如生、细致入微，点染铺陈，提高升华，不怕你不受感染，不怕你不被感动；在行文上，则力求行云流水，妙笔生花，文采斐然，轻灵跃动；在阅读效应上，也更善于追求感染力效应的最大化，宣传教育效应的最大化，美学鉴赏效应的最大化。总而言之，读这一种类型的散文是会有色彩缤纷感的，是会有美感的，是会有愉悦感的，而且还能引发同感共鸣，或同喜或同悲，甚至同慷慨激昂、同心潮澎湃……

我以上这些浅薄认识与粗略概括是就当代与学者散文有所不同的主流艺术散文而言的，也就是指生活中所谓的纯粹作家的作品而言的。我有资格做这种概括吗？说实话，心里有些发虚，因为我对当代的散文，可以说是没有多少研究，仅限于肤表的认识。

在这里，我不得不对自己在散文阅读与研习方面的基础，做出如实的交代：实事求是地说，20世纪前50年的散文我还算读过不少，鲁迅、茅盾、冰心、沈从文、朱自清、俞平伯、老舍、徐志摩、郁达夫、凌叔华、胡适、林语堂、周作人等人的散文作品，虽然我读得很不全，但名篇、代表作都读过一些。这点文学基础是我从中学教科书、街上的书铺、学校的图书馆，以至后来在北大修王瑶的中国现代文学史期间完成的。在大学，念的是西语系，后又干外国文化研究这个行当，从此，不得不把功夫都用在读外国名家名作上面去了。就散文作品而言，本专业的法国作家作品当然是必读的：从蒙田、帕斯卡尔、笛卡儿、伏尔泰、狄德罗、卢梭，到夏多勃里昂、雨果、都德，直到20世纪的马尔罗、萨特、加缪等。其他专业的作家如英国的培根、德国的海涅、美国的爱默生、俄国的屠格涅夫等人的作品，也都有所涉猎。但我对中国20世纪50年代以后的半个多世纪以来的散文随笔就读得少之又少了，几乎是一穷二白。承深圳海天出版社的信任，张罗“本色文丛”，这对我来说，实在是“专业不对口”，只是为了把工作做得还像个样子，才开始拜读当代文坛名士高手的散文随笔作品。有不少作家的确使我很钦佩，他们在艺术上的讲究是颇多的，技艺水平也相当高，手段也不少，应用得也很熟练，读起来很舒服，很有愉悦感，很有美感。

不过，由于我所读的中国现代文学中的散文名家，以及外国文学中的散文作家，绝大部分都是创作者与学者两重身份相结合型的，要么是作家兼学者，要么就是我所说的“有学者底蕴的作家”，“近朱者赤近墨者黑”，耳濡目染，自然形成我对散文随笔中思想底蕴、学识修养、精神内容这些成分的重视，这样，不免对当代某些纯粹写作型的散文随笔作家，多少会有若干不满足感、欠缺感。具体来说，有些作家的艺术感以及技艺能力、细腻的体验感受，固然使人钦佩，但是往往欠于思想底气、学养底蕴、学识储蓄，更缺隽永见识、深邃思想、本色精神、人格力量，这些对散文随笔而言，恰巧是至关重要的东西。当然，任何一篇散文作品是不可能没有思想，不可能不发表见解的，但在一些作家那里，却往往缺少深度、力度、隽永与独特性。更令人失望的是，有些思想、话语、见识往往只属于套话、俗话甚至是官话的性质，这在一个官本位文化盛行的社会里是自然的、必然的。总而言之，往往缺少一种独立的、特定的、本色的精气神，缺乏一种真正特立独行而又具有普遍意义的人文精神。

以上这种情况已经露出了不妙的苗头，还有更帮倒忙的是艺术手段、表现技艺的喧宾夺主，甚至是技艺的泛滥。表现手段本来是件好事，但如果没有什么可表现的，或者表现的东西本身没有多少价值，没有什么力度与深度，甚至流于凡俗、庸俗、低俗的话，那么这种表现手段所起的作用就恰好适得其反了。反倒造成装腔作势、矫揉造作、粉饰作态、弄虚作假的结果。应该说，技艺的讲究本身没有错，特别是在小说作品中，乃至在戏剧作品中，是完全适用的，也是应该的，但偏偏对于散文这样一种直叙其事、直抒胸臆的文体来说，是不甚相宜的。若把这些技艺都用在散文中间的话，在我们的眼前，全是丰盛的美的辞藻，全是绵延不断、绝美动人的文句，全是至美极雅的感受，全是绝美崇高的情感……在我看来，美得有点过头，美得叫人应接不暇，美得叫人透不过气来，美得使人有点发腻。对此，我们虽然不能说这就是“善于表现，可惜没有什么好表现的”，但至少是“善于表现”与“可表现的”两者之间的不平衡，甚至是严重失衡。

平衡是万物相处共存的自然法则，每个物种、每个存在物都有各自的特点，既有优也有劣，既有长也有短，文学的类别亦不例外。艺术散文有它的长处，也必然有与其长处相关联的软肋。对我们现在要说道说道的学者散文，情形也是这样。学者散文与艺术散文，当然有相当大的不同，即使说不上是泾渭分明，至少也可以说是各有不同的个性。我想至少有这么两点：其一，艺术散文在艺术性上，一般地来说，要多于高于学者散文。在这一点上，学者散文有其弱点，但不可否认，这也是学者散文的一个特点。显而易见，在语言上，学者散文的词汇量，一般地来说，要少于艺术散文。至于其色彩缤纷、有声有色、精细入微的程度，学者散文显然要比艺术散文稍逊一筹；在艺术构思上，虽然天下散文的结构相对都比较简单，但学者散文也不如艺术散文那么有若干讲究；在艺术手段上，学者散文不如艺术散文那样多种多样、花样翻新；在阅读效果上，学者散文也往往不如艺术散文那么有感染力，能引起读者的悦读享受感，甚至引起共鸣的喜怒哀乐。其二，这两个文学品种，之所以在表现与效应上不一样，恐怕是取决于各自的写作目的、写作驱动力的差异。艺术散文首先是要追求美感，进而使人感染、感动，甚至同喜怒；学者散文更多的则是追求知性，进而使人得到启迪、受到启蒙、趋于明智。

这就是它们各自的特点，也是它们各自的长处与短处。这就是文学物种的平衡，这就是老天爷的公道。

讲清楚以上这些问题之后，我们再专门来说说学者散文，也许就会比较顺当了，我们挺一挺学者散文，也许就不会有较多的顾虑了。那么，学者散文有哪些地方可以挺一挺呢？

近几年来，我多多少少给人以“力挺学者散文”的印象。是的，我也的确是有目的地在“力挺学者散文”，这是因为我自己涂鸦出来的散文，也被人归入学者散文之列，我自己当然也不敢妄自菲薄，这是我自己基于对文学史和文学实际状况的认知。

从文学史的发展来看，无论中外，散文这一古老的文学物种，一开始就不是出于一种唯美的追求，甚至不是出于一种对愉悦感的追求；也不是为了纯粹抒情性、审美性的需要，而往往是由于实用的目的、认知的目的。中国最古老的散文往往是出于祭祀、记述历史，甚至是发布公告等社会生活的需要，不是带有很大的实用性，就是带有很大的启示性、宣告性。

在这里，请容许我扯虎皮拉大旗，且把中国最早的散文文集《左传》也列为学者散文型类，来为拙说张本。《左传》中的散文几乎都是叙事：记载历史、总结经验、表示见解，而最后呈现出心智的结晶。如《曹刿论战》，从叙述历史背景到描写战争形式以及战役的过程，颇花了一些笔墨，最终就是要说明一个道理：“夫战，勇气也。一鼓作气，再而衰，三而竭。”我不敢说曹刿就是个学者，或者是陆逊式的书生，但至少是个儒将。同样，《子产论政宽猛》也是叙述了历史背景、政治形势之后，致力于宣传这一高级形态的政治主张："政宽则民慢，慢则纠之以猛，猛则民残，残则施之以宽。宽以济猛，猛以济宽，政是以和。"此一政治智慧乃出自仲尼之口，想必不会有人怀疑仲尼不是学者，而记述这一段历史事实与政治智慧的《左传》的作者，不论是传说中的左丘明也好，还是妄猜中的杜预、刘歆也罢，这三人无一不是学者，而且就是儒家学者。

再看外国的文学史，我们遵照大政治家、大学者、大诗人毛泽东先生的不要"言必称希腊"遗训，且不谈柏拉图与亚里士多德，仅从近代"文艺复兴"的曙光开始照射这个世界的历史时期说起，以欧美散文的祖师爷、开拓者，并实际上开辟了一个辉煌的散文时代的几位大师为例，英国的培根，法国的蒙田，以及美国的爱默生，无一不是纯粹而又纯粹的学者。说他们仅是"学者散文"的祖师爷是不够的，他们干脆就是近代整个散文的祖师爷，几乎世界所有的散文作者都是在步他们的后尘。只是后来由于各种复杂的历史原因，到了我们的现实生活里，才有艺术散文与学者散文的不同支流与风格。

这几位近代散文的开山祖师爷，他们写作散文的目的都很明确，不是为了抒情，不是为了休闲，不是为了自得其乐，而都是致力于说明问题、促进认知。培根与蒙田都是生活在欧洲历史的转变期、转型期，社会矛盾重重，现实状态极其复杂。在思想领域里，以宗教世界观为主体的传统意识形态已经逐渐失去其权威，“文艺复兴”的人文主义思潮与宗教改革的要求，正冲击着旧的意识形态体系，推动着历史的发展。他们都是以破旧立新的思想者的姿态出现的，他们的目标很明确，都是力图修正与改造旧思想观念，复兴人类人文主义的历史传统，建立全新的认知与知识体系。培根打破偶像，破除教条，颠覆经院哲学思想，提倡对客观世界的直接观察与以实验为基础的科学方法，他的散文几乎无不致力于说明与阐释，致力于改变人们的认知角度、认知方法，充实人们的认知内容，提高人们的认知水平。仅从其散文名篇的标题，即可看出其思想性、学术性与文化性，如《论真理》《论学习》《论革新》《论消费》《论友谊》《论死亡》《论人之本心》《论美》《说园林》《论愤怒》《论虚荣》，等等。他所表述所宣示的都是出自他自我深刻体会、深刻认知的真知灼见，而且，凝聚结晶为语言精练、意蕴隽永、脍炙人口的格言警句，这便是培根警句式、格言式的散文形式与风格。

蒙田的整个散文写作，也几乎是完全围绕着“认知”这个问题打转的，他致力于打开“认知”这道门、开辟“认知”这一条路，提供方方面面、林林总总的“认知”的真知灼见。他把“认知”这个问题强调到这样一种高度，似乎“认知”就是人存在的最大必要性，最主要的存在内容，最首要的存在需求。他提出了一个警句式的名言：“我知道什么呢？”在法文中，这句话只有三个字，如此简短，但含义无穷无尽。他以怀疑主义的态度提出了一个对自我来说带有根本意义的问题：对自我“知”的有无，对自我“知”的广度、深度和力度，提出了根本性的质疑；对自我“知”的满足，对自我“知”的权威，对自我“知”的武断、专横、粗暴、强加于人，提出了文质彬彬、谦逊礼让，但坚韧无比、尖锐异常的挑战。如果认为这种质疑和挑战只是针对自我的、个人的蒙昧无知、混沌愚蠢、武断粗暴的话，那就太小看蒙田了，他的终极指向是占统治地位的宗教世界观、经院哲学，以及一切陈旧的意识形态。如此发力，可见法国人的智慧、机灵、巧妙、幽默、软里带硬、灵气十足，这样一个软绵绵的、谦让的姿态，在当时，实际上是颠覆旧时代意识形态权威的一种宣示、一种口号，对以后几个世纪，则是对人类求知启蒙的启示与推动。直到20世纪，“Que sais - je”这三个简单的法文字，仍然带有号召求知的寓意，在法国就被一套很有名的、以传播知识为宗旨的丛书，当作自己的旗号与标示。

在散文写作上，蒙田如果与培根有所不同，就在于他是把散文写作归依为“我知道什么呢？”这样一个哲理命题，收归在这面怀疑主义的大旗下，而不像培根旗帜鲜明地以打破偶像、破除教条为旗帜，以极力提倡一种直观世界、以科学实验为基础的认知论。但两人的不同，实际上不过是殊途同归而已，两人的“同”则是主要的、第一位的。致力于“认知”，提倡“认知”便是他们散文创作态度的根本相同点。值得注意的是，在他们的笔下，散文无一不是写身边琐事，花木鱼虫、风花雪月、游山玩水，以及种种生活现象；无一不是“说”“论”“谈”。而谈说的对象则是客观现实、社会事态、生活习俗、历史史实，以及学问、哲理、文化、艺术、人性、人情、处世、行事、心理、趣味、时尚等，是自我审视、自我剖析、自我表述，只不过在把所有这些认知转化为散文形式的时候，培根的特点是警句格言化，而蒙田的方式是论说与语态的哲理化。

从中外文学史最早的散文经典不难看出，散文写作的最初宗旨，就是认识、认知。这种散文只可能出自学者之手，只可能出自有学养的人之手。如果这是学者散文在写作者的主观条件方面所必有的特点的话，那么学者散文作为成品、作为产物，其最根本的本质特点、存在形态是什么呢？简而言之，就是“言之有物”，而不是“言之无物”。这个“物”就是值得表现的内容，而不是不值得表现的内容，或者表现价值不多的内容，更不是那种不知愁滋味而强说愁的虚无。总之，这“物”该是实而不虚、真而不假、厚而不浅、力而不弱，是感受的结晶，是认知的精髓，是人生的积淀，是客观世界、历史过程、社会生活的至理。

既然我们把“言之有物”视为学者散文基本的存在形态，那就不能不对“言之有物”做更多一点的说明。特别应该说明的是，“言之有物”不是偏狭的概念，而是有广容性的概念；这里的“物”，不是指单一的具体事物或单一的具体事件，它绝非具体、偏狭、单一的，而是容量巨大、范围延伸的：

就客观现实而言，“言之有物”，既可是现实生活内容，也可是历史的真实。

就具体感受而言，“言之有物”，是言之由具象引发出来的实感，是渗透着主体个性的实感，是情境交融的实感，特定际遇中的实感，有丰富内涵的实感，有独特角度的实感，真切动人的实感，足以产生共鸣的实感。

就主体的情感反应而言，“言之有物”，是言之有真挚之情，哪怕是原始的生发之情。是朴素实在之情，而不是粉饰、装点、美化、拔高之情。

就主体的认知而言，“言之有物”，首先是所言、所关注的对象无限定、无疆界、无禁区，凡社会百业、人间万物，无一不可关注，无一不应关注，一切都在审视与表述的范围之内。这一点固然重要，但更为重要的是，对关注与表述的对象所持的认知依据与标准尺度，是符合客观实际的，是遵循科学方法的。更更重要的是，要有独特而合理的视角，要有认知的深度与广度，有证实的力度与相对的真理性，有耐久的磨损力，有持久的影响力。这种要求的确不低，因为言者是科学至上的学者，而不是感情用事的人。

就感受认知的质量与水平而言，“言之有物”，是要言出真知灼见、独特见解，而非人云亦云、套话假话连篇。“言之有物”，是要言出耐回味、有嚼头、有智慧灵光一闪、有思想火光一亮的“硬货”，经久隽永的“硬货”。

就精神内涵而言，“言之有物”，要言之有正气，言之有大气，言之有底气，言之有骨气。总的来说，言之要有精、气、神。

最后，“言之有物”，还要言得有章法、文采、情趣、风度……你是在写文章，而文章毕竟是要耐读的“千古事”！

以上就是我对“言之有物”的具体理解，也是我对学者散文的存在实质、存在形态的理念。

我们所力挺的散文，是“言之有物”的散文，是朴实自然、真实贴切、素面朝天、真情实感、本色人格、思想隽永、见识卓绝的散文。

我们之所以要力挺这样一种散文，并非为了标新立异、另立旗号，而是因为在当今遍地开花的散文中，艳丽的、娇美的东西已经不少了；轻松的、欢快的、飘浮的东西已经不少了；完美的、理想的东西已经不少了……“凡是存在的，必然是合理的”，请不要误会，我不是讲这些东西要不得，我完全尊重所有这些的存在权，我只是说“多了一点”。在我看来，这些东西少一点是无伤大雅、无损胜景、无碍热闹欢腾的。

然而相对来说，我们更需要明智的认知与坚持的定力，而这种生活态度，这种人格力量，只可能来自真实、自然、朴素、扎实、真挚、诚意、见识、学养、隽永、深刻、力度、广博、卓绝、独特、知性、学识等精神素质，而这些精神素质，正是学者散文所心仪的，所乐于承载的。

2016年9月20日完稿

代序　教师的脚步（外一首）

教师的脚步，总是轻轻的，悄然无声。

静静地穿过校园，静静地走进课堂，静静地踏上讲台……习惯了，职业的习惯。没有勇士的威武，缺乏英雄的气度。静静地走来，又静静地走去。带来一夜的辛勤，带走一天的疲劳。

教师的脚步，总是轻轻的，悄然无声。

春花、夏日、秋叶、冬雪，他们静静地走着，风雨无阻，从不踌躇，日复一日，年复一年。迎来了一届又一届的年轻人，送走了一代又一代的栋梁材：文学家、科学家、企业家、部长、将军、总理……他们依然默默地走着自己的路，没有留下足迹的路，忘记了时间，也忘记了年龄——习惯了，职业的习惯。

教师的脚步，总是轻轻的，然而，又总是那么坚定，那么从容……

“天书”

每次翻看你的讲稿，我总感到是在阅读一部天书：

毛笔、钢笔、铅笔……黑色、蓝色、红色……横线、竖线、曲线……星号、三角、圆圈……犹如神奇的密码，谁也无法破译的密码；又如一幅幅现代画，立体、抽象、超现实……

我知道，这里有昏灯下的沉思，有晨曦中的灵感，有正襟危坐书写的工整楷书，有夜半翻身而起落下的神来之笔，有林中散步时低吟的警语，也有车船颠簸中萌发的妙语……于是，便有了这密密麻麻的眉批、注释、补缀，有了这各式各样的符号、线条、色彩；于是，又有了课堂上铿锵的声音，滔滔的辩才，深邃的思想，激越的情感，睿智的幽默，冷静的推断……

“天书”，一叠叠的“天书”，隆起在他的案头，高高的，越堆越高，湮没了他的身影，筑成一个奇异的世界。

我说：这是无言而有字的丰碑。

你说：这是有色而无味的碎石。

1989 年 9 月

CONTENTS

目录

短　章

闲　笔

游　踪

冷　言

热　语

一　切

短章

《世纪末的反思》序

我们正在告别一个世纪，一个纷纷扰扰的文学世纪。

这是一个给人类文明带来了说不尽的辉煌和说不尽的灾难的世纪，一个闪烁着绝顶睿智的思维之光和显示出绝顶愚昧的野蛮之力的世纪。回首来时路，人们在亢奋之余，体味到少有的茫然和窘困。但我们无权拒绝反思，因为我们站在了世纪之交的历史时刻。

战争和革命，构成了本世纪、特别是本世纪上半叶文化历史的独特背景。几乎没有一个国家、一个地区未被卷入这一历史狂潮；几乎没有一个思潮、一种理论不直接间接地受染于这一狂潮。全球性的震颤，酿造了社会心态的裂变和失衡。历史的定论和既成的答案，都因难以满足现实的诘难而遭到质疑或扬弃。

世界大战的阴霾和俄国革命的酝酿，使20世纪一开始就笼罩着异常的气氛，仿佛预示着这将是一个激荡不安、矛盾迭出的时代。两次仅仅间隔20余年的全球性战争，是人类的大灾难，也是人类的大耻辱。它制造了满目疮痍的物质废墟，也制造了寸草难生的精神荒原。原有的价值体系坍塌了，西方人的危机意识汇聚成一个充满迷惘的“怀疑的时代”。难以有一个恒定的理论能成为共认的“公理”，但人们也不因自己无法获得终极真理而停止追求。此长彼消的各色理论，表明理论根基的欠缺，也表明一代代探索者的顽强执着。

现实的革命，引发了文学的革命。

伴随社会主义制度产生的新文学，以鲜明的政治倾向、厚重的社会内容以及英雄主义和理想主义的光彩，吸引了全世界的目光，影响遍及东西方。人们有理由对“社会主义现实主义”这一称谓（甚至内涵）提出质疑，人们却无法否认闪耀在革命文学中的社会主义思想的巨大魅力。

与此同时，世界范围内出现了文化二元对立抗争的大格局。意识形态的警觉，筑起了互不见容的沟壑，一度阻隔了彼此的相交相识。然而，文化的超越性终于迎来了奥林匹克式的竞技场（而非罗马式的斗兽场），使东西方文化对话有了宽松的境况和自如的心态。

对话并不意味着对立的自然消亡，但却标志着平等交流的可能。

文学的嬗变，往往肇始于人类对自身认识的变异。20世纪的作家们，似乎仍然无法忘记那个最最古老的箴言：认识你自己。

在大地上点燃过两次世界性战火的人类，自然无需再为普罗米修斯的神圣使命忧心忡忡。但是，与命运搏斗的主题却依然永恒地横亘在人们的面前。正是在与更加严峻的命运的拼搏中，现代人在重新寻找着自己的位置，寻找着自我。

十月革命的胜利，改变了历史的进程，也激发了人们的自信和自尊。以“人定胜天”为基调的英雄主义浇灌了被称为社会主义现实主义的文学，一批批“大写的人”庄严地登堂入室，不仅成为苏联文学的主人公，也组成了世界革命文学、反战文学的壮丽画廊。对人的力量的充足信心和对事业前景的美好向往，交织成理想主义的华章，高扬起刚健昂奋的格调，令世人耳目一新。

在历史发展的深化和曲折中，人们又不失时机地审度和校正着对自身的认识。文学越来越多地关注着普通人的命运，开掘着普通人的真实；文学也越来越强烈地呼唤着人的尊严，越来越深入地探求着人的本性。简单的绝对化、庸俗的政治化和片面的理想化等弊端，都因其不足以全面深刻体现现代人复杂的存在状态和生命意义而受到摒弃。文学在对人的再认识和再把握中进入了一个新阶段。

在欧洲的另一端，在大西洋两岸，人们的自信力却在急剧下滑。资本的重压，战争的摧残，道德的沦落，都迫使人以更冷峻、更苛刻的眼光反观自身，人们惊讶地发现，人并非理性光环照耀下的“伟大的杰作”，而只是一个充满矛盾的复合体。人怀有无限的欲望，而欲望又永远无法完全满足；人有崇高的理想、纯净的追求，也有盲目的本能冲动和卑劣野性；人能建设一个世界，也能毁灭一个世界；人是万物的主宰，又是万物的奴隶；人站在并不牢固的此岸，眺望着并不清晰的彼岸……20世纪的西方人似乎更为认同帕斯卡尔的结论：“人是怎样的虚幻啊！是怎样的奇特、怎样的怪异、怎样的混乱、怎样的一个矛盾主体、怎样的奇观啊！既是一切事物的审判官，又是地上的蠢材；既是真理的贮藏所，又是不确定与错误的渊薮；是宇宙的光荣而兼垃圾。”①

人，由英雄化而转向了世俗化，由诗化而转向了散文

① 帕斯卡尔：《思想录》，商务印书馆，1986年版，第196页。

化，甚至，人的完整性都受到了质疑。“人论”的变异，促使文学向更深层的人性开掘。

反叛，盖出于不满。以对传统的反叛为特征的20世纪文学，其否定意识是全方位的：制度、观念、意识、思维方式、表述方式、价值取向、审美旨趣……从世纪之初开始，文坛上似乎就“一切都翻了个身”，从西方到东方，从理论到创作，一切都在等待着“重新安排”。

标新求异，原本就是文学艺术的内驱力。没有创新，就没有文学的生命，没有文学的发展，更不会有新浪潮的涌动。而发轫于19世纪中后期、蓬勃于20世纪的文学叛逆，其广度、深度与力度均堪称“史无前例”。强烈的“先锋精神”，更把人们统称为“现代主义”的文艺思潮推上了醒目的地位。

“现代主义”与其说是一个“流派”（如国人所称“现代派”），毋宁说是一场“文学运动”。运动的矛头指向现存的现实，更指向文学的传统、旧有的文学观念；而运动本身却是多种力量的集合，集中体现了本世纪文学多元多向的特征。

我们称其为一场运动，不仅是因为它具有明显的批判意识，而且代表着几代人在绝望中寻求希望、在迷茫中寻求出路的集体努力。只不过他们更加关注的是摆脱危机的精神解放，而非推动历史进程的社会变革。

我们称其为运动，也因为它不仅是对上一个世纪现实主义文学的逆动，而且是对整个文学传统的一次强有力的挑战。这是文艺复兴以来文艺史的又一次大转折，它对文学观念的更新形成强大的冲击波，使文坛久久不得平静。若以 19 世纪为参照，文学的史诗性因素明显衰减，而对当代人心路历程的揭示却达到了新的高度。

我们还注意到，现代主义在国际间传播影响之迅速广泛是空前的。这究竟是得益于它充足的生命活力，还是得益于现代社会的发达“交通”？不论原因何在，其世界性的规模是无法忽视的。

在我们面对现代主义的初级阶段，人们不时听到过这样的质问：20 世纪有巴尔扎克、托尔斯泰吗？有歌德、莎士比亚吗？……

稍后，人们又听到过这样的反诘：过去有卡夫卡、乔伊斯吗？有萨特、马尔克斯吗？……

如此争议的年代似乎已成为遥远的过去，多数人都不愿再提及那非此即彼的辩论，多数人都日渐摆脱了非此即彼的思维方式。评价离不开比较、参照，但比较分析又不可固守先验的、一成不变的标准。无论是以前人的尺度框范后人，还是以后人的尺度规矩前人，都会导入批评的误区，失却批评的价值。

少有人谈及，是创作的多元诱发了批评的多元呢，还是批评的多元促进了创作的多元？或者，二者只是并行不悖，并无“一荣俱荣”的亲缘关系。我们看到的事实是：与令人眼花缭乱的文学现象并存的是同样令人眼花缭乱的文学批评，与此起彼落的创作思潮相媲美的是此起彼落的批评流派。

20 世纪，一个批评的世纪。

如果说现代主义的创作总体上出现了内向化的倾向，那么现代批评不妨说总体上是出现了文本化的趋势。即批评论者力图关闭作品与作家、时代、社会诸因素之间的大门，而对文本的解剖式解读表现了专注的热情。如果说作家们在创作中追求着无确定意义的呈示，那么批评家们则盛情邀请读者介入并最终完成创作，让读者在阅读中去寻求仅属于自己的一解，以为作品画上本不存在的句号。如果说作家们日渐把形式看作是内容的有机组成而着力开掘其潜能，那么理论批评却似乎表现出对形式比对内容更为浓厚的兴趣，他们从宏观到微观对形式结构进行系统剖析阐释，从而开掘其底蕴深义。如果说文学创作有意无意地走上了精英化、沙龙化的道路，那么现代批评一开始就显示了经院式、学者化的派头。他们不满足于感想式的评论，也不赞赏经验式的批评，而是努力使批评系统化、科学化、理论化。他们广泛吸取自然科学、哲学社会科学的养分，又竭力在林林总总的学科中为独立的批评定位……

文学家雄心勃勃地以创作使混乱的世界秩序化，批评家雄心勃勃地以批评使混乱的创作秩序化。人们疑惑，又该由谁来使纷至沓来的批评流派秩序化呢?

规律难寻，秩序难建。从一定意义上讲，也许正是这种“无序”给20世纪的文学增添了挑战性和诱惑力。

然而，倘若我们将后现代主义纳入视野，无序性通向的却是更为彻底的否定主义和虚无主义。

历史给20世纪留下了过重的负载。人类要应付的天灾人祸和要解答的人生难题，都远远超出了以往的任何一个世纪。

这是文学的大幸，也是文学的不幸。

幸者，它给文学提供了充分施展的天地。云稠雨浓，地覆天翻，文学不得不使出浑身解数来应对这个时代。令人欣慰的是，无论是在“荒原”上还是在“沃土”上，文学不负众望，以惊人的智慧和毅力，创造性地栽培出了足以使人类文明史为之骄傲的奇花异卉。

不幸者，它再一次暴露了文学的孱弱和无能。文学以其敏感但并不坚强的神经应和着时代的潮汐。相对潮涨潮落的壮阔涛声，文学的低吟浅唱难免给人以中气不足之感。现实的重压，仿佛将文学逼迫得步履蹒跚。它时而驻足张望，时而徘徊不前，甚至自轻自贱；或者干脆宣布自己在现实面前无所作为，或者表示自愿与现实捆绑在一起“同归于尽”（意义的彻底颠覆）。

无论需要如何调整对文学的“期待视野”，我们对文学的命运都始终持乐观态度。人们可以相信，在人类末日到来之前，文学决不会消亡。但是，文学的要求，又决非仅仅是“存活”。

“世纪末”常常是令人难堪的季节：刚刚过去的“过去”留下了太多的缺憾，即将到来的“未来”隐匿着无数的“未知”。“世纪末”又常常是令人亢奋的季节：缺憾毕竟已成为过去，未知中包孕着无限的可能。

人类走到20世纪的尽头处，终于可喜地获得了全球性的眼光：

人类共有一个地球。

人类只有一个地球。

新世纪的文学，理应会从这全球性的眼光中摄取新的生命力。

《与巨人对话》前言

1999年，站在新纪元的门槛上，我们惊异地发现，不少历史性的大作家的诞辰，都与这个特殊的年份相关：1899年诞生的有海明威、博尔赫斯、川端康成、纳博科夫等；1799年诞生的有巴尔扎克、普希金；1749年诞生的有歌德……如果更详尽地查阅资料，我们也许会找到更多在这一年里值得纪念的作家。

为了使我们的研讨相对集中、并更加贴近教学的需要，全国高校外国文学教学研究会选择了四位作家作为今年年会纪念和讨论的对象——歌德、巴尔扎克、普希金和海明威。他们分属于不同的时代、不同的国度、不同的流派，他们偏爱不同的题材、擅长不同的体裁、具有不同的艺术风格。但是，他们都是人类文化史上的座座“非人工所能建造的纪念碑”，巍峨耸立，成为世界各民族人民共享的精神财富。

这次纪念研讨会，题名为《与巨人对话》。我们面对的是一位位文化巨人。他们创造了奇迹，也包容了历史的芜杂。一个伟大的文学家，往往就代表着一种文化现象，是一个时代的象征，同时也是一个猜不透的谜，令后人高山仰止，也令后人皓首穷经而难尽其解。一代人有一代人的阅读，一代人有一代人的思考。于是，便代代相传地有了说不尽的话可说；于是，便有了20世纪末的这场“对话”。

大凡传世的文豪，都具有视创作为生命的特点。或者，换个现代的说法，创作就是他们的生存方式。当我们在作家留下的字里行间寻觅他们的生命体验时，我们就在默默地和他们进行着心与心的交流，进行着无言的对谈。对话本身就是在筛选、在抉择、在吸纳，同时，也是在诠释、在演绎、在丰富。人们愈来愈清楚地意识到，没有读者的介入，没有他人的参与，任何作品都只不过是一种“文献”，再高的价值也永远得不到完整意义上的实现。相反，随着岁月的流逝，随着一代代各民族受众的读解，历史上的经典都会不断释放出新的能量，从而获得愈加充溢的生命活力。

我们面对的这几位作家，都是早为中国读者所熟悉的。他们从本世纪上半叶开始就先后“来到”中国，成为中国人民的挚友。歌德、巴尔扎克和普希金作品的汉译，最早都可追溯到本世纪的世纪之初；普希金的抒情诗，歌德的《少年维特之烦恼》，曾令多少青年男女为之倾倒，爱不释卷；海明威这位出生入死的斗士，则比他的作品更早地亲身造访了炮火连天的中国。“好客”的中国人民，对外来文化是虚怀若谷的。

今天，我们中国学者在谈论这些西方的历史巨人时，东西方文化交流的背景已更加广阔，研讨的基础已更加厚实。《巴尔扎克全集》《歌德文集》《普希金文集》和《海明威文集》的相继出版，标志着我国对这些作家的研究已进入了相对成熟的阶段，也表明我们对外国优秀文化的接受日趋系统化、规范化。

季羡林会长在给本次研讨会发来的贺信中指出：“纪念国外伟大作家，有极其深刻的意义，它能促进人民间相互理解与友谊，使文化交流更趋活跃，这对加强人民间的团结会有很大的作用，而全世界人民的团结，在今天的世界形势下，更是极端重要的。”

以“对话”代替“对抗”，是人心所向，时代的潮流。文化交流是民族间对话的最佳方式之一。优秀的文学作品，沉积着一个民族的情感思绪、行为方式、生存状态、思维模式，乃至语言特点。人们可以从中找到自己需要的或感兴趣的东西，从而获得对陌生的某种直感认知。文学艺术的交流，导向的是心灵与情感的沟通，而无利害得失的理性计较。艺术无国界。在美好的艺术王国里，人们是可以率先体味“大同”的愉悦的。

“对话”，意味着一种平等。

对伟大作家的崇拜和以平等的心态进行辨析，应当是并行不悖的。

学者间的“对话”，不论是中外学者间还是本国学者间的“对话”，都应体现平等的精神。政治上的霸气，学术上的霸气，均不足取，是有害无益的。因此，在这本论集中，人们可以读到各种不同的甚至是针锋相对的观点。例如，对歌德《浮士德》的解读，对巴尔扎克创作方法丰富性的理解，对海明威应归于现实主义还是现代主义、他笔下的“硬汉”与“迷惘”的关系，等等等等。这些论题的争议空间无疑都是很大的，而从不同视角的切入，都会给我们提供有益的启迪。

研讨问题须以全面而可靠的资料为依据，这是学术规范的基本要求。中国人研究外国问题时，这一点就显得格外重要。我们注意到，本集中的许多优秀论文，都能从第一手资料出发深入论题，而不是靠纯粹的推演，不是靠远离文本的妄测。但毋庸讳言，在这方面，我们的研究工作还有着许多不尽如人意之处。而作为教师，如果把一种不甚谨严的学风传授给本已相当浮躁的学子，更将后患无穷。我想，这应是大多数为人师表者所不愿看到的。

2000年的新年钟声即将敲响。有人认为这是新世纪、新千年的开始，也有人认为这只是旧世纪、旧千年最后年份的发端。搅乱我们判断力的，就是那个既可以代表起点，也可以代表终点的“0”字。其实，时间原本是无始无终的，任何刻度都是人的创造；其历史性意义都是人的赋予。当2000这个奇异的数字凸现在我们面前的“瞬间”（无论它意味着什么），我所困惑的是，人类究竟该不该重复浮士德博士那句“你真美啊，请停一下吧”的慨叹呢？！

1999年12月末于京西无味斋

《荒诞派戏剧》跋

“外国文学流派研究资料丛书”第一批四本现已出齐：《唯美主义》《象征主义·意象派》《未来主义·超现实主义》以及现在的这本《荒诞派戏剧》。作为这套丛书的倡议者和策划者，在欣慰之余，似乎还有必要“赘言”一番。

大约是在1984至1985年，我刚从国外进修回来不久，眼见国内学术界和文艺界对西方现当代文学表现出愈来愈浓厚的兴趣，观点的歧异也愈来愈明显，而学生们要求了解西方现当代文学的呼声亦愈来愈强烈。由此，我便萌生了编纂这套“外国文学流派研究资料丛书”的念头。一则可以为学术界的研究和文艺界的借鉴提供更翔实准确的素材，一则也为开设新课做必要的资料和学术准备。设计这套资料的初衷，无疑是将重点放在现当代部分，但我们在题名中并未加上“现当代”的字样，其意在于留下更广阔的余地，必要时还可向古典部分拓展。

在研究现当代文学时，我还产生了一个想法，即要想真正廓清纷繁驳杂的现代主义文学思潮，必得追本溯源，把历史的指针拨回到19世纪末甚至更早一些。因此，我设想，应当把我们探讨的起点，定在曾被一言以蔽之为“颓废”的“世纪末文学”上，从唯美主义、象征主义等思潮中去寻找现代主义的“基因”。

所幸的是，我的这些想法一经提出，便当即受到教研室全体同仁的积极支持。我的老师赵澧先生和学长徐京安先生更是主动承担起了主编第一卷《唯美主义》的任务。他们出色的示范作用，保证了后续工作的顺利进行。

这一计划的顺利实施，还得益于中国人民大学出版社各届、各级领导的学术眼光和决策胆识。众所周知，这不会是一套盈利的书，但作为学术积累和文化建设，它却是不乏深刻而积极的意义的。正是基于这一共识，我们的工作始终得到中国人民大学出版社的热情支持。没有这一坚强后盾，我们是无法取得今天的成绩的。

读者会注意到，本套丛书的特点是将每一流派的理论主张和创作实践收于一集。理论与作品互为参照，以为人们全面准确把握流派特色提供坚实的基础。而在有限的篇幅内，我们坚持从第一手材料中尽可能选择出最具代表性的篇什，从而使其具有相当的权威性。同时，欧美文学流派具有跨国跨洋的特点，而我们教研室又是一个拥有多国文学（英、德、法、俄等）专家的和谐的集体，由于大家不计得失的通力合作，便使各流派蔓延发展的历程得到了较充分的展示。正是这些特色，使这套丛书面世以来，受到专家学者和广大读者的高度评价和热切关注。

我们在编选过程中，选用了一些同行的优秀译文；在卷首序言的论述中，也吸收了许多前辈和同辈学者的研究成果。在此一并致谢。

1996 年 4 月

走向纷纷扰扰的世界

对现代人的命运和价值的关注与探索，是我国新时期文学日趋贴近世界文学总体的重要标志。由于这一追求正与当代世界文学的追求相同步，这就为民族文学间的相互认同、相互沟通和相互渗透开拓了更加广阔的天地。

同时，我们也注意到，新时期的作家们正以持续不断的努力，对文学本身进行着多方位的探求。

就世界范围而论，20世纪结束了“各领风骚数百年”的主潮式文学发展模式，代之而起的是浪潮迭涌、此长彼消的跳跃式运动。现代主义的勃兴，不论各流派的成败得失应如何评价，但它从总体上对更新文学观念、促进文学多角度地切入生活和多侧面地表现丰富多彩的主客观世界，是起了不可低估的作用的。

新时期一批优秀的中青年作家，以开阔的视野和较强的同化力，对世界文学的新意识进行了广泛的筛选吸收，相继推出了一批引人注目的作品，朦胧诗、意识流、荒诞戏剧、心态小说、杂色幽默（幽默，但并非都是黑色的）、魔幻现实主义……其中虽难免有失误之作、模仿之作，但这一阵阵的冲击波（再加上美术和电影等艺术门类的应和），毕竟给文坛注入了新的活力，增添了新的色调，开创了新的天地。从历史的发展来看，这一多元格局的获得社会承认，也许比这部分作品的存在本身具有更为深远的意义。

当然，这仅仅是起步。多种创作方法还只限于零星的尝试，而未汇成真正的“潮”或“流”，在继承、借鉴和创新之间，人们还在摸索，还未找到坚实的理论依托；至于观念的更新，还仅处于新观念的发现（或介绍）阶段，距离确立起独具特色的观念体系似乎还需要一段相当长的路程。

文学在追求着超越。现实主义与现代主义的抗衡、冲击与汇融，贯串着20世纪文学的发展，构成当今文学实现超越的内在动力。科学、哲学、艺术、心理学等对文学的强力渗透，成为文学实现超越的重要激素。文学创作的多变性和多向发展的明显趋势，使文学这个“活体”变得越来越难以把握，对其前景也越来越难以预测。因此，一个博大为怀（政治的和审美的）的社会环境是不可或缺的外部条件，彻底打破定于一尊的封闭式传统，还是一项十分艰巨的任务。但是，至关紧要的是文学自身的定位和选择。如若在政治、历史、美学、经济基础、上层建筑、社会生活、个人情感等诸关系中，文学不能准确恰当地找到自己的位置，不能依照时代发展的需求确立实在的、又是崇高的奋进目标，而是忽“冷”忽“热”，忽“远”忽“近”，忽“高”忽“低”，忽“淡”忽“浓”，就只能生产出一批又一批的趋时之作、平庸之作、短命之作，既无法激起国内的震动，更难以引起世界的瞩目。这绝不仅仅是理论问题，也不能凭借政策规定。文学需要在不断丰富的实践中寻找自己的归宿，寻找腾飞和超越的起点。令人欣慰的是，我们的作家群，正以自己的多方努力，有意无意地探索构筑着这种文学的自觉意识。

世界是纷纷扰扰的。

世界文坛是纷纷扰扰的。

中国文学，正以自己独特的风姿，步入这纷纷扰扰的世界。人们希望，这种独特性会愈来愈鲜明，愈来愈强烈。

文学的喜与忧

党的十一届三中全会开创了文学发展的新时期。新时期文学的成就，令国人欣喜，令世界关注，为新中国文学史写下了“空前”的一页。——不论是以痴情的还是以挑剔的眼光来审视近四十年来我国文学的变异，也许都能或欣然、或勉强地接受这一论断吧。

开放的时代，改革的浪潮，活跃的商品经济，多向的精神探索，给文学发展提供了一个崭新的舞台。八面来风，使人们激动、亢奋，也使人们晕眩、困惑。新鲜中隐藏着那么多熟悉的东西，熟悉中又包含着那么多陌生感。有多少禁区要冲击，有多少问题要反思，有多少激情要喷涌，有多少苦闷要宣泄，有多少理论要咀嚼，有多少“主义”要消化……于是，文学勃动了，一次又一次地掀起波涛，一次又一次地激起涟漪，多元的格局开始出现，多彩的图景开始形成，人们相信（至少是希望），要文学再回到那灰蒙蒙的大一统状态，已经不复可能。

在这方令人目迷的五色土上，敬奉的不再是天神或超人，而是大写的人，或者更准确地说，是普普通通的人，实实在在的人。人的地位和命运，人的尊严和价值，逐渐又成为文学的聚焦点。文学又回到了地上人间。文学在向“人学”复归。这是文学的大喜，大幸。

然而，新时期文学尽管出手不凡，有一个较高的起点。但它毕竟还年轻，显得有几分稚嫩。奔突的热情中，隐含着某种难以明言的浮躁；沸沸扬扬的追求中，潜藏着底蕴不足的缺憾。

按照某些文学史家的分期，三年一“伤痕”，五年一“反思”，在短短的十年间，作家们成群结队地匆匆忙忙地从一个阵地赶往另一个阵地，有的是打一枪换一个地方，有的是在同一个地方打上几枪便弹尽粮绝。“各领风骚三两月”，火红火红的日子，但却未留下深深的烙印。批评家们东竖一块里程碑，西建一座航标塔，这里推出一颗新星，那里预言一位天才，旗帜鲜明，陈词慷慨，但却未必能经得住历史的考验。甚至连文学样式，也呈现过类似轮番热闹的景象：话剧、中篇小说、朦胧诗、报告文学，等等，据说，近来又在期望长篇能出任主角。文学在涨潮落潮式地律动着，而非大江东去般地持续向前奔流。应当肯定，涨潮落潮也是一种美，也是一种规律，我们文学的业绩正表现在这一次次的涨潮之中。

但是，潮起潮落的过于迅速，总使人感到有些不安；落潮后的冷寂，也常给人以丝丝的惆怅。文学自有她的苦衷，她的忧虑。

于是，新一轮的探索仿佛又在酝酿之中。有的故作轻松地“玩”起了技巧，有的肩负使命寻找着社会热点，有的旁若无人地返回封闭的自我，有的孜孜以求地恢复现实主义传统，有的干脆傲眼向“洋”、直视斯德哥尔摩的领奖台……探索就是不满、就是否定，探索就是竞争、就是征服。新的探索，无疑还会产生新的涨潮。但是，涨潮之后呢？

为了实现真正的突破，不断升向新的境界，而不是做圆周式的运动或闯入别人的误区，我们的文学还应当坚持不懈地向“人”逼近，向“人”靠拢。这个“人”，既不是抽象、普遍人性的外化，也不是阶级斗争的工具、纯政治的动物；既不是自成体系的“自我”，也不是任人摆布的“客体”，它是历史的、时代的、社会的、文化的存在，也是有着自己生命冲动、生命追求的活生生的个体。新时期文学是以对人的关切为起点取得令人瞩目的成就的，我们还需沿循此路去寻求文学的深化、文学的超越。

文学因摆脱“为政治服务”的理念束缚而获得了生产力的大解放，这是具有历史意义的转折点。然而长期形成的观念、模式，却非一朝一夕就能铲除殆尽的，它们会时隐时现地左右着我们的思维，影响着我们的实践。回顾文坛上的一阵阵热浪，大多直接间接地与某种政治气候、政治需要相连，这不是偶然的巧合，而是三十年积淀的必然结果；有些理论主张，有意无意地把责任感和时代感的要求，等同于文学向政治的贴近；我们时常自觉不自觉地在政治要求和思想力量之间画上等号，把政治的满足视为艺术的效应，重视一时的轰动而忽视持久的魅力；读者的欣赏心理在呈开放型的同时，也难免受到旧有习惯的制约。凡此种种，都表明文学自身的道路选择还未能达到充分自由的境地。

也许正是因为文学在“非政治化”道路上的跋涉并不那么自如，也许是由“标新立异”这一文学的本能冲动所使然，有人开始朝着“非社会化”的“纯文学”方向另辟蹊径了，甚至以为中国文学舍此难以通往世界。其实，这既是对文学的误解，也是对世界的误解。的确，我们不会再像过去那样，把形式仅仅看作是艺术可有可无的外壳而直取作品的认识意义和思想价值；但我们也不会赞同将完全抽去情感内容的技巧卖弄供为至高无上的神明。20世纪的西方，文学流派的更迭可谓频繁，形式主义的因素可谓明显，但若仔细推敲，又有哪一个流派属于纯形式主义的呢？意识流小说、超现实主义、荒诞派戏剧，这些在艺术形式上有极大创新的反传统文学，无不与深刻展示现代人骚动不安的灵魂紧密相连。正如一位战后的美国作家所说的，从纯技巧的角度来看，花样已经玩尽，“文学”已经“枯竭”。就总体而言，“为艺术而艺术”的主张，已属文学史的陈迹，更何况那些“为艺术而艺术”的倡导者们也未曾将他们的理论彻底付诸实践呢！我们还有必要再试一试吗？

如同改革中的问题只能在深化改革中去解决一样，文学的困惑也只能在文学的进一步解放中才能得到摆脱。中国文学已经在太多的行政干预中经历了太多的坎坷。如今，她只希望能在多方的实践和平等的论争中去确立自主的意识，求得自身的发展。

依我的理解，超越狭隘的“为政治”的藩篱，意味着文学应返回自身，也意味着文学要进入广袤的大千世界，潜入丰富的精神领域，从而“以心相许”地感应时代的脉搏。文学在获得极大自由的同时，也肩负起了更重的责任。因为，文学不能再停留在政治的表层，不能再以现成的（或：他人的）政治结论来图解、框架现实，而必须带着全部的真诚和高尚的趣味沉下去，向流动着的“社会存在”的底层沉下去，深入揭示时代精神和社会心态，才能真正成为时代的反映，才能发出内在的震撼力，才能真正赢得艺术生命；也只有在深层开掘当代人的心理构成的过程中，对民族性和现代性、形式和内容、借鉴与创新等关系的探讨，才可能找到合理的归宿。中外文学史，包括当代文学史，都可以为此提供大量的佐证。多一点深沉，少一点浮躁，恐怕是文学走向成熟的标志吧。

我国正处于被称为“第二次革命”的伟大时代，新与旧，情与理，政治与经济，开放与封闭，道德与历史，传统与求新……变革所激起的社会矛盾和心理冲突都是丰富多彩而又复杂微妙的，这正是文学寻求新突破的有利条件。与世界的对话和沟通，又大大增强了双向了解和认同的可能性。因此，如果说，我国的经济改革不应错过这次国际大调整的历史性机遇的话；那么，中国文学也不应当错过这次走向世界的绝好时机。——我们要努力，但不需要急躁。

文学的世界性选择

经过20世纪的碰撞和交融，19世纪巨人们所预言的“世界文学”时代正在步步临近；经过80年代的对外开放，中国文学走向世界的态势已初步形成。但是，中国文学究竟应以什么样的姿态，选择什么样的道路走向世界，仍然是值得我们深入探索的重要理论问题。

一

1827年，歌德针对德国民族的封闭心态和狭隘目光，提出了“世界文学”的命题。二十年后，马克思和恩格斯在《共产党宣言》中更明确地指出：“过去那种地方的和民族的自给自足和闭关自守状态，被各民族的各方面的互相往来和各方面的互相依赖所代替了。物质的生产是如此，精神的生产也是如此。各民族的精神产品成了公共的财产，民族的片面性和局限性日益成为不可能，于是由许多种民族的和地方的文学形成了一种世界的文学。”[①]这是对文学总体发展规律和趋向的深刻透视。

现代社会，经济发展的相互依存、促进，信息传递的迅速、频繁，生存方式的交流、渗透，以比以往任何时候都更大的冲击力冲击着“民族的片面性和局限性”，也使一切自我封闭的民族和地区受到了历史的嘲弄。文学，作为社会意识最敏感的部分，自然不会对这一现实“置若罔闻”，也不可能不以自己独特的方式投入这一交融的潮流。作家可以“淡泊以明志”，但文学与生俱来就是不甘寂寞的。活跃的本性，常驱使它超越时空的阻隔而遥相应和。随着社会间隔的不断冲破和社会交往的日益深入，文学，包括文学观念的撞击与融合便呈必然之势，任何人为的因素都只能阻挡于一时而无法改变其衍变的历程和最终的归宿。

当我国敞开大门迎接八面来风的时候，文学向世界文坛的投入便具有了现实的可能性，亦成为一种现实的需要。“就国际范围来说，外国的经验，……也有指导我们的作用。”“我们决不可拒绝继承和借鉴古人和外国人，哪怕是封建阶级和资产阶级的东西。”（《在延安座谈会上的讲话》）在那片封闭、贫瘠的黄土地之上，毛泽东同志就以无产阶级革命家

① 《马克思恩格斯选集》第1卷，第255页。

的伟大气魄，高瞻远瞩地指出了借鉴外国经验对发展新文学的重要意义。处于改革大潮中的我们这一代，应具有更加自觉的意识，以“大开放”的目光真正全方位地“放眼世界”，广泛吸收各民族创造的文化精华，以迅速、有效地丰富和发展我国的社会主义新文学。为此，我们的文学需要有一个坦荡广博的胸襟，一种敢于兼容并蓄的心态。这不是“崇洋媚外”，更不是“顶礼膜拜”，而是深信自己能够“吸收和改造两千多年人类思想和文化发展中一切有价值的东西”（列宁）、能够改造世界、并最终获得“整个世界”的无产阶级胸怀。

二

全方位的借鉴，是与狭隘的目光和片面的局限相对立的。

回顾 1949 年以来走过的道路，我们文学的对外借鉴大体上经历了这样四个阶段：50 年代，专注于学习苏联的理论形态和创作经验；60 年代，视线转向亚非拉民族解放运动文学；“文革”时期近乎全方位封闭；七八十年代，则逐渐掀起了“西方热”，大量引进了发达世界的观念和作品。历史地看，每一个时期的借鉴，都对我们文学的发展起到了程度不同的促进作用，但不容讳言，又都有着某种明显的不足。现在，我们完全有条件也有理由要求我们的文学能以更开阔的视野、更冷峻的观察、更科学的权衡和更深远的思考来面对整个世界文坛，从而做出适合我国国情、为我所用的有益选择。

20世纪世界文学结束了主潮更迭的发展模式，而代之以多向开放和此起彼伏的运动趋势，文坛难有沉寂之时，文学观念的多样和创作方法的多样，已成为本世纪文学的基本特征。仅以现代主义而论，其色彩之驳杂、内涵之矛盾，就绝非“统而言之”所能概括的。而现实主义、现代主义、后现代主义等等文学现象，人们也不宜以正确和谬误来做出简单的判断。因此，在我们开阔的视野里，应当既包含国外传统的、经典的创作思想，也应包括20世纪的种种创新探索。

但是，全方位的借鉴，决不是全方位的吸收，更不是无鉴别地吸收。恰恰相反。有比较才有鉴别，最大范围的比较，才可能有最准确的鉴别，才可能做出最精粹的选择。如若坐井观天，仅窥一孔，虽亦能有所得、有所知，但终难免失之偏颇，甚至阴错阳差、把本已遭受历史淘汰的东西视为瑰宝。我们不是没有过这样的教训。

偏食会导致营养不良，饮食卫生不注意、消化功能不健全则有食物中毒的危险。分析与鉴别，是借鉴吸收的题中之义，没有科学的批判精神，就没有本来意义的借鉴。历史赋予无产阶级的神圣使命，是对人类文学史上的一切运动规律、思潮特征、文学观念、理论方法、创作经验……都要运用辩证唯物主义和历史唯物主义的立场、观点和方法加以认真的整理、总结和剖析，以寻找出最富有生命力的精华，为建设社会主义新文学服务。肯定一切，或否定一切，都不是马克思主义的态度。

三

继承和借鉴决不能替代自己的创造，——毛泽东同志的这一教导是十分中肯、十分精辟的。艺术的全部活力和魅力，就在于其不断的创造精神。作家个人的创作如此，一个民族的文学也是如此。

向世界文学的投入，决不意味着民族文学的消融，即使在“全人类社会”实现之后，文学也不会失去其民族特质。更深层地说，如果一个民族的文学没有或丧失了自己的独特个性，就不可能得到世界的认同从而被“接纳”为各民族的“公共的财产”。

民族文学深深植根于民族的土壤，又总是随着历史的发展而不断打上时代的烙印。就整体而论，民族文学的精髓应是一个民族主体意识和独立精神的体现。古希腊的悲剧，但丁的《神曲》，法国的启蒙文学，英国的浪漫主义诗歌，俄国的批判现实主义，乃至本世纪美国的黑色幽默，拉美的魔幻现实主义……哪一种具有世界性影响的文学潮流或作品，不带有鲜明的民族色彩和时代意识。今天，神州大地上最壮阔的现实就是亿万人民在奋力建设着社会主义的新生活，文学作为社会生活的反映，作为一种意识形态，理所当然地要把社会主义精神作为其内核和灵魂。换而言之，强烈的社会主义意识，应当是当代中国新文学民族特性最基本的要素。这是内含的意蕴，而非外在的标签；是深层的动力，而非表面的图解。辩证地把握好社会主义精神和艺术创作多样化的关系，是我们长期探索的课题，也是我们通向成功的必由之路。

每一个民族，都有其特殊的生存条件和政治、经济、文化背景。在这种特殊历史背景下形成的生活方式、思维模式、心理素质，甚至风俗习惯，都具有相当的稳定性。这种传统积淀的力量，常常构成文学最引人注目的民族特征。有出息的文学家都会把生命的根须深深扎入人民大众的土壤，汲取出仅属于本民族的精神养料。屈原的忧患，是中国式的忧患；李白的狂放，是中国式的狂放；曹雪芹的悲剧，是中国式的悲剧；老舍的幽默，是中国式的幽默；鲁迅的辛辣，是中国式的辛辣……“东施效颦”，失去了民族心理的依托，无异于失去自身存在的价值。以为“无国籍”便能自然成为“世界公民”的想法是天真的。

文学的民族气派、民族风格，也是文学民族性的一个重要表征。文学是语言的艺术，“中国的语言、音乐、绘画，都有它自己的规律”（毛泽东:《同音乐工作者的谈话》）。充分把握中国语言的规律，深入开掘中国语言的内在魅力，才能真正“创造出自己的、有独特的民族风格的东西”（《同音乐工作者的谈话》）。遗憾的是，中国新文学在这方面的功夫总是难以尽如人意。

我们强调文学的民族特性，并非要自禁于国际文坛之外，而是要求中国文学能以自己独特的风格，走向令人眼花缭乱的世界，要在世界大舞台的竞争中丰富和发展中国特色的社会主义文学。

当代世界文学所表现出的对人的命运、价值和生存状态的极大关注和深层探索，对艺术形态的多角度尝试和顽强的创新意识，是文学现代性的集中表现。我们没有理由拒绝和排斥这种现代观念，而是应当遵循毛泽东同志的教导，“学外国织帽子的方法，要织中国的帽子”（《同音乐工作者的谈话》）。这样，才能真正使我们的新文学达到“民族性”和“世界性”有机结合的境界。

1992 年

新世纪的文化期待

随着经济全球化趋势的迅猛发展，随着信息高速路的开通和网络化，人们对文化的前景自然会产生新的期待。文化在消除阻隔、促进融通方面的特殊功能，正受到各方有识之士的热切关注。

改革开放以来，中外文化交流空前活跃。对世界来说，中国不再是封闭的神秘国度；对中国来说，外面的世界也不再是那么陌生而可怕。中国悠久而深厚的文化传统，以其不可抗拒的魅力吸引着世人的目光；东方文化巨人的屹立，已成为不争的事实而受到世人的敬重。毫无疑问，正是在这样的背景下，东西方文化的冲突与交融，才日益成为热门话题而摆上各方论坛。这给我们提供的启示是，大力建设和发展民族文化，是我们在世纪论坛上赢取“话语权”必不可少的条件。

“对话”的前提是平等，是对“他人”的肯定和尊重。但遗憾的是，平等精神的匮乏，正是历史、特别是世界近现代史留给人类的一份沉重的遗产。以霸权主义为核心的政治文化和以科技成就为依托的物质文化，常表现出一种咄咄逼人的气势，以为依此便可将世界文化归于一统，“西方文化”便理所当然地成为“全球文化”的代名词。这是文化交响中的不和谐音，它体现的是弱肉强食的“丛林原则”，而非生态平衡的“环保意识”。世界文化的多元格局，既是历史的构成，又是现实的存在。任何以强权或强力挑战平衡的行为，都将导致对人类文化生物链的破坏，后果堪忧。

就文化学的角度而言，精神文化属深层次的文化。它是一个民族历史的积淀，也是民族意识的凝聚，从根本意义上说，它是无法被消灭或取代的。因此，当我们以全球性的眼光来展望新世纪的文化前景时，首先想到的是对话、交流、互补、共荣、发展这些建设性的字眼儿，而非对抗、阻隔、互斥、吞并、取代这些破坏性的词汇。但是，我们也深知，并不是所有的人都会如此思考问题的。

作为文化大国，中华民族的文化成就和文化姿态，在世界文化格局中都是举足轻重的。我们对促进世界文化的整体发展，肩负着义不容辞的重任。弘扬历史的文化传统，建设社会主义的新文化，不仅是中国广大群众的需要，也是对人类的重大贡献。为了使世界更加了解中国，更深入地认识中国，使中国更有效地融入世界大家庭，文化的推广传播应得到更充分的重视。

同时，我们也应以海纳百川的胸襟，以更加开放的心态面对千姿百态的世界文化。封闭的时代已经结束，封闭的心态却未必根除。我们对自己的传统充满自信，我们对他人的长处也应十分敏感。充分利用全世界的文化资源来丰富和发展自我，才是最明智的选择。

我们共有一个地球。是人类文化将这个星球装扮得与众不同地美丽。人们完全有理由相信，在新世纪、新千年里，文化的装点肯定能使这颗星球比过去任何一个世纪都更加璀璨、更加辉煌。

2001 年

走过风雨六十年

——外国文学教学与研究扫描

共和国六十年，大体可分为两个三十年。再前溯至五四运动，又是一个三十年。三个三十年的文化进程，有承续、有断裂、有反复，自然，也有必然或偶然的因果关系。

共和国的第一个三十年，就文化领域而论，可谓翻天覆地，翻云覆雨，有经验也有教训，客观地讲，当是教训多于经验。

中华人民共和国成立之初，以苏联为师，掀开了新文化建设的第一页。苏俄文学艺术，潮水般涌入，成为我们主要的精神食粮。从普希金到契诃夫，从高尔基到法捷耶夫，还有油画、电影、芭蕾、交响、歌曲，以至“别车杜”、斯坦尼等整套的文艺思想，全面覆盖我们的文坛，培育了大众的道德理想和审美情趣，也影响了一代代作家的创作道路。其中的功过是非，我们似乎还远没有冷静地厘清：是理想主义的激情，还是乌托邦的妄想；是高昂的英雄主义，还是拔高的伪浪漫主义；是真诚地讴歌新生活，还是虚假地粉饰太平；是现实主义的普及和张扬，还是社会主义现实主义教条的滥觞和泛滥——正如20世纪社会主义的历史功过令人深感困惑一样，苏俄文化“入侵”的正负面深刻影响，还有待我们深入探讨。可以肯定的是，作为外来文化，在那个特殊时期，它具有明显的排他性。一边倒的政治形势，冷战态势的逐渐形成，使西方文化被列为“敌对意识”而备受歧视、拒斥，导致文化生态严重失衡，东风彻底压倒西风。

随着阶级斗争论的不断泛化和强化，文化领域日益“阵地”化、“战场”化。起起伏伏的政治生活，左左右右的政治风向，不仅严重障碍了学术的发展，而且还常迫使学人在“左顾右盼”中“见风使舵”，扭曲了正常的心态；一场接一场的运动，一轮接一轮的批判，风声鹤唳，人人自危，无论批判者和被批判者，都不同程度地陷入了失却自我的迷惘。在外国文学研究中，“言必称希腊”“外国月亮圆”的“西学”自然在横扫之列；曾经的“老师”和“榜样”，也因“修正主义罪”而打入另册，甚至因为它“披着革命的外衣”而一度被视为比西方更为危险的意识形态。集“封资修”于一身的外国文学，时刻面临被“围剿”之厄运。至“文革”时，便理所当然地受到了全面的清算。这一时期，外国文学以大批判开路，踯躅前行，难有扛鼎之作。我们知道，早在新文化运动时期的20年代，郑振铎先生就写出了包括中国文学史在内的世界文学史和比较文学的开山之作《文学大纲》。而直至60年代，我们在“纠偏”的“高教六十条”之后才有了一本半高校教材：朱光潜先生的《西方美学史》和杨周翰等先生主编的半部《欧洲文学史》（下册出版于“文革”后的1979年）。如此“业绩”，岂不有愧于这个“伟大”的时代？！

第二个三十年，拨乱反正，思想解放，学术研究有了相对宽松的环境。开放之始，人们谨慎地、不无紧张地逐渐推开门窗，迎进八面来风。随着时间的推移，外国文学的翻译、教学和研究，都有了大跨度的发展，出现了空前的繁荣景象。在前三十年，我们拥有的还只是那套40年代朱生豪先生留下的“遗产”：一套不全的《莎士比亚全集》；后三十年里，我们相继有了托尔斯泰、高尔基、塞万提斯、易卜生、歌德、巴尔扎克——直至卡夫卡、萨特、加缪、贝娄等数十位外国大作家的全集或文集，为我国的文化建设做出了卓越的贡献。先锋文学和新锐理论的推介，一时成为热点，强力冲击着固有的思维模式和文学章法；“言必后现代”的热闹，为我们开阔思路的同时，也留下了“食洋不化”的诟病。最能显示高校群体实力的是，外国文学史教材像雨后蘑菇般地出现在大江南北，数量极其可观，与前三十年的半部形成鲜明对比，极大地丰富了我们的教学内容；当然，其中陈陈相因的功利之作，也引来了人们的质疑和非议。但我以为，这方面的质疑和非议，更应指向评价制度上的弊端（如以字数计成果、评职称，以是否有教材评精品课等）。更为可喜的是，20 世纪 90 年代后期以来，许多院校把外国文学从中外文系的专业课拓展成了通识教育、人文素质教育的重要组成部分。这就意味着，在人们眼里，外国文学终于从毒害青年的毒品"升华"为可以滋润生命的营养物。这一悄然发生的认识的飞跃，是社会进步使然，也是众多外国文学工作者不懈努力的结果，具有深远意义。

在《文学大纲》的《叙言》中，郑振铎先生就主张研究和欣赏文学不应有"古今中外之观念"和"空间或时间的隔限"，否则"将自绝于最弘富的文学宝库"，并颇有针对性和预见性地指出，"文学的研究着不得爱国主义的色彩"，"本国主义"和"外国主义"都是一种"痼癖"。在我们这片封建阴霾尚未散尽的土地上，在我们大张旗鼓地宣扬"本国主义"学问的同时，让青年学子们通过文学多了解一些外面的世界，获得更开阔的视野和更多样的思维模式，获得对自由平等民主博爱等普世价值观念更形象、更全面的理解，应当是大有裨益的。

在势不可挡的全球化语境下，我们将面对一个更加绚丽多彩、也更加斑驳多变的世界。外来文化会呈现愈发多元化、多样化的态势。文学作为各国各民族的最佳“形象大使”，在沟通与交流方面，始终扮演着无可替代的重要角色。外国文学工作，任重道远。对于广大高校教师来说，如何挣脱有形无形的羁绊，如何克服急功近利的浮躁心理，如何在有限的时间和空间里，把外国文学的教学和研究提升到一个新的高度，应当是我们不断求索的现实问题。

国王的戏剧仍活着

——荒诞派戏剧国王尤内斯库周年祭

尤内斯库

1994年3月28日，法国文化部向世界宣布了欧仁·尤内斯库不幸病逝的消息。这位大师带来过一个戏剧时代，又带走了这个戏剧时代——荒诞派戏剧时代。

荒诞派戏剧兴起于20世纪50年代的法国。它以存在主义的“荒诞”观念为理论基础，着重表现世界是荒诞的、人生是无意义的、人的异化、人与世界的隔膜、人与人之间疏离等主题；艺术上则一反过去的传统，以荒诞的形式表现荒诞的意识，以表面的闹剧手法寄寓对痛苦人生的关注，因而能产生不同凡响的震撼力。

为文学家排座次，无疑是一种愚蠢的行为。但尤内斯库被人们冠之以荒诞派的“领袖”“国王”之类的美誉，却是受之无愧的。他于1950年最早推出了荒诞派戏剧的奠基作《秃头歌女》，令世人瞠目；他坚持在这块奇异的领地上辛勤耕耘，创作出《上课》《椅子》《犀牛》《国王正在死去》等多部脍炙人口的佳作；他作为戏剧家，在大量创作剧本的同时，还发表了不少谈话和文章，并于1962年结集成《意见和反意见》，为“反戏剧”提供了理论根据，这是其他荒诞派大师们不曾做到的。

欧仁·尤内斯库1912年11月26日出生在罗马尼亚，父亲是罗马尼亚人，母亲是法国人。他很小就随母亲来到法国。在外省乡村寄宿学校的读书生活给他留下了美好的印象，在日后的那本《零星日记》中，他称这段童年生活为“失去的天堂”。14岁，他回到罗马尼亚继续求学，获得法语学士学位后，留在布加勒斯特任教。1938年，第二次世界大战爆发前夕，尤内斯库与夫人移居法国。此后的大半生是在法国度过的。

尤内斯库的成功，似乎纯属“偶然”。在创作《秃头歌女》前，他只发表过几首小诗和一篇批评文章，从未显露过有什么特殊的文学才能。而且，他喜欢阅读小说、散文，喜欢看电影，讨厌戏剧。不是迫不得已，他从不进戏院。即使进了戏院，也总不能产生共鸣。也许正是这种“天生”的“反戏剧”情绪使他成了“反戏剧”的鼻祖。正如他自己

《秃头歌女》剧照

所说："有时我觉得自己之所以开始写戏，正是因为我讨厌它。"作家在学习英语时，对不断重复句套感到十分滑稽可笑，从而产生了把它们写成剧本的念头。于是，在没有戏剧情节、没有性格人物的《秃头歌女》里，我们便读到了大量单调乏味、颠三倒四的对话，与传统戏剧中追求深刻含义的台词大相径庭。但恰恰是这种"游戏文学"，引起了一场"戏剧革命"。人们从戏中两对夫妇百无聊赖的对白中，看到的是一些现代西方人语言的阻隔、交流的障碍、意识的苍白、生存的尴尬……尤内斯库"无意"中揭示了这种无意义后面的深刻意义，以荒诞的形式直观地展示了荒诞的存在。

《秃头歌女》的剧名也完全得自“偶然”。该剧中根本没有歌女（无论是秃头的还是有发的）的形象，所述事情也与歌女无关。作者原为剧本题名《毫不费力的英语》或《英国时间》(剧中有一个乱敲钟点的英国挂钟)。但在一次排练中，扮演消防队长的演员鬼使神差地把台词中的“金发女教师”读成了“秃头歌女”，在场的尤内斯库拍案叫绝：“就是它，这就是剧名！”如此,《秃头歌女》这个怪异的名字便堂而皇之地进入了人类的戏剧史册。作家的灵机一动，无疑更突出了剧作的荒诞性。

尤内斯库是位多产而又多才的作家。他一生除创作了 40 多部剧本外，还发表过长篇小说《孤独者》，以及相当数量的随笔散文回忆录，如风格独特的《现在的过去　过去的现在》，他自画插图的《发现》等。晚年，他对绘画产生了兴趣，每年都要费大量时间去涂抹画布。面对世界的荒诞，回首他创造的荒诞的世界，尤内斯库感到自己喋喋不休地说得太多了。他想用沉默的作画来取代语言游戏。他认为，绘画能更充分地表达荒诞的无意识。这一改行，多少透露了尤内斯库因无力改变荒诞现实而感到的深深的悲哀。

1950 年 5 月,《秃头歌女》在巴黎梦游人剧院首演时，观众不知所云，纷纷退席，只留下三五个人坚持到底。该剧在布鲁塞尔上演时，观众以为自己受到了愚弄而起哄闹事，迫使演员们不得不从剧院后门狼狈逃窜。然而，七年之后，尤内斯库的荒诞戏不仅得到了社会的承认，而且还受到了极其特殊的待遇。巴黎一家叫作于舍特的小剧院，从1957年起，不论春夏秋冬，不论观众多寡，每晚上演尤氏的两出代表作《秃头歌女》和《上课》，连续30多年从不间断。据统计，尤内斯库谢世那天，该剧院正在上演的是第11944场。这些演出，已成为名副其实的“人文景观”，被戏称为20世纪的“活化石”。它吸引着来自世界各地懂法语和不懂法语的观光客，也为痴情的研究者提供了生动的教材。人类戏剧史上有哪位剧作家在世时，其作品不仅被奉为“经典”而且作为“文化”被陈列展示？这不能不说是一个非常奇特的文化现象。

法国荒诞剧坛的其他三位大师于19世纪七八十年代先后去世，尤内斯库的离去，为荒诞派戏剧时代画上了句号。但是，人们相信，作为本世纪艺术珍品之一的荒诞派戏剧，会永葆其独特的魅力。正如尤内斯库故乡的《罗马尼亚文学报》所言：“戏剧的国王死了，国王的戏剧仍活着。”

1995年3月

癫狂的愚昧

——尤内斯库《头儿》译后

荒诞派剧作家欧仁·尤内斯库的短剧《头儿》构思创作于1951年，属作家早期创作。

历史上有过反蒙昧的抗争，矛头所指是天上的上帝，那是一种形而上的存在，无法证明，也无需证明。抗争的武器是理性，人们要用理性来确立自信和尊严，确立追求现世幸福的正当理由。也许是为了应验哲人“没有上帝，人也会创造出上帝”的预言，现代人常常会庸人自扰地制造形形色色的权威崇拜，心悦诚服地、甚至是狂热地顶礼膜拜，从而失落了自我；或者，正是因为自我的失落，人们才需要寻求依托，自觉不自觉地把自己的命运交付给自我设定的“权威”。无论是前者还是后者，都表明当代人陷入了虚弱的无奈，表现出智慧的无知。而且，人类如何走出这混沌的困境，似乎还是个悬案。

敏感而痛苦的尤内斯库，在推出惊世骇俗的成名作《秃头歌女》的同时，即构思创作了这出更具闹剧风格的《头儿》，其尖刻与悲哀，毫不逊色于前者。它把矛头指向“盲目崇拜”的集体无意识，再一次显示了他“寓悲于喜（于闹）”的非凡才能。

一个没有头的“头儿”，竟引得无数人疯狂般地追逐、鼓噪、欢呼……唯恐错过一睹风采的机会。他的一举一动，哪怕是“咂大拇哥”，都会引起人们强烈的兴趣。人类的愚昧，在台前台后的癫狂中被展示得淋漓尽致。

“可是，可是……这头儿，他没有头。”

“他不需要头，既然他是天才。”

精彩的点睛之笔。“头儿”，是一种身份，一种地位；凡具有这种身份、这种地位的人，就天然地是一个天才，就天然地要受到众人的崇拜。因此，“他不需要头”。荒诞式的警句，并不缺少耐人寻味的魅力，且更具刺激的锋芒。

其实，在剧中没有头的岂止头儿一人？应当说，这一群人（包括后台的“群众”）个个都没有头。他们东奔西跑，狂呼乱喊，又哭又笑，时而亢奋激动，时而失望沮丧……这些无理性的表演，难道是有头脑的人的作为吗？“他不需要头”，因为“他是天才”；我们可以依照这一逻辑说：“他们不需要头”，因为“他们是蠢才”；或者也可以说，“他不需要头”，因为“他们崇拜头儿”。

盲目的从众心理，也是当代流行病之一；它与偶像崇拜相结合，便成了社会性的灾难，二者的共同特征都是放弃了独立思考的权利，而把一切都交给了他人。比之帕斯卡尔的“人是有思想的芦苇”的命题，盲从者只不过是生命力极其脆弱的一根芦苇，丧失了在宇宙万物中独特的存在价值，剧中那对男女恋人，原本与“头儿”无关，但随着台前台后的狂热，他们也在不知不觉中被卷入了这一大潮，莫名其妙地跟着高呼“乌拉”“万岁”。此类无缘由的随波逐流，在当今世界并非罕见的现象。

男女恋人的第一场戏，很容易使我们联想到《秃头歌女》中马丁夫妇那幕经典的荒诞戏，只是更加简洁，更加直截了当。他们从相见不相识，到彼此热烈拥抱，互称“亲爱的”，直到立即要结婚去，一共进行了不到十句对话。相爱未必相知，人与人之间的疏离被再一次直观地推到了前台。剧近结尾处，男崇拜者与女恋人，女崇拜者与男恋人的互相拥吻，更强化了这种人际关系的荒诞性。全剧结尾，人们忽然想到彼此还不相识，于是发出了一片“您叫什么名字”的询问声。这是人物在互问，也是向一切人的提问：你们相互认识吗？你们相互了解吗？你们知道对方究竟是谁吗？……

隔膜的人群，盲目的追逐，狂热的叫贼，以及一个没有头的“头儿”……这一幅非理性的图画，传达出的是癫狂的愚昧，时代的悲哀。在满台乱哄哄的闹剧场面背后，我们读到的是作家深刻的焦虑，莫名的悲愤。“由于喜剧就是荒诞的直观，我便觉得它比悲剧更为绝望。”《头儿》正是这样一出尤内斯库风格的“悲剧性的闹剧”[①]。

① 尤内斯库：《戏剧经验谈》，载《荒诞派戏剧》第50页，中国人民大学出版社，1996年。

《尤内斯库画传》自序

不知是出于巧合，还是出于通感，在我动手写这本传记时，我家的挂钟忽然不听话了：它不肯准点报时，不是早十分，就是晚一刻。当然，它还没《秃头歌女》中那只英国挂钟那么疯狂，九点钟时打十七下，或连续打上二十九下。我没有送出去修理，我想，在这神秘的错乱中写作这本书稿，也许更能体味尤内斯库式的荒诞。

十几年前，我在编撰《荒诞派戏剧》研究资料时曾有此感慨："'满纸荒唐言，一把辛酸泪！都云作者痴，谁解其中味？'也许，中国老人曹雪芹的绝唱，最准确地传达了西方现代荒诞派戏剧家们的心曲？！"这次通读尤内斯库的剧本，更为其"荒唐言"之"荒唐"、"辛酸泪"之"辛酸"所震撼。他那奇异怪诞的想象力和对现代社会、人生的焦虑感，巧妙地结合成一台台色彩斑斓的舞台剧，要想真正品尝个中滋味，还真非易事。用中国古代作者的诗来解读西方现代作家的戏，本身就可能有点荒诞。但将二者联系起来，倒可以给我们一点启示，古今中外大凡有成就的作家，不论其写作风格如何，表达方式如何，其心灵深处往往都潜藏着关注人类命运的深沉而博大的悲剧意识。

跟随尤内斯库走过一个个噩梦，如同穿行在人间炼狱，心情沉重而焦灼，直至收笔后都难以拂去那份数月来日夜萦绕心头的苦涩。好在他的幽默与睿智，还能不时地引发会心一笑，让人松弛一下神经，调整一下心态。我真没想到，尤内斯库的喜悲剧会这么折磨人。这是过去分别阅读时所未能体验到的。

尤内斯库的思维方式与写作模式确与常人不同。他写过多部随笔性的被称为回忆录的著作，但没有一部是按时序记录他的所作所为的“史书”，却都是飘忽不定的断想，因而使人们难以理清他的生活轨迹，而他又喜欢出乎寻常地把一些自传性的因素置入他的剧本，将他儿时的记忆、对亲人的爱恨，以及许多直接体验，通过变异化作舞台形象，这就使研究者们不得不把研读作品和探寻他的人生道路联系起来，甚至到剧本中去爬梳他的传记材料。从另一个角度来说，作为多产的剧作家，在他创作的高峰期，一部接一部的作品就是他的生命构成，是他生命意义之所在。因此，我们把对作品的解读（真正读懂并不易）放到了重要的位置，而且也可从中了解作家的生活状态。

这本书虽篇幅不大，但我要感谢的人却很多，在此一并表示谢忱：首先是聪慧的周晓苹女士，没有她在百忙中的策划动议，没有她的邀约和敦促，我恐怕是难下决心完成此稿的，法国友人 Alain Levy 先生，正在比利时鲁汶大学攻读的李丙权、陆海娜夫妇为我购买、复印和扫描了许多珍贵的资料，人民大学的王以培和首都师大的吴康茹两位学者利用他们在巴黎访学的机会，给我带回了重要的专著，后者还为我慷慨地提供了尚未付梓的最新译文，中央戏剧学院的黄克英女士和友人王林先生都热情地向我伸出了援手，远在巴黎的友人李升恒先生，冒着严寒去到塞纳河畔，专门为我拍摄了几幅于舍特剧院（该剧院连续 48 年不间断地上演尤内斯库的《秃头歌女》和《上课》两戏）的照片，使本书增色不少，数年前，法国文学专家张容女士和廖星桥教授分别赠与的《荒诞、离奇、怪异》和《荒诞与神奇》两书，使我受益匪浅，是为本次写作的重要中文参考著作。

我还要感谢妻子金陵，她是本书的第一个读者，为我处理了许多杂务，并为校对录入员的大量打印错误费尽心血。

最后，还要感谢中央编译出版社的领导和责编高立志先生的辛勤付出。

2005 年春节

京西无味斋

没有“结局”的“等待”

——纪念贝克特诞辰100周年

王尔德并非痴人说梦地声称，是艺术家“发明”了现实，而非现实创造了艺术。在20世纪，如同卡夫卡为我们“发明”了“异变”，艾略特“发明”了“荒原”，贝克特则“发明”了“等待”。艺术家以超乎常人的智慧，点击出令人惊诧的关键词，一语破的地道出潜藏在人们心中的秘密，揭示了人们普遍存在的情结。

满脸沧桑、沟壑纵横的萨缪尔·贝克特，仿佛总是背负着沉重的十字架在探寻人类的前途。他的戏是沉郁的，时常让人感到窒息。他喜欢把人物放到被动的绝境里挣扎，他们没有选择的权利，或者说，没有选择的能力，只是在冥冥中企盼着似有若无的希望。面对战争中和战争后残忍的现实，贝克特的态度是冷峻的。他把人放进轮椅，套上链子，塞进垃圾桶，埋进坟堆，以表明抗争之不可能、抗争之无意义。戈戈和狄狄两个流浪汉，虽然是自由身，但却始终徘徊在一棵随时可能作为“绞架”的枯树下。他的冷峻，让人不寒而栗。

克拉普的希望在过去（《克拉普的最后一盘录音带》），温妮的希望在当下（《啊，美好的日子！》），流浪汉的希望在“明天”（《等待戈多》）。似乎处处有希望，时时有希望。然而，谁也没能真正抓住希望。对于被固定在轮椅里的哈姆来说，也许结束这一切痛苦的“结局”（死亡）的来临可以算是他们的希望，而这样的希望也得不到实现，折磨人的痛苦仍在没完没了地继续（《结局》）。

死亡是文学的母题之一。在传统文学里，死亡总是负载着重要的意义。无论喜剧性的还是悲剧性的，它都会引发情感的波折，昭示价值的取向。而在荒诞论者看来，死亡却是荒诞中的荒诞，它所彰显的正是人生意义的缺失。死亡既是必然的、不可避免的，人又何必要诞生呢（哈姆怒斥父亲：“坏蛋，你为什么把我生出来？”）。贝克特视死如生，视生如死，死亡和生命一样，无所谓意义，亦无所谓价值，只是一种状态。因此，被黄土不断掩埋的女士还会不停地梳妆打扮，并赞美“日子”的“美好”。死亡的气息笼罩着、主宰着一切场景，难道人们应当就此放弃生命吗？生与死的等值，生与死界限的抹平，意味着绝望的否定。人人如此平静地由生向死过渡，坦然地（甚至是主动地）迎接死亡，更使人倍感人生的空虚。

孤独是现代人的流行病。贝克特往舞台上放的人物从来就很少，多则四五个，少则一个人。他们似乎就是为表现孤独而存在的，人与人之间的沟通总是那么艰涩，物质的和精神的障碍横亘其间，让人无法接近，更无法融会，无人能走进他人的内心。克拉普的独角戏，以今日的自我面对往昔的自我，不论是精力充沛的青年时代还是垂垂老矣的暮年时分，他都是孤独的，只能自己与自己交流。《哑剧 1》中的人物，在无名的哨声指挥下孤立无援地苦苦挣扎于世。个体与世界仿佛是绝缘的。

不过，贝克特总算给人们制造了一个“戈多”，一个不知为何物、不知为何人的“戈多”。他像是个“不明飞行物”，在广袤的天空忽隐忽现，既引你翘首追踪，又让你无法确知。他的魅力，正在于他的神秘，在于他的虚幻。这是个虚拟的存在，却是个巨大的存在。他是希望的载体，左右着人们的命运，甚至决定着人们的生死。人们无法在没有希望的状态下生活，人们又无力在生活中真正找到自己的希望。人生的窘困，人类的尴尬，均在这幻影般的关于戈多的寓言里得到了充分的展示。

孩子不会撒谎，他告诉人们戈多“明天”准来，而且“决不失约”。“明天”是确指的，但明天的明天，永远的明天，便成了遥遥无期的未知数。“等待”是一种时间性的行为。从等待开始，人们就期盼着它的结束，期盼着看到它的结果。但贝克特为我们提供的却总是没有“结局”的“等待”，而且，“等待者”似乎也并不急于直奔结局。因为，一则他们有的是时间可以消磨；再则他们知道结局并不比现在更美好，戈多来了也无法拯救世界。人生就是一次漫长的等待，怀抱着希望的、无望的等待。人们也会偶尔发出怨言，“希望迟迟不来，苦死了等的人。”但他们仍会乐此不疲地用帽子和靴子打发日子。否则，他们又能做什么呢。

贝克特是位敏感而执着的怀疑论者，他把非理性主义发挥到了极致。在他眼里，一切都是无缘由的，无规律的，神秘莫测的，不可理喻的。“最可怕的是有了思想。”思想能使人看清自己的境况，思想能使人明白荒诞之无法祛除。贝克特是思想者，他知道他在用思想“可怕”地揭示着世界的真相，他知道他在用思想“可怕”地给人类制造着痛苦。但他只能如此，因为他没有看到过有美好“结局”的“等待”；也因为他无法拒绝思想。

但他不是思想家，不是哲学家。他无意（也无力）给世界提供最终的答案，而他的直觉呈示，却足以振聋发聩。

贝克特的舞台就像是“潘多拉盒子”，他在舞台上展示种种苦难，却把“希望”永远留在了舞台深处。

无神论者读《圣经》

得到一本作者题字的赠书，常有一种特殊的快感。赠书者有熟悉的，也有不那么熟悉的，甚或有的只是初次见面。对于都是以笔耕为业的人来说，一书相传，便似乎缩短了彼此距离，自然而然地增加了许多话题。记得在巴黎时，我登门拜访六旬有余的巴学老权威加斯德克斯教授，尽管老者谦虚和蔼，但作为外来后生的我，仍未免心中忐忑，举止拘谨。言谈间，我递上拙作《巴尔扎克和〈人间喜剧〉》，对方当即欣然从书柜里拿出他注释并作序的《欧也妮·葛朗台》签名相赠，一接一送间，谈话气氛便变得轻松自如了。

我所珍藏的馈赠，多系同辈人的佳作，读书念友，如闻其声，倍感亲切。但最近，我有幸相继收到两本异辈者的著述，且属同一题目，又别生一种情怀。

朱老（维之）托人从南开大学捎来一本刚刚问世的力作《圣经文学十二讲》，令晚生受宠若惊；不久，又收到青年学者杨慧林的赠予——《圣经新语》，同样使我兴奋不已。这是由他和他的挚友方鸣、耿幼壮联袂主编、一批同龄人合力完成的。我一向为自己对基督教和《圣经》的无知感到苦恼，这种无知带来的必然是对西方文化的不甚了了。现在，有关《圣经》的两本新作一起摆到了案头，又都是真情的馈赠，喜悦之情可想而知。我想，作者们将还散发着油墨香味的新书匆匆送来，除了情谊之外，大概也是深知我知识的贫乏，希望我能尽快补上这一课吧。为此，我更应感谢他们的美意。

学识渊博、宽厚善良的朱老，是我十分敬重的老前辈。他对希伯来文化的研究，享誉国内外。他勤奋治学、笔耕不辍的精神，更使我这个疏于提笔的学生常感无地自容。朱老以80有余的高龄而完成《圣经文学十二讲》这种30万字的大作（近作又何止于此！），这一事实本身，就包孕着丰富的内涵。

《十二讲》有个副标题：圣经、次经、伪经、死海古卷。这个副题的内容，其实只占书中之一讲，但它却醒目地标明了该书的基本特色：翔实的文献性，科学的系统性。无论是对圣经及其各类外典的钩沉，还是对圣经中各类文学的阐释，作者都能以确凿的史料为根基，或详述其形成演变，或勾勒其产生背景，繁简自如，均给读者提供了进入圣经殿堂的金钥匙，足见朱老功力之深，且丝毫没有卖弄学识之虞，处处为启迪读者而着墨。

切莫以为长者的学术专著就势必艰涩难读，就势必迂腐僵化。据我看，朱老文笔之自然、流畅、优美、洒脱，是许多自以为是的后生难以望其项背的。全书娓娓而谈，边叙述、边提示，读来毫无沉重感。由于朱老学贯古今，胸怀博大，思想开放活跃的程度并不逊于晚辈。他深刻地指出："圣经是西方文学的源泉或传统之一，不读圣经便不能很好地理解西方文学。……不仅正统的西方文学如此，就是反正统的20世纪西方现代派文学也是如此；在现代派文学中，希伯来—基督教的情趣更浓。"尽管他没有采用简单比附的写法，但可以看出，作者落笔时心中是装着一部西方文学史的。

《圣经新语》也有个副标题：箴言、典故、赞美诗。这是该书"上编"的内容，撷取了编者认为能够代表《圣经》主要思想的部分篇章，似乎也顾及了文学性、可读性。我推测副标题的意图是，吸引从未接触过《圣经》的读者能从直接阅读中领悟其真谛，这是符合我国国情的做法。当然，这不是传经布道，编者们皆非信徒，更无将读者都变成信徒的意愿，"下编"内容可作佐证。

"下编"共收论文8篇，分别论述了《圣经》与西方美学、文学、艺术、神学、哲学、文化及政治法律制度的关系，还有一篇《马克思主义与基督教》的专论。切莫以为青年学者的观点就势必放肆，论证就势必稚嫩。用心读完这几篇大作后，人们不难发现，他们对基督教—圣经的基本精神的把握，远非拥在教堂里的信男信女们可以相提并论的。他们开阔的视角和深入的层次，都明显地带有现时代的特色。据说，无论是十字架，还是教堂的尖顶，都能诱发人们向上、向着天堂的愿望。而青年学者们却仿佛力图站在超越一切的制高点上，俯瞰天堂、地狱和人间。这是历史发展赋予他们的特权。他们充分利用了这一特权。

《圣经》是经书、是历史？是道德教诲、是文学创作？都是，又都不是。从起源、形成、变异，直至它对后世的种种影响，套用当今时髦的术语，《圣经》—基督教是一种不折不扣的“文化现象”——这是案头两部新作给我的共同启示。以宗教教义为对象，又不囿于宗教意识的樊篱，而是将其置于历史流变和社会心态的大背景下揣摩，——我想，是否可以用“曲解”的“出神入化”（跨出神学，进入造化）一词来概括作者们的追求呢？“无神论者做弥撒”（巴尔扎克的小说），自有其独特的隐秘；无神论者谈《圣经》，也会有其独特的方法。

老前辈仍在奋笔疾书，新一代正锐气逼人。“夹缝”中的我，尚不知是否读懂了他们的大作。

1991 年 2 月

《离婚》小议

名著难改。温戏难拍。

但王好为、李晨声联袂改编并拍摄的这部老舍力作，以他们深厚的文学功底和细腻的艺术风格，克服了这双重困难，获得了难能可贵的成功。

《离婚》，顾名思义，当然是写婚姻的离异。家家有危机，人人闹离婚，而到头来，却人人都没离，家家都没散——是生活，还是作家，和人们开了这样一个玩笑？的确，这是个不大不小的玩笑，是作家从生活中开掘出来的玩笑，玩笑的背后却闪着苦涩的泪。病态的人生，困窘的存在，艰难的变异，走不出的怪圈，承袭了传统文化的恩泽和重负的“老中国儿女”，就是在这种“进三步退六步”的状态中徘徊着——《离婚》，岂止是在写“离婚”？！影片的编导们准确地把握住了老舍先生的深刻，从容地展示着北平市民的灰色人生，努力揭示平庸琐屑后面的尴尬处境。忠实的改编，不仅意味着对原著主旨与风格的正确理解和传达，还应包含现代意识的观照和阐释，我以为，影片《离婚》达到了这二者的有机统一。

众所周知，老舍先生是讲故事的行家里手，但他的故事多半并无大起大落的跌宕情节，而是在娓娓道来中充满睿智与幽默。《离婚》便属此列。此类影片是要用“心”来拍摄的。“心”领神会的编导演们以其恰如其分的分寸感，平实缓畅地再现出老舍笔下的人生百味。淡化叙事结构，淡化情节交代，浓化民俗背景，浓化细微末节，更浓化人物心态——浓淡相宜，含蓄隽永，耐人寻味。戏属温性，堪称温文尔雅的佳作。

1992年12月

雅不脱俗　俗中求雅

中央电视台播出的十集电视连续剧《武生泰斗》（马泉来编剧，王好为、李晨声导演），以浓重的笔墨，描绘出一幅旧北平的生活风情画，并以此为背景，描述了两代武生的坎坷命运，讴歌了他们对人生、对艺术的执着精神。全剧渗透着艺术家对美的创造的褒扬和对美的毁灭的控诉。

对武生泰斗林玉昆来说，艺术就是命，就是安身立命之根本。因此，尽管他已名噪京都，却仍然精益求精，功夫不离身。他虽年过半百，演起《长坂坡》《挑滑车》来，依然是神威不减，彩声不断。他对小林玉昆严以要求，近乎残酷，用意也只有一个，要他在舞台上立起最美的形象，对得起观众，特别是对得起真懂戏的戏迷。在小林玉昆被恶势力迫害致死后，老林玉昆击鼓哭丧的场面催人泪下。震裂人心的鼓声，不仅寄托了师父对徒弟的无限哀思，更传达出这位老艺人对艺术惨遭摧残的无比愤怒。

戏剧离不开观众，而中国戏曲观众与戏、与演员更有着一种特殊的缘分。这是一个杂色的群体：达官贵人、名媛淑女、社会贤达、没落贵族、市井百姓……但，不论真懂假懂，不论善者恶棍，他们都非常“投入”，都喜欢从各自的角度，以各自的方式积极介入，甚至左右演员的命运。《武生泰斗》着意拓展对这种关系的描写，大大丰富了电视剧的色调。

以金爷、教授、胖掌柜等为代表的一批戏迷、票友，是林玉昆戏班最忠实的观众，也是最诚挚的朋友。他们爱听戏、真懂戏、会品戏。站在后排蹭一场好戏，戴上髯口哼上几句戏词，扮上装和“角儿”照一张相，都能使这些活得并不轻松的老者乐不可支。他们尊崇艺术、尊崇艺术的创造者，更尊崇他们的高尚品格。正是从他们如痴如醉的热情支持中，社会地位低下的“戏子”才真正感受到了人间的温情和艺术的价值。票友们在后台闹腾，胖掌柜请小林玉昆洗澡，众戏迷和戏班共进夜宵等戏，都拍得极富生活情趣，温馨亲切。老林玉昆以烧毁借据为落魄的金爷送终一节，更是有声有色，感人肺腑。民俗风韵，时代印记，独特的人情世态和文化氛围，为这个悲欢离合的故事平添了新意，也增加了历史的厚重感。

观众群中的另一极里，有不懂装懂的司令，有懂戏但“爱戏及人”的司令太太，有动不动就要“搬机枪”的老太爷……淡淡几笔，栩栩如生，使剧场真正成了社会的缩影。在和各种邪恶力量的对抗中，老林玉昆显示出他的铮铮铁骨，凛然正气。小林玉昆虽最终死于非命，但他和戏班的兄弟姐妹们患难与共、奋力抗争的积极人生态度，同样给人留下深刻印象。

《武生泰斗》雅不脱俗，俗中求雅，刻意提高电视剧文化品位的努力是十分可贵的。

1992 年 4 月

感谢认真的耕耘者

——电视连续剧《武生泰斗》观后

“好角儿，好角儿啊！”剧中的戏迷不断对著名武生林玉昆父子的精湛演技发出痴狂的喊叫。

“好演员，真演绝了！”电视屏幕前的观众不断对《武生泰斗》（马泉来编剧，王好为、李晨声导演）中明星们的精彩表演拍案叫绝。——当然，神态、声调都要节制得多。

梨园内外，舞台上下，两代名优的苦斗，悲欢离合的哀歌——生动的题材和跌宕的情节，似乎已为创作者铺设了一条通往寻常百姓家的道路。但可贵的是，汇集在这里的艺术家们并没有把自己的创作任务仅仅满足于叙述一个引人入胜的故事，而是俗中求雅，精雕细描，为观众提供了一部色彩丰富饱满、文化品位较高的佳作。

阵容强大，群星荟萃，是这个创作集体的突出特点。王金璐、李丁、朱旭、李翔、江水、管宗祥、田春奎、孟庆良、方舒、吕齐、李明启、张炬、张秋歌……这些享誉首都艺坛的著名演员，不论担任主角、配角，甚或只是“龙套”，都能各显神通、尽情发挥，而又相得益彰地统一于导演的总体构思，栩栩如生地塑造出京味儿极浓的众生相。

名武生演名武生，年逾七旬的王金璐扮演的林玉昆，台上功夫依然不减当年，令戏迷大饱眼福。更难得的是，他从京剧戏台第一次“下海”走上荧屏，竟把生活戏演得如此真切、如此动情。他将人物的刚毅耿直、江湖义气、古道热肠、嫉恶如仇和对艺术的执着追求有机地融为一体，使这位富于传奇色彩的武生泰斗形象具有相当的概括力和感染力。

李丁饰演的谢经理，时而软中带硬，时而硬中有软，时而凶相毕露，时而媚态十足，游刃自如地把一个谙于世故、左右逢源而又活得并不轻松的市侩演得活灵活现。金爷的扮演者朱旭是位风格独特的演员，他善于运用语言的魅力，配以精选的眼神和动作，于不露声色中恰到好处地表现出这位前朝遗少的复杂心理。金爷爱戏近乎迷狂，却毫无生存本领；善良自尊、自视甚高，又无奈于家道中落、备尝世态炎凉。这个悲喜剧人物的塑造成功，更增添了艺术画面的历史感。地痞恶霸小花虎，是个极易流于表面化的反面人物，但张秋歌在二度创作中着力挖掘其崇拜侠胆风骨、讲究江湖义气的特点，从而使形象有血有肉，不同凡响。

电视荧屏呼唤着真正的艺术精品，呼唤着严肃认真的创作态度。《武生泰斗》之引人注目，并非在于它用了一批明星，而在于大小艺术家们都没有轻视电视剧这一通俗艺术品种。他们认认真真地对待每一个动作，每一句台词，每一个细节，每一个镜头，从而给人以整体的美感。作为观众，我们并不奢望中国电视剧质量的飞跃能在一夜间完成，但却真诚地期望每个踏进这片园地的耕耘者都能如此辛勤地耕作。中国电视观众太多太多，把粗制滥造之作推上荧屏，将造成多少时间和生命的浪费——不知在落笔和开机前，我们的创作者们是否想过这个问题?

1992 年 2 月

青春的诗篇

——读人大学子的《春笋集》

不知从什么时候起，我常常对年轻的朋友们投以羡慕的眼光，这，也许就是步入中年的标志吧。

年轻，意味着英姿勃发，精力充沛；意味着兴趣广泛，感情奔放；意味着思路敏捷，感受纤细；……就好像是在日渐失去这些特质之后才意识到它们的可贵的。所以，我喜欢和年轻人生活在一起，希望从他们身上汲取继续搏击的力量；增添新的感应力，甚或“偷”来一点灵感，“借”来一点激情。

正是基于这样一种情感，我成了校刊《春笋》副刊的忠实读者，并也曾偶尔为她做一点事情。作为学校生活的一个特殊窗口，我从这里更真切地窥视到了青年们对待生活、事业的态度，探测到他们神经的敏感区、兴奋点，也受到了他们坦诚的、真情的感染。现在，校刊编辑部又从复校以来文艺副刊的稿件中精选出百余篇包括小说、散文、诗歌汇集成册，为我们大家提供了一个集中欣赏的机会，也为我校校园文学积累了一份宝贵的记录。我们应当感谢他们的劳绩，并且希望这项工作能够继续下去，使人们将来有机会读到一本比一本更精粹的《春笋集》。

诗，是属于年轻人的。青年，就是一首诗。青年人的生活中、心灵里都充满了无尽的诗意。因此，在校园文学中，在我们眼前的这本《春笋集》里，诗歌占据着数量上的优势是十分自然的；而且，即使是散文和小说，也都或多或少地含育着诗情，散发着诗意。

我喜爱豪情的奔突。《我的思念，在大西北》《哦，五月的船》《明天，我们出发》《党旗下》，以及散文《这一页》《船到中流的时刻》等等，都洋溢着阳刚之美，表现出新一代青年的事业心，进取心，表现出他们广阔的胸襟和饱满的热情。那荡漾其间的浩然正气，给人以奋发向上的力量。“我以青春的名义／请求，用你的形象塑造我／用你不屈的古长城／构筑我的骨骼／用你雄浑的原野／充实我的肌肉／用你千百条无私的内流河／注成我的血液”，这难道不是真正的男子汉的声音！我仿佛能听到这宽厚的心声在祖国大地上引起的强烈共鸣。“也许漠风会很快吹皱我们的额头／也许流沙迅速掩埋我们的脚印／但我们决不后悔自己的选择／自己对祖国的深深的爱情！／明天，我们出发／向着辽阔向着黎明”。这是出征者的誓言，——当代青年追求的正是“开拓者”的“乐趣和豪情”。

诗，需要激情，也需要敏感。“大江东去”固然是千古绝唱，“小桥流水”也别有一番情致。“你已不再能飞，／却给人以飞翔的梦；／你已不再能梦，／却给人以夏天的记忆；／你已不能再记忆，却使一切记忆得到永生——这首题为《致彩蝶标本》的小诗，玲珑剔透，引人遐想。我以为，没有对生活的执着的爱，没有对美的刻意追寻，是难以在平凡中捕捉到隽永的诗意的。像《蝴蝶结》《排球场上的少女们，和我》等诗篇，《镜子》《春草的联想》《天山行吟》等散文，都不同程度地体现了这一特色。

我曾在一篇短文中写道：“在学校的围墙里待久了，思想容易发木，笔头容易发涩。”可贵的是，《春笋集》的许多作者都自觉地利用一切可能的机会，把艺术的触角伸向广阔的社会生活：从者阴山前线到北大荒原野，从中苏边境的小镇，到故乡门前的小路……其中，特别是改革给农村带来的变化得到了更多的反映，这不能不说是历史的恩赐，同时也表明了青年人努力把握时代脉搏的巨大热情。如果说小说

《那一片天，真高》《分地》《春联》等以迅速敏锐地反映现实见长的话，那么，散文《祭》《红叶，寄给雪山》《菊婶的奠》《秋天，在自然和历史的怀抱》等则以深沉的历史感取胜，它们融进了作者认真严肃的思索，因而在给读者带来美的享受的同时，也带来了更多思想的力量和回味的余地。

* * *

“春笋”，是稚嫩的。稚嫩是一种可爱。但，人们还是希望从稚嫩走向成熟。作为大学生的诗文集，我们说希望它能有更开阔的视野，“阅尽人间春色”，奏出时代的强音；也希望它能更多方面地书写校园的生活，特别是更深入地开掘新一代青年的心灵，以使其色彩更加鲜明、独特。

我喜爱破土而出的“春笋”，我期待着郁郁葱葱的竹林。

1986年5月

闲笔

大仲马高兴吗

2002年11月30日，由总统陪同、剑客护卫，法国以隆重的仪式将大仲马送进了先贤祠。先贤祠位于巴黎市中心的拉丁区，是18世纪修建的万神庙，大革命后被确定为安葬对法兰西做出重大贡献的伟大人物的殿堂，因而被我国有识之士译为“先贤祠”或“伟人祠”。

建立这样一个神圣的殿堂，正如17世纪时设立的由40位“不朽者”组成的法兰西学士院制度，无疑都说明法兰西民族对文化的高度尊崇，这一优秀传统本身，就是一份十分珍贵的财富。

但是，一进入具体化运作，就有了“排行榜”的意味。要给伟人们列出座次，谁该进谁不该进，谁先进谁后进，恐怕在上下左右不同的人群中是难以取得共识的。大仲马是进入先贤祠的第70位伟人，按文学家论，他是继伏尔泰、卢梭、雨果、左拉、马尔罗之后的第六人。群星璀璨的法国文学史，会认可这样一份“排行榜”吗？

我不清楚“入祠”人物有没有明确的遴选程序。据相关报道，这次是由“大仲马之友协会”提出申请，希拉克总统亲自批准的。这样的程序倒也简单高效，省去了许多不必要的过程。不知道70位伟人是否都是如此“钦定”的。这好像与这类素以自由空气著称的民族传统又有些不甚协调。

笔者曾有幸怀着虔诚的心情参拜过这座圣殿。在毗邻而置的雨果和左拉的棺柩前，我十分感佩法兰西民族的包容精神。这两位文学理念、创作风格迥异的大师，人们是否希望他们在远离尘世后能在这里静下心来坦诚地进行沟通呢？也许他们会扬弃各自的偏激，共同为文学设计出超越他们成就的新思路？

但是，不容讳言，在这幽暗的灯光和排排棺柩组成的庄严肃穆里，人们在崇拜敬畏的同时，还会感到些许的沉闷和压抑。沉重的神圣和那道道玻璃墙一起，仿佛阻隔了后来人与这些“先贤”的心灵对话。曾被他们的作品搅得热血沸腾、寝食不安的读者，此时此地只能怀着冰冷的仰慕，感受那穹顶下的伟大。

在探访“先贤祠”外的“先贤”时，我领略了另一番风光。波德莱尔、莫泊桑、萨特……栖身在闹市区蒙巴纳斯墓地，墙外便是车水马龙的大街和五光十色的商店。他们好像仍和他们笔下的巴黎亲密地生活在一起，热爱他们的人可以随时进来看望他们，聆听他们的声音；他们也可以随时挤进熙熙攘攘的人群，找一间咖啡馆落座，继续寻找他们的灵感和哲思。莫里哀、缪塞、巴尔扎克、鲍狄埃等人安息的拉雪兹神甫墓地，是一座绿树成荫、石径通幽的小山岗。在这里，孩子们追逐嬉戏，老年人凝神阅读，年轻人谈情说爱，处处洋溢着生命的活力。人们相信，在生趣盎然的氛围里，亡灵不会感到寂寞；或许，正是在这活泼泼的生的磁场里，才会有灵魂的再生，才会有真正意义的永恒。

回到大仲马。这位生得潇洒、活得快乐的大块头浪漫派作家，体力充沛、精力过人，想象丰富、才思敏捷，放浪形骸、挥霍无度，侠义肝胆、古道热肠……无论在政治上、生活上、创作上，他奉行的都是自由主义。不受任何约束的自由，是他追求的最高境界。他没有雨果的沉重思想，没有缪塞的柔弱忧郁，没有乔治·桑的田园牧歌，他以自由联想编织起充满自由精神的传奇故事，迅速征服了世界各地的男女老少。对此，大家很高兴，他也肯定很高兴。

但是，这回，他会高兴吗？总统钦定册封、亲自护送，耗资巨额，典礼壮观，当能满足大仲马一生对虚荣的爱慕。然而，轰轰烈烈之后呢？从来喜欢热闹的他，能耐得住庄严的寂寞吗？从来无拘无束的他，会享受罩在光环下的荣耀吗？

“大仲马之友”们应该是最了解大仲马的，但愿他们的选择是符合大仲马的意愿的。我们都不是大仲马，谁知道呢？！

2003 年 1 月

贺卡情

新年前后，收取贺年卡是一大乐事。民族的、西洋的，精美的、朴素的，或只是简简单单的一张明信片。我把收到的各色贺年卡排在书架上，琳琅满目、错落有致。

贺卡上印的吉祥语，我一般很少注意。有的雅，有的俗，有的酸溜溜，一看便知是出自蹩脚文人之手。我只关心下面的落款。它意味着在这世界的某个角落，有一颗心是和你相通的。人都希望多一份温情，希望多几个朋友。

贺卡寄自四面八方。

时间本是剪不断、抓不住的。年月日时分秒，不过是人为的刻度，除夕新年，也都是为自励或自娱而创造出来的“历史性时刻”。洋人造出了洋历年，国人造出了阴历年，我们与世人同乐，又不忘文化传统，于是便有了“二节同享”的幸运，而且在“元旦”和“春节”都会产生“送旧迎新”的激励。在这种时刻，贺卡传情，素淡如水，岂不都能体验到一份清雅的温馨。

我和妻子都是教书匠。从境内各地寄来贺卡的自然多是当年的学生。他们当中，有的刚刚毕业不久，有的已离校十年有余；有的年年按时寄出，有的是偶尔为之；有的形象在我们心目中还十分清晰，有的已多少有点模糊；有的在校时属“得意门生”，有的学习成绩平平；有的现在已颇有地位和成就，有的过着极其平凡的日子……不论哪种情况，对我们来说，每收到一张贺卡，都是一次喜悦，都添一份亲情，都能引发一段回忆。有一位内蒙古的姑娘，让我很是感动。她并不是我的学生，我只是应邀参加过她的硕士毕业论文答辩，相识不到一周时间，但她五六年来都会准时给我寄上一张贺年卡。

学生的思念，是对教师的最高奖赏。在局外人眼里，教师的生活是单调而乏味的。他们不懂得，教师最大的乐趣正在于面对的是一个个活泼泼的年轻生命。我从不敢妄言我曾塑造了他们的灵魂，但我感到欣慰的是我和他们是心灵相通的。我说不清楚他们究竟从我这里得到了些什么，我却确切地知道，我从他们身上汲取了永不衰减的青春的活力。

1994 年 2 月

踏雪之忆

已是踏青时节，似雪非雪的柳絮、杨花阵阵飞过，令我想起了去年的第一场大雪，想起了那次踏雪的情趣。那场雪下得很突然、很大。铺天盖地的白。

之前，我答应我的学生们，一下雪就一起出去玩。没想到雪来得这么快，而且下得这么精彩。我无权食言。虽然那几天连续的挑灯夜战令我疲惫不堪，但我宁可得罪编辑大人，也不愿使学生们扫兴。

研究生，也算是个蛮唬人的头衔了，他们有时也自视甚高，好像把谁都不放在眼里。其实我知道，他们骨子里还是些孩子。一说起玩，就眉飞色舞。无论是室内聚会还是户外野游，他们都会准备得很充分，玩得很认真，照片洗出后又会掀起一个小高潮。我喜欢这种纯真痴迷的心态。

相约在校门口集合。从色彩斑斓的小伞上的积雪看，他们已等候有时了。

紫竹院，有山有湖，有松有竹，是赏雪的绝好去处。

雪还在下，大片的雪花扑面而来，但天却不冷，我们可以舒展地迎着雪花走去。雪压青松，雪染竹林，白茫茫下面有土地的皱纹，也有层层翠绿。柳条还挂着黄绿色，在风中与雪花共舞。一排排脚印，一串串笑声。劳顿和烦恼都留在了身后。青年人都喜欢照相，我自知已过了上相的年龄，只喜欢拍摄，因此我就成了他们的摄影师。把自己融入这些热情洋溢的年轻生命当中，教师就永远不会衰老。

当我在踏雪与学生嬉戏的瞬间，我忽然想到一位同事此时却在踏雪走向课堂。这天下午她有课。她家离学校很远，交通不便，平时只能骑自行车。今天路太滑，她不敢骑车，我知道，但她一定会顶着雪一步步走去上课的，而且不会迟到。估计，那段路程，这样的天气，她至少要走一个小时。讲完三小时课后，还要一步步走回去，依然是顶着雪，可花费的时间还要多一些。对于一位并不年轻、身体又欠佳的女教师来说，这不是件轻松的事情。她从教已三十多年，弟子有的成了高官，有的成了富豪，探望她时都乘坐高级轿车。可是她，风里雪里，仍然是迈开双脚默默地走自己的路。教师的路。教师的脚步。——在一片银白色的世界里，在歌声和笑声中，我这样想着。但这肯定不是想象。

雪仍在默默地飞舞：

夜已悄悄地降临。

黑色的夜。

白色的雪。

——勃洛克的诗句

1994年4月

胡杨树·娜仁花

会友，叙旧，传阅昔日的老照片，交换别来有恙无恙的信息，纵论天下地上的世事国事家事人事……年过六旬的老同学聚首，都是无主题的乱弹，“追忆似水年华”式的意识无意识地流动，现在时、过去时、将来时交替使用，健谈者与沉默者各得其所，图的是个优哉游哉的乐趣。

去年十月寒秋的一次聚会，缘起是为从巴黎归来的升恒君一家洗尘。由于我等均属过时的一辈，既无达官，又无贵人，谁的住所都不具备接待二十余人的空间，于是地点便定在了他落脚处附近的名为“大草原”的一家蒙古式餐厅。这是一个偶然，但这偶然却使我们有幸结识了一位十分可爱而又很有志气的蒙古族姑娘，并使我们体验了一次难忘的激动。

她叫娜仁花，一个蒙古族女性常用的响亮名字。作为这座不大的餐厅的负责人之一，她热情地接待了我们。当她得知我们是四十年前的北大学子、如今无权无势的一群老者时，竟更主动为我们唱起了高亢悠扬的敬酒歌，跳起了奔放热烈的蒙古舞。在京经营数年餐饮业的娜仁花，丝毫未沾染上势利眼的流行病。成熟的青春，纯朴的美丽，涤荡了我们夕阳西下的暮气，在席间引发阵阵欢乐。

不知谁无意间问了一句，你的家乡在哪里？“我来自内蒙古最西边的阿拉善盟额济纳旗。十年前，我的家乡是美丽的大草原，青草长得比我还高。可近几年，那里变成一片白沙，没有一丝绿色。今年沙尘暴起来的时候，我正一个人在家里，天完全是黑的，对面看不见人，我害怕极了……”欢快明朗的神情消失了，语调低沉了，眼里闪着泪花。沉重的话题，沉重的空气。

“我到北京来，很重要的一个目的是为了寻找改变家乡面貌的机遇。”她话锋一转，“你们谁到过内蒙古，谁见过胡杨树？这种树只有我的家乡和新疆才有。”她为我们打开一本名为《金色的胡杨》摄影专集：生长在草原、沙丘上的胡杨树，由于经受烈日、狂风、干旱的考验，树干扭曲、苍劲、粗犷，枝叶蓬松着向上伸展，体现着生命的意志和顽强的品格，是力的象征，美的狂舞。

“我有一位重病缠身的同龄友人，写了一首长诗《胡杨的眼泪》赞美过去大草原的迷人风光，为今天故乡的荒凉景象呼号、呐喊。现在的草原不仅寸草不生，而且胡杨树也在枯萎、衰亡。坚强的胡杨在哭泣，在控诉……他的最大心愿就是要我将这首长诗的朗诵制成光盘，好让更多的人了解我们的家乡，帮助我们家乡……”应我们的要求，娜仁花用蒙语朗诵了长诗的开头部分。我们静静地听着，虽然一句也不懂，但她哽咽的嗓音，极富表现力的诵读（她曾担任过蒙汉双语节目主持），却深深地感染了我们。人类享受着大自然的恩赐，却无情地伤害着大自然，同时也伤害着自己。胡杨在流泪，为自己，也为人类。

娜仁花这个姓名，据她本人解释，在蒙古语中是向阳花的意思。

坚韧的胡杨树，向阳的娜仁花，我们衷心祝愿，这位向阳花能找到改变家乡面貌的良策，也衷心希望美丽的大草原能再现昔日的秀美和丰饶。那时，免除沙尘暴之苦的我们，会与草原上的人们一起庆贺、欢呼。

2001 年 4 月

祖　国

——西行杂忆（一）

岁末，在给友人的一封信中，我曾写下过这样几行：“巴黎正在五光十色地迎接圣诞老人的到来，我却无时无刻不在思念我那虽不富庶，但却朴实无华的祖国……”

中秋，子夜过后的巴黎已有几分寒意，我与一位同好相约来到塞纳河畔，仰望异国的圆月，俯视水中的碎影，谈论着家乡、亲友，以及来自国内的各种大道小道消息……

春节，当我们这些“他乡游子”按照传统的习俗，相聚一室，吵吵嚷嚷地品尝着南方的汤圆和北方的水饺时，席间突然迸出的一句问话，会使满屋顿时沉寂下来：“现在是北京时间几点？”……

祖国，这个崇高、神圣，而往往又显得有点抽象的字眼，在去国万里的日子里，她却总是活泼泼地跳跃在我们的心中。她不是以理念的形式出现的，而是一个无影的存在。

在电视屏幕上，一个仅只三四岁的金发男孩在回答“你长大了想干什么”的问题时，竟神气活现地说：“我要买一匹大马，骑到中国的万里长城去！”在法中友协的宴会上，许多到过中国的先生女士们，争先恐后地盛赞桂林山水、西湖风光、莫高窟的壁画、秦始皇陵墓的兵马俑……还兴致勃勃地议论起下次游览中国的最佳路线。一位诗人从中国回去后激动地说，中国的确是了不起，这么多人，但组织得那么好，这恐怕是没有一个国家能做得到的。在一家僻静的小书店里，一位年轻的售货员对我大谈鲁迅作品的魅力，并热切地询问中国文学的现状，要求我介绍新近作家的新作。……面对此情此景，一种作为中国人的自豪感便会油然而生。是的，在高傲、或者说颇为妄自尊大的法兰西面前，中华民族应当有更多值得骄傲的理由。

但是，想不到，个别与我毫不相干的同胞却常常把我置于十分尴尬的境地。——这是由于，他们曾在洋人面前提出过这样或那样不知自重的要求。而每当外国朋友在我面前谈论起我的同胞的这些“洋相”时，我便感到一阵阵面红、目热，简直无地自容。

物质财富是诱人的，但，有没有比财富更值得宝贵的呢？——在繁华的巴黎街头漫步时，我常这样自忖。

1983年11月

闲　话

——西行杂忆（二）

刚到巴黎不久，曾和一位久居海外的华侨教师有过这样一段对话：

“您来这里学什么？”他问。

“文学。”

“噢，那你可是舍近求远了。”

“……？”

“我的意思是说，文学还是中国的好，有味儿。你看他们现在的东西，搞来搞去越搞越不像样。我们很多人出来的时候都是想学点洋的，结果还是搞上了中国的。”

他的话有点偏激。但是，我没有解释。因为，在感情上，我也是更偏爱中国文学。

和一些或多或少、或深或浅地接触过中国文学的法国朋友交谈。问他们对中国现代作家的印象。使我惊讶的是，许多人不约而同地指出他们最喜爱的作家是：老舍。

究其原因，很简单：这是真正中国风格的作家。

还有人补充说，在读另外某些作家的作品时，有时会感到是在读法国小说。

听几位华侨朋友闲谈。

“於梨华的东西还不错。”

“就是太洋，连题目都是洋味儿的。”

“国内的题目也够洋的了。”

“甚至有过之无不及。《爱，是不能忘记的》《五弦谱上的花朵》《被爱情遗忘的角落》……”

“翻译起来倒方便。”

“就怕译出来人家不知道是不是中国货。”……

一位同志告诉我一件趣闻。

为祝贺一个法国孩子的生日，她翻录了手头的一盘磁带作为礼物送去，并说明这是当前我们国内比较流行的歌曲……

几个孩子当即高高兴兴地把它装进了录音机。不料，两首歌曲过后，他们就大声喊叫了起来：“这不是中国的，这是我们法国歌儿嘛！”

这里记叙的都是闲话，切不可当作认真的“观点”看待。

我历来讨厌把外国人的或来自外国的看法都奉为金科玉律的风气，切望读者不要曲解笔者的本意。

闲话就是闲话，——仅此而已。

1984 年 4 月

电话坏了

电话坏了，请人来修，迟迟未到，很恼火，误了事怎么办？

一天过去了，又是一天……电话铃一直没响。我突然感到，电话坏了，真好！多安静的日子。

我们家人多。老的有“老友”，小的有“小友”，中间的则有各种各样的“杂拌儿”关系。因此，一天到晚，铃声不断。信息传递，办公办私，情感交流，谈天说地，确实方便快捷。电话猛地一坏，想办的事办不成，想说的话无法说，听不到习惯了的铃声，真是别扭。

但，一连数日，没有骤然而至的铃声打断文思，惊醒梦境，没有各色你愿意不愿意知道的事情冲击耳鼓脑海，我才体悟到这是一次美妙的中断，它还给了我一个完全的自我世界，一片难得的平静。细想，有什么非当即办不可的事呢，又不是前线指挥官，会贻误战机；也不是炒股的股民，会损失惨重。有什么非当即说不可的话呢，又不是叱咤风云的政治家，有千万人在等待真理的昭示；也不是追星族，一遍遍地拨着电台的热线电话，和歌星说不上话会整夜整夜地失眠。一介书生尔尔，何不尽情享受这份天赐地造的安宁。人生碌碌，做过多少可做可不做的事，说过多少可说可不说的话（且不说不该做的事，不该说的话）。“凝练”一些，可能于己于人都是有益的。

电话坏了，我还是要修的，但不急。还不知修好后我会怎么想呢。

1994年3月

不问收获的耕耘

我住底层，有一方绿栏杆围着的小园地。春日以来，那便是我周末消闲的去处。

因为懒，我喜欢种些容易生长、不太费事的植物。只要能见绿，我就心满意足了；若能见花，便喜出望外；如果有果实收获，那就权当是上帝的恩赐，拾来的幸运。

栏杆上，绕着带刺的蔷薇。在这里它不是情人的象征，而是扮演着卫士的角色。它也是最早的报春者，最早出绿，最早开花，密密地开一层粉红小花，配以密密的绿色小叶，威严被藏在了妩媚的后面。靠窗栽一株金银藤，开花时节把阵阵清香送进屋里，给人以甜美的享受。

这些，再加上几株月季，都是多年生的，属“无心栽花花自开”一类，稍微松松土，洒足水，便长得有模有样的。较难侍候的是葡萄，它是前人留下的，既是坐享其成，总不能看着它凋零。于是，搭架，施肥，培土，剪枝，为它服务成了我在这片小园中的主要劳作，殊不知，何时浇水，何时不能浇水，何时要多多浇水，何时要少许浇水，其中都是极有学问的。有人建议我买本书来好好读读，按章办事，但我却疏于此道，只是一味凭着感觉干，想怎么浇就怎么浇，想怎么剪就怎么剪。于是，它便也来个无规则运动，有时疯长枝叶不见颗粒，有时却也果实累累，色艳味美。懂行人煞有

不问收获的耕耘——静园三楼的爬山虎

介事地解释道，这是大年小年的规律，其实，我心里明白，这只是瞎猫与死耗子的关系。

周末于我，“主旋律”还是读和写。栽花除草，只是作为读写间隙的调节。因此，我把每次劳动时间一般都控制在一个小时以内，最多不超过一个半小时。往往是筋骨舒展开了，就回到书桌上去；书桌旁坐累了，再出去干一阵子。干活时，我还喜欢把收音机的音量放得大大的，让音乐飘出窗口和绿色交融在一起，给心灵灌入无为的恬淡。此时，家里的两只小猫“喵喵”和“咪咪”也会来到院子里，或在泥地上打滚，或在窗台上酣睡，那怡然自得的神态，常招来许多天真孩子的围观。

我最得意的杰作，是靠墙根种活了一株爬山虎。它无需精心照料，便枝蔓横生，奋力攀登，把一面硬邦邦的砖墙，染成一片生机勃勃的碧绿。在微风中，它给人以动感；在烈日下，它给人以凉意；快乐时，你会听到它轻柔的低语；忧郁时，你会感到它无言的抚慰……

1992 年 6 月

还要抒情

前两年从意大利访问归来，写了一篇题为《蓝色的卡布里》的短文，以诗意的笔调描述了那不勒斯海湾上世界著名的卡布里岛给我深深刻记下的“蓝色”印象。

不料，年余后，一位久违的年轻人对我谈起这篇游记时竟说：“我读那篇文章时，真不相信是您写的。”见我大惑不解的神色，她又补充道，“我总以为像您这般年纪的人，不会再写那么抒情的东西。”

愕然。

如果我没理解错的话，此话有两层意思。一是说，你已有了一把年纪；二是说，有了这把年纪的人就不该再有那么多的“情”，更不必费力去“抒”了。

已过知天命之年，其实早有“临水不敢照，恐惊平昔颜”之慨。但不知是因为仍被前辈以“小”字相称的缘故，还是由于多年教书生涯受青年学子活力的濡染，抑或天性使然，长期以来我确实缺乏“人到中年”或“人过中年”的自知之明。我依然喜欢习惯性地工作到子夜甚或凌晨，依然喜欢像年轻人一样登山、下海、踏雪、戏春，依然喜欢和年轻人一道看世界杯，听流行曲……难怪人笑我“老夫常发少年狂”。青年人“这般年纪”的一语点拨，意在提醒我别忘记“认识自己”这一古老的箴言，但我却未能幡然醒悟；而最近突如其来的一场暴病，惩罚性地迫使我认清了年龄的无情威力。

平生初尝住院静卧的滋味，人生的疲惫感不由分说地压将下来，令你直想美美地、久久地闭目睡去，以驱除经年累月积攒的莫名的困顿。然而，当我抬起沉重的眼皮：窗外那角灰蓝的或瓦蓝的天空，蓝天上潇洒自在的鸽群；床前的鲜花，有时是绚丽的各色玫瑰，有时是一枝独秀的康乃馨；房间里轻盈地飘进飘出的白衣天使……生命的律动与色彩，人间难求的丝丝真情，又在固执地诱发着我抒情的欲念……

人到中年，未忘抒情；人过中年，仍要抒情。人在情未了，可怕的惯性。我难以想象，真到无情可抒、或有情无意抒时，该是怎样的悲哀。

1994 年 11 月

琐忆与琐议

——决非应战

中学时，我就知道北大的校园里有一方叫作未名湖的美景。那时候，北大对我这个一贯不用功的学生来说，只是一个遥远的梦。未名湖，自然更是梦中之梦，从未想过要走近她、亲近她，只是觉得这个名字怪怪的，很特别，很有点味道。

后来，我竟鬼使神差地混入了燕园，戴上了北大的校徽，终于有了和未名湖相识相亲的机会。但是，人常有一种莫名其妙的恶习，一旦拥有，便不再珍惜。五度春秋，五番寒暑，今日回想起来，我享受湖光塔影的时间竟是那么少、那么少，少得实在对不起自己，更对不起这一池清水。如若能还我青春韶华，我当会选择另一种活法，一种更“未名”的活法。

其实，对未名湖而言，北大是外来户。北大的根在沙滩、在红楼。追本求源的北大人，是不会说自己是喝未名湖水长大的。但是，百年北大，毕竟已有一半时光将未名湖揽入怀中，人们也不容分说地把她们捆绑在一起，历史仿佛已沉入了湖底。

作为后来人，我们是幸运的。我们既享用了“北大”的名，也享用了“未名”之水。我们不必介入历史，尽可享受现实。

“北大精神”“北大传统”这样厚重的话题，并非少不更事的吾辈所能理解的。当时的我们，沐浴其中，往往并不自觉其可贵。有句名言，“大学之大不在大楼，而在大师。”当年北大正是大师云集之所在。仅一座小小的“民主楼”，就拥挤着以冯至先生为首的数十名国内顶尖级的西方语言文学大师（今日北大，可谓高楼林立，而如此的辉煌，不知何时才能再现？）。他们个个学贯中西，满腹经纶。可叹的是，疏懒如我，却未能吸取他们的学识于万一，徒然与大学问、大智慧失之交臂，留下终身之憾。不过，近距离接触这些大儒，还是使我受益匪浅。他们的平常、平易、平淡、平等……给我以深刻印象。我们这些不知天高地厚的年轻人，可以随时闯入朗润园郭麟阁先生的家中，津津有味地听他用浓重的河南低音谈天说地；可以盘坐在老乡的炕头上，和大诗人冯至煞有介事地讨论我们稚嫩的诗句；可以成群结伙地涌进沈宝基老师的小客厅，围着九吋小电视不管不顾地观看世乒赛决赛；也可以边递给盛澄华老师一根劣质的“壹支笔”香烟，边缠着向他请教他最不愿意提及的纪德问题（他是最早翻译纪德的专家，为此遭到不公正的严厉批判，甚至拖累终生）……正是在这无拘无束的交往中，在不经意的交流中，我们学到了很多很多学问内和学问外的东西。我不知道他们当初如何看待我们的放肆，而我在他们身上却确实感受到了一种内在的魅力，那不是外在的威严所能达到的境界。拉开架势吓人的人，喜欢总在众星捧月的感觉中生活的人，身为学人而对官位孜孜以求的人，其实离真学者都很远很远。时代在制造着学术明星，制造着官员学者，北大也不例外。我却总在怀念那些心静如水、淡泊人生、视学生如友人的前辈老师。但我也不敢妄言，究竟谁最终能代表北大的未来。

未名湖“加盟”北大，无疑给北大增添了活力，增添了浪漫，增添了灵动的生息，也给代代“小资”们创造了潇洒癫狂的乐园。但是，未名湖见证的却未必都是蓝天白云、晨曦斜阳，穿行在绿柳荫下的男女老少也未必个个心平气顺、心满意得。湖上曾有阴霾，湖中也含泪水。大至校长马老寅初，小至学生右派，变幻的风云，不知制造了多少心灵的创伤。有一个小小的场景，不知为何竟数十年留在我的记忆中无法抹去。那是入学的第一天，我拿着行李来到29斋301

室，有两个尚未搬出的毕业生在边整理书籍边悄声进行法语交谈。我看着那位身材魁梧的学长手中翻检着的洋装书，听着他用圆润的男低音说出的悦耳法语，心中暗自羡慕。此时，却有人轻轻告诉我：这是个右派。我不禁愕然。三十多年后的90年代初，一次小型学术会议的休息时间，我突发奇想地问几位校友，“五七届法语专业划了几个右派？”“一个。”“谁，叫什么？”“我。”坐在我身旁的西方电影专家李恒基坦然地答道。“哦，对不起！”“没什么。”他的坦然使我比多年前的愕然更加愕然。但愿坦然背后不是木然。

无论入北大前、在北大时，还是出北大后，“未名湖”名之来由，于我始终是个谜。我曾请教过老师，请教过学友，均不得要领。老实说，我之所谓请教，不过是泛泛而谈，从未认真深究过。在我心底，我倒更愿意对此保留一份神秘感、一份不知其所以然的朦胧。那熔过去时、现在时、将来时于一炉的“未名”二字，体现了一种永远的“未完成”状态，让你在湖滨无目的地漫步时也常会想到“人生没有完成式”的哲理；她又以无可名状的模糊，使人感悟世事无常的尴尬，从而激励人们不断坚定对自我目标的寻求。

怀念书信时代

在我的文件夹里，早就有《怀念书信时代》这个题目，但挂在那里一直没有下文。前些时，在《文摘报》上读到一版“特别推荐”，收录了几篇“给亲人写的信”。编者按语说，它们选自“由光明日报社、中国邮政集团公司主办的‘至孝至亲’书信征文大赛部分优秀作品”。这引起了我的兴趣，也有了把文章写下去的冲动。

我之所以怀念书信时代，是因为有感于交流手段的日新月异，人们相互间的情感沟通却呈衰减稀释之势，这应当说是件不大“幸福”、或者说是大不“幸福”的事。正如《文摘报》按语所说，“现在，诸如电话、短信、QQ、微博、飞信、E-mail等通信技术异常发达，人们相互间联系非常方便。但与此同时，我们是不是缺少了写信才能带来的内心之间深层次的交流？”人同此心，心同此理，我很高兴能与《文摘报》(本应是《光明日报》，但我没有读到该报)成为知音。

我想到书信时代之可贵，是从过年开始的。拜年，在我国民俗中是很重要的活动。记得小时候跟着大人到亲戚家拜年，乐不可支。大人们品茶聊天，孩子们打闹放鞭炮，得几块糖果，运气再好一点收个小红包……初一到十五，那是可以“幸福”好些天的。长大成人后，每到春节，除了走亲戚外，我们还会上门给前辈老师拜年，或者与同辈好友相聚小酌，其间的乐趣情谊一言难尽。而写信和收信，则是过年的另一项重要内容。年前，按照长幼亲疏排序，对远方的亲朋好友逐一写信问候；过年时或年后，收信读信，便成为一乐。然而，曾几何时，书信被简化成了明信片，随着形式的简化，内涵也随之简化了。繁复的变简单了，细腻的变粗糙了，私密的变公开了……写得快捷，看得便捷，“一览无余”，只是不再像读信那样需要品味、劳神、费心、多愁善感、笑逐颜开、泪流满面……为了推广这种“情感方便面”（又称“速食面”），邮政部门还辅之“有奖”措施，一时间，有奖明信片火遍神州大地。是啊，既能传情达谊，又能“中奖挂彩”，何乐而不为呢。而且，它也还是“见字如面”，不失为对传统的继承。再后，电话逐渐普及，电话拜年遂成时尚。“闻声如面”，倍增亲切感，说到动情处也有声泪俱下时。但即时的“口头对话”与静心的“文字书写”之间，总好像还有些差异。例如，“亲爱的”“我爱你”之类在现在电视剧里泛滥的用语，过去的人们是“难以启齿”的，只可或见于亲者的书信，那是很私密的表达，落笔时都带着一份隐隐的激动。不过电话传情自有其不可替代的作用，当下有多少空巢老人在周末或节日的特定时刻，守着电话机等待远在他乡的儿女、孙辈、重孙辈的声音，这往往是他们寂寞岁月里唯一的慰藉。但我想，如果再有家书相伴，可以在夜深人静时反复摩挲，当能令老人们越发欣喜不已。但是，年轻人不这样想，他们忙，他们没工夫提笔，甚至他们都不记得怎么提笔了。幸好，更便捷、更廉价的“电讯”来了，E-mail来了，手机短信来了，敲打几个字，动动大拇指，既节约时间精力，又圆满完成了晚辈的义务，怎能不对发明家们表示深深的敬意呢。应当说，现代科技的飞速发展，让人们付出的代价是多方面的，书信的失落（比起战争、环境破坏等等而言）怕是最最不起眼的了。但它却事关人情，触摸人心，想起来又总难以释怀。

现在年关临近时，人们也能收到许多祝福（多半比书信时代还多）。电脑上传来的，除了“事业发达”“长命百岁”之类的贺词外，还会有电脑高手制作的幻灯片、动画片，精美至极，远比往日书信的白纸黑字来得生动活泼。手机短信也很是热闹，除了“步步高升”“恭喜发财”之外，一串串的顺口溜，才华横溢，精彩纷呈。但看这类东西，我总感觉木然，哑然，我出于礼貌的回复也常常只有两个字：谢谢！我还能说什么呢？我知道，那都是批量生产的、群发的、针对所有人的，没有一句是专门写给我的……我，只不过是一个手机号码，一个邮箱地址。

当然，也有专门为我而写的，也有我专门写给人的。但由于“形式”的制约，这种“信”总觉得不宜写得太长，只要把事情说清楚就行了，所以多少有点像电报体。不抒情，不铺陈，不哲理……就事论事，说完就完，像是完成一件任务。还有一个不可谓不重要的因素：来往的都是标准的宋体方块字，没有漂亮的或蹩脚的书写，也就没有了“见字如面”的亲切，似乎总缺少某种质感。

书信和日记一样，写时信马由缰，不拘一格，多是真心实意、真情实感（故意弄虚作假玩弄情感者除外）。读信者感到对方句句都是写给自己的，因此格外受用，喜怒哀乐，均沁入心底。读到舒心处开怀大笑，读到伤心处潸然泪下，读到微言大义处反复揣摩……日后不时翻出几封珍藏的书信来重读，又会别有一番滋味涌上心头。个中意趣，岂是电脑高手短信高手们所能想象的。善良的人们难以想象的是，还曾有过把真情流露的书信当作罪证的年代。随手写来的书信，怎经得住“红色卫士”们望文生义，断章取义地使用放大镜和显微镜轮番考察。因此，很多人都往往在风吹草未动时，就想到要赶紧把保存的信件烧掉，以免后患。但在“安全着陆”后，又会追悔莫及，痛心那些无法寻回的记忆。因此，我对那些长期妥善保存了书信的人常怀羡慕与嫉妒之心。

友人作家李德堂，前几年以其多病之躯做出了一件令人瞠目的“壮举”：编纂出版了他个人的“书信集”整整十大本，共收入3120封书信，约280万字。德堂兄形象淳朴憨厚似老农，却不料心细如斯：他从初中就开始“留存书信，即使便条也舍不得丢弃……积累的信件到了一定厚度便装订成册……几十个岁月过去了，到了而今的古稀之年，竟然积了两大摞，约有数千封，近300万字”。我不想在此探讨这份珍藏对认知社会评判历史会有何价值和意义，这可以留给社会学家历史学家去研究。我想到的是，若没有认真的生活态度，若没有对“友”和“情”的十分珍重，这样持之以恒的“留存”是不可想象的；而古稀之年，又不辞劳苦地将这些尘封的“碎片”精心翻检，把数百万潦草的字迹逐一辨析，细致分类，其间需付出多少艰辛，又包含着多少对逝去岁月的深情。

旧时有“家书抵万金”“鸿雁传情”之说。如今恐怕是“万金”难买“家书”，“鸿雁”也难穿越重重雾霾了。曾经的书信时代，恐怕是一去不复返了。但是，那份“情”呢？

被“偷拍”的感觉挺好

秋天，是炫耀色彩的季节。

九寨沟，是炫耀色彩的天堂。

秋日里九寨沟的色彩，令人迷醉。天，是纯净的蓝天白云；山，在绿树打底的画面上，点缀着鲜黄和暗红；水，分白蓝绿三种：白色，是奔腾跳跃着的激流和挟雷带雨的瀑布，而蓝和绿，则是出奇平静的湖面的色彩。蓝，蓝得如此彻底；绿，绿得如此透明。更加神奇的是，定睛近看，你可直视湖底的鱼龙变幻；放眼远望，看到的却是天光山色的清晰倒影。落入水中的一幅幅色彩斑斓的图画，宛如梦幻仙境。

沿着栈道，随摩肩接踵的人流在大大小小的湖泊旁、瀑布前游走。哪里有美景，哪里就有人群；哪里最美，哪里人就最多。人皆爱美嘛。

现今的游览胜地，都是照相器材的博览会，是摄影家的大比拼。人们已不习惯用眼睛赏景，而急于抢占摄影的有利地形、找角度对光圈，为的是把景致搬回家去“慢慢欣赏”，

被偷拍的感觉 -1

至于回家后是否欣赏那是后话了。长枪短炮，都是价格不菲的世界级名牌，非名牌在这里好像有点拿不出手；三脚架一支，更显得气度非凡，你不给他（她）让开足够的空间，你都会觉得自己太不懂艺术。多数人用的是傻瓜相机，喀嚓喀嚓，动手不动脑，反正胶卷不要钱，照好照坏无所谓，不行就删除。更多人用手机，那可真是摄影的无限大普及，上至耄耋老人，下至黄口小儿，都可以毫不含糊地一显身手，其独特视角，说不定就创造出无法复制的精品呢。在这里，我还第一次看到了“自拍神器”——一根长长的金属杆，前面有个夹子夹着手机，独行客们很高兴以此便可“不求人”地把自己嵌入美景一起带回家去，证明确曾“到此一游”了。

手机拍摄，还滋生了“偷拍”的盛行，因为它实在太方便、太不容易引起注意了。一般而言，“偷拍”与“窥视”相近，属贬义词，是所谓“狗仔队”的恶劣行径，为名人、明星们深恶痛绝。我们普通人，没有这种经历，也就没有这种体验，更没有这种担忧。即使摄影机对着你，你也不相信这

被偷拍的感觉 -2

是要拍你，而是以为人家在聚焦你背后的风景呢，因为自知毫无上镜的价值嘛。

我和爱人均七十有余，在急匆匆的人流中慢悠悠地走着，有时还不得不停下脚步大口大口地调整呼吸，显得很不“合群”、很不从众。我们总在提醒自己，别着急，慢慢走，千万别摔跟头，我们别的没有，有的是时间（其实我们这把年纪，最缺的就是时间）。为赶往下一个目标，无论是上山还是下坡，年轻的游客们步伐矫健而轻松，让我们羡慕不已。但我们不能，不是不想。

忽然，一位梳着披肩发的时尚女士超越我们，边走边高高举起她的手机，手机屏幕显示的正是我们手牵手蹒跚而行的背影。我大声喊叫“这是要收费的”！周围一片哄笑，女士回头莞尔一媚便扬长而去了。看来，眼下要想维护自己的“肖像权”，还真不那么容易。

在一处不算太拥挤的观景台上，我们扶着栏杆默默欣赏湖上湖下的风景。我从来都喜欢看倒影、拍倒影，以为那可算是“艺术的真实”，似真似幻，亦真亦幻，微风掠过水面时，细细的波纹会平添几分动感。而九寨沟湖面的倒影，更以其色彩的丰富诱人，天色、山色、水色融为一体，五彩缤纷而又纯净透彻，实在妙不可言。

正当我们凝神享受良辰美景时，一个青涩的女生把手机递到我们面前，“你们看可以吗？”屏幕显示的是我们俩并肩携手凭栏的背影。她如此尊重我们的“肖像权”，倒让我有点不好意思了。“当然可以，谢谢。”我客气地回答。“该是我谢谢你们，”她怯生生地说道，“这是我今天拍得最好的一张照片。”听得出来，丝毫没有取悦邀宠的味道。心中滚过一阵暖流，一时竟然语塞。当我再想说点什么时，女孩儿已翩然离去……

老了，走不动了，竟然还会被人“偷拍”。

没想到，被“偷拍”的感觉还蛮不错的。

2015 年

莫让西部开发留遗憾

西部开发是篇大文章，做好不易。

开发就意味着要改变原有的面貌、原有的状态，意味着要向现代化迈进。但是，无数事实告诉我们，若无顾后瞻前的眼光和韬略，变化或许还会走向反面，留下永久的遗憾。

建设，从来都是一个褒义词。近些年来，人们却于几分无奈、几分愤慨之中使用了“破坏性建设”这一悖论式的词组，个中滋味怎能不引人深思。滥伐林木、过度放牧、围湖造田、乱挖药材等等破坏生态的行为，无一不是在开发、致富的口号下进行的，其苦果已无需等后人来品尝、来证明。推土机不动声色地将一处处遗迹化为乌有，脑袋一热，再斥巨资修筑一些似是而非、无人问津的赝品，亡羊难以补牢；缆车飞架、宾馆簇立、灯红酒绿，把一个个浑然天成的自然景区建设得面目全非、情趣全无；一座座历史名城，被淹没在高楼大厦的海洋里，难寻昔日神韵风采……正因此，人们对西部开发的担心决非杞人忧天。

西部的自然景观独特而多样。天高地阔，崇山密林，深谷急流，大漠孤烟，雪峰巍峨；雄浑、苍凉、神秘，西部的人文环境更是丰富多彩而魅力无穷，留存着深厚的文化积淀。这里还聚居着我国绝大多数的少数民族，他们的生存状态、生活方式、风俗习惯、宗教信仰、思维特点、价值观念、艺术趣味……都不尽相同，甚至迥然相异，构成了无可替代的人类文化的大宝库。

现在，不少省份已注意到要以民族文化为切入点来发展本省的经济，这是令人欣慰的。但从采取的具体措施看，人们对民族文化的理解往往停留在表层上，如开发民俗风情游，展示民族服装，搞几台民族歌舞，办几个传统节日等等。这些纯商业化的活动是必要的，也能较快地收到效益。但更重要的是，应对各民族文化精神进行深层次的研究，竭力开掘其丰厚的潜在底蕴，并以此为依据，寻求出合理的发展途径，而急功近利地盲目“开采”，随意“兜售”，同样是对文化资源的浪费和破坏，不仅无益于千秋大业，恐怕连商业性的短期行为也难以为继。

2000 年 11 月

换个思路，如何？

——春节晚会门外谈

十年一贯制的春节电视晚会，“越办越难办”，确是肺腑之言，众人也很能理解。但“越办越红火”之说，却实在难以苟同。观众“懒得评说”的心态，或许是最令人难堪的评判。

整整十个年头，在同一个“最最黄金”时间，都要拿出一台大同小异，以小品、相声、港台歌星三点支撑的晚会，来满足十亿人“欢度”的期待，真是谈何容易！据云，如没有这台晚会，观众会感到失望。那么，有了这台晚会，观众就不会失望或者更加失望吗？编导和演员们的努力是值得称道的，问题在于，若一个十年又一个十年地按照同一模式度此良宵，亿万观众却未必肯于“从一而终”。

“除夕晚会”基本上属舞台艺术，而电视的自由度却是极大的，为什么导演们偏要舍“自由”而求“束缚”，这使我百思不得其解。既然不是艺术剧院、歌舞剧院的晚会，而是电视台的晚会，何不最大限度地发挥电视的特长和优势？

何不让荧屏上“天南地北”“海阔天空”一番？视野扩大，时空无限，选一年来之精粹，择全世界之英华，有雅有俗，有土有洋，有新编节目，有旧带剪辑，有室内表演，有外景直播……内容可以文艺、体育为主，亦可兼收政治、经济、社会、甚至军事的要闻或趣事……当然，要有线索贯穿，不可杂乱无章。不妨切割成几个段落。如：有称今年为“奥运年”，就可花个把小时，将历届奥运会中最富特色、最为精彩或最有趣味的镜头（开闭幕式、歌曲、明星、决赛、失误等等）和巴塞罗那、亚特兰大等地准备情况编成专题，中间亦可插播我国体育健儿们的训练或表演；有称今年为“旅游黄金年”，即可把我国鲜为人知的名胜和风情作引人入胜的介绍，也可精选世界风光和各国旅游业的先进经验，如此等等。影坛、歌坛、艺坛、体坛，从大陆到港台，从中国到世界，视野一旦放开，何愁无米为炊？倘若确有精彩节目，可按主题分入各专题，也可在专题间插播，也可汇集成短小精悍的“晚会”，于子夜前掀起一个高潮。

喜庆、欢乐和幽默，应是除夕夜的基调。幽默难求，似乎成了近几年晚会的共同遗憾。从节目编排到主持人的风格，要想立竿见影地改观，怕也是强人所难。如充分利用电视手段，发挥蒙太奇效应，幽默素材可望源源不断。

电视就是电视，电视晚会就应在电视化上下功夫——不知专家们以为然否？

短文写完后，又想及，如果换个思路，还可以节约大量人力、物力、财力，还可以杜绝那些假借“春节晚会”名义的诈骗行为。何乐而不为？

1992 年 3 月

风度断想

风度，是人格魅力的辐射，内在气质的焕发，是一种可体味而难以言传的综合品格的体现。它熔精神境界、道德风范、文化素养、才情趣味于一炉，又外化为处事待人、言谈举止、体态仪表、服饰装扮，等等等等。

得体风度之难，在于它需要刻意追求，又须是自然的流露。如同大师的文风，举重若轻，处处匠心独运，又处处不显斧痕。无情而矫情，是为文之大忌，也是为人之大忌，有情而拙于表情，亦难示风度洒脱之异彩。

美的风度，既需有丰富的文化内涵，又需有恰当的外在表现。

风度是成熟的标志（少有人去谈论孩童的风度），而真正的成熟在于能准确地认识和表现自我。土气未脱，却非要洋式包装，明明腹中空空，硬要装出学贯中西的样子；地道的北方姑娘，偏偏要讲不伦不类的港式官话……失去自我的装腔作势，只会令人侧目、齿冷、捧腹，岂有风度可言？！

现代风度，既要与时代合拍，又不可随波逐流；既要保有鲜明的个性特征，又不可故作标新立异；既要有强烈的竞争意识，又不可有损人利己之心；既要自尊自立、陷逆境而不神色俱变，又应有自知之明，处顺境而不忘乎所以……

浅薄——现代浮华社会的流行病，现代风度之大敌。

1994年9月

游踪

幽谷回声

——萨舍巴尔扎克博物馆散记

静，静极了。再也听不到城市的喧嚣熙攘，听不到高速公路上海潮般的呼啸，甚至连鸟鸣蝉噪都听不到。草坪、草丛、独木、层林，疏密有致地覆盖着蜿蜒起伏的丘陵；嫩绿、碧绿、墨绿，在阳光下构成一片和谐而富于韵律的绿色微波。在这片天然质朴的绿波掩映中，有一座灰暗陈旧的别墅，这就是我向往已久的萨舍巴尔扎克博物馆。

图尔市附近的卢瓦尔河流域，现在是法国最著名的城堡聚集的游览区。早在文艺复兴以前，封建领主、豪富望绅就相继在此修建起一座座宫殿城堡。和许多从外观到陈设都十分豪华奢侈的建筑物相比，萨舍的这一座可以说近乎简陋。然而，山不在高，水不在深，萨舍别墅自有它独特的精神魅力。一代文豪留下的足音，仿佛在这幽静的山谷里发出历史的回响，吸引着许多来自远方、甚至异国的敬仰者。博物馆馆长，也是该馆的创建人梅达狄埃先生告诉我，这个地处偏僻、交通不便的博物馆，每年都要接待大约三万客人。

萨舍位于巴尔扎克的故乡图尔市西南。这座小别墅是文艺复兴时期的建筑，到19世纪初成为巴尔扎克母亲的朋友马尔高尼的产业。少年时代的巴尔扎克曾随母家来过这里度假。1814年举家迁往巴黎后，巴尔扎克渐渐投入了茫茫人海中的拼搏，此处便成了他精疲力竭时稍事喘息的一方小岛。主人随时欢迎他的到来，静谧的环境可望能消却他的疲劳。但是，巴尔扎克像许多惯以笔耕为生的人一样，似乎总有一种冥冥之力在追随着他，使他摆脱不了他那个“真实——艺术”的“喜剧世界”。就是在这田园牧歌般的幽谷里，在这万籁俱寂之中，一个个人物的命运，一幅幅戏剧性的场面，仍然不停顿地向他袭来，折磨着他，困扰着他。“我隐居在一座别墅里，就像在修道院里一样，我白天黑夜地工作。”“从五点到晚饭之间我都工作。七点左右，我吃一个鸡蛋，喝半杯咖啡。我能写时就写草稿；不能写时就思考，从来也不休息。”创作需要思想，需要不断地求索。他的格言是：“只作为一个人是不够的，应当成为一个体系。”这正是他高于某些同行之处。“隐居”，自然给他提供了更多思考的机会，所以他又说：“萨舍是我在思维的疆场上取得进展的见证。”总之，这座别墅记录下的并不是巴尔扎克的闲适安逸，而恰恰是他的勤奋劳作。据我所知，像《绝对之探求》《神秘书》（即后来收入《哲学研究》部分的《路易·朗培尔》《塞拉菲达》和《流亡者》三部）和《戈尔涅里乌斯老板》等较为深奥的作品都是在这里完成的。尤其是那部被称为《人间喜剧》“基石”的《高老头》，作者在篇末曾明确地标明：萨舍，1834 年 9 月。不过，为了准确起见，我们应当指出，这个地点和日期只能说明本书草稿的完成。同年 10 月 18 日，巴尔扎克从萨舍回到巴黎后，便闭门不出，全力修改，于 12 月 14 日和 18 日的《巴黎杂志》上先后发表了头两部分，获得了“闻所未闻”的成功。到 1835 年 1 月 26 日，他在信中向韩斯卡夫人宣布：“今天，《高老头》结束了。”他还以难以抑制的兴奋写道：“《高老头》的成功是惊人的，连最激烈的敌人也为之折服。无论是对朋友还是对喜欢妒嫉的人，我都赢得了胜利。”

乡恋、诗意，炽热的情感、微妙的心理，使《幽谷百合》在《人间喜剧》中成为风格独异的一部作品，而其自传色彩，更使它在对作家的研究中占据重要位置。这部小说的“画框”，就是萨舍周围诗情画意的道路、丘陵、河谷、丛林、磨坊、教堂……人们来到这里，就自然会勾想起从那绿色的背景中悠然飘出的百合花的形象——纯洁而不幸的莫尔

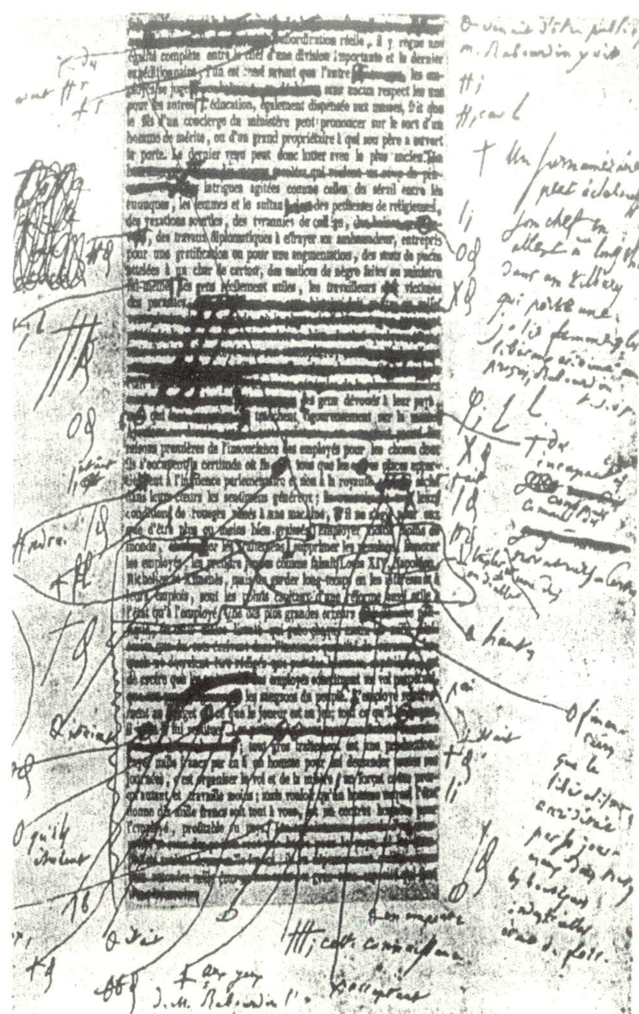

巴尔扎克改过的一页校样

索夫夫人。无疑，这也是梅达狄埃先生在20世纪50年代选择这里建立巴尔扎克博物馆的重要原因之一。

不容讳言，巴尔扎克在萨舍还留下了并不光彩的印迹。1848年的六月革命前夕，他为躲避革命风暴，离开巴黎，最后一次来到萨舍。用他的话来说，是不敢“给起义者当活靶子”。但他身居静庐，却并不甘寂寞。从这里发出的一封封书信表明，他对事态发展十分关注，而其保守立场也十分鲜明。他痛恨七月王朝的现实，也不满二月革命以来的临时共和，起义的工人更被他责骂为“最坏的一种野蛮人”，他唯一寄予希望的，却是查理十世的后裔——亨利第五。真是荒唐可笑。正统派思想的缠绕，可以说是巴尔扎克一生中最大的悲剧。

萨舍别墅的底层，是原主人的客厅。据讲解员介绍，当年巴尔扎克晚餐后经常在这里为主人和主人的邻居、朋友们有声有色地表演他作品中的各种人物。不少人曾回忆说，巴尔扎克是非常健谈的。我们不难想象，当作家进入他自己创造的角色后，会演出一幕幕多么精彩的场面。

巴尔扎克那时住在三楼上的一间小屋里，现在整个二层都成了展室。陈列相当系统地介绍了作家的家庭成员、友人，以及他本人的生活和创作；同时，也注意突出了作为作

萨舍巴尔扎克博物馆 -1

萨舍巴尔扎克博物馆 -2

家故乡地区博物馆的特点。

在这里，我第一次看到意大利军街 25 号——巴尔扎克诞生的旧居的照片。这座房子在 1940 年战时的一次火灾后被彻底拆毁了。门前的雕像和纪念牌现完好地保存在萨舍。半身铜浮雕像是西加尔的作品，作者强调了巴尔扎克的沉思。双眉紧锁、嘴角露出一丝嘲讽的笑意，又颇有点“冷眼向洋”的味道。下面刻着作家的姓氏和生卒年份。另一块铜牌上刻着：奥诺雷·德·巴尔扎克诞生在这所房子里。作家的生日分别用共和历和公元历标出：七年牧月一日，1799 年 5 月 20 日。可惜，粗心的雕刻家把作家忌辰记错了，最后一句竟写成了：1850 年 8 月 20 日逝世于巴黎。博物馆在展出时将“20”划掉，改成了“18”。展览还介绍说，为纪念作家诞生 100 周年，图尔市曾于 1899 年 11 月 24 日竖立了巴尔扎克的铜像，但在 1942 年 2 月 2 日被德寇劫掠，“巴尔扎克”竟化作了屠杀法国人民的炮弹。这真是人类文明史上的耻辱。

众所周知，巴尔扎克走上文学道路是很经过一番周折的，正是在这些周折中显示了巴尔扎克惊人的意志力。巴尔扎克的第一部文学习作，五幕诗剧《克伦威尔》在他生前从未出版过。到 1925 年，才第一次复制出版了由他母亲记录的手稿，这显然是为他通过“家庭考试”时准备的。面对这件珍贵的复制品，我自然想起了巴尔扎克在巴黎小阁楼上度过的饥寒交迫的日日夜夜，也想起了科学院院士安德里厄教授对该剧本的严酷判词：“我并不想使您（指巴尔扎克的母亲——笔者注）的儿子气馁，但是，我以为他还是别把时间花费在写作悲剧或喜剧上为好。”“除了文学，他干点什么都行。”我钦佩像莫泊桑那样有名师指点并“流星般”地进入文坛的作家，我更钦佩像巴尔扎克这样，在权威的“死刑判决书”面前毫不动摇，毅然走自己的路的作家。巴黎和萨舍的巴尔扎克博物馆都挂有安德里厄教授的肖像，无情的历史，只是作为巴尔扎克的反衬才把他的大名保留了下来，这也是一种嘲弄和惩罚吧。

巴尔扎克是个惯于“在清样上写作”的作家。他交付的手稿，只是名副其实的“草稿”。而在每次从印厂取回的清样上，满纸经纬纵横，面目全非。据说，排字工人常常拒绝排印他的校样，他也常常不得不为此而偿付极高的代价。因此，博物馆的陈列中自然少不了他的清样，这是作家勤奋、严谨、一丝不苟的创作态度的记录啊！面对巴尔扎克校样的复制品，我总是习惯地要端详一番，尽管我不能逐字逐句地辨认他那潦草的手笔，也无力从他的改动中去考证作家思想、艺术变化的轨道，但它能使人产生一种快感，仿佛可以从中分享到作家艰辛耕耘的乐趣。这次，当我照例俯身察看橱窗中的一份校样时，我却意外地发现，这里陈列的不是他的小说创作，竟是巴尔扎克那篇题名为《中国和中国人》的文章。博物馆选择这样一件展品多半是出于偶然，但一个中国人在此时此地看到这篇文章，其愉快的心情是不难想见的。遗憾的是，我过去虽然知道有这样一篇文章，但却一直没有拜读过，因而不清楚作家对“中国和中国人”究竟有多少了解，是毁多还是誉多。只记得这是作家于1842年应朋友奥古斯特·波尔热之邀为他的《中国和中国人》一书所写的介绍文字，全文大概是分四部分在报刊上连载的，我们眼前摆着的是文章的前两页。我吃力地辨读着这份同样改动很大的清样，其中的一段文字特别引起了我的注意：“……由于一个十分欣赏这个奇特的民族的亲人（指其父。——笔者注）的影响，我在童年时代就受到了中国和中国人的熏陶。这样，从 15 岁起我又读了哈尔德和克罗蒂埃神甫关于中国的描写，……其中大部分或多或少掺了假。总之，人们能够从

萨舍巴尔扎克博物馆 -3

萨舍巴尔扎克博物馆 -4

理论上了解到的有关中国的一切我都了解了。”巴尔扎克曾对远方的中国抱有如此浓烈的兴趣，而且还广泛涉猎了有关材料，并能对真伪做出判断，这更激起了我要把这篇文章找来一读的欲望。

19 世纪三四十年代是照相术的草创时期。巴尔扎克有幸在 1842 年摄下了他平生唯一的一张照片，较之他众多的画像，这当然是一幅弥足珍贵的“实录”。此处展出的这张被装在小小的镜框里的大二吋照片虽是复制的，也已经褪色发黄。相上的巴尔扎克：大头，长发，短髭，穿着白衬衣，左手撂开衣领抚在胸前，裸露出粗壮的脖子，双眉微蹙，深邃的目光注视侧前方。有人认为，“这才真正是《人间喜剧》那个强壮的作者呢，这是在他完全自然放松的瞬间捕捉到的真实形象。”我想，这是对的。不过，在我过去看见这幅照片时也曾纳闷过，这位一贯注重仪表的先生，为什么会留下一帧不修边幅的照片呢？在博物馆里同时看到巴尔扎克的一只手的铜模及其说明时才似乎略有所悟。原来，巴尔扎克对自己的一双手十分得意，他的好友，诗人戈蒂埃曾作过这样的记述：“很少见到他那样漂亮的手，白白的，胖乎乎的小手指，粉红的指甲闪着光。在有人看他的手时，他就故意摆弄它们，露出了微笑……”大概正是出于这种浅薄的虚荣心，作家才有意地把那只左手放在显著地位上，使它也能留诸后世吧。这，只是笔者毫无恶意的揣测，不足为据。当然，我们还必须公正地指出，巴尔扎克的手，首先是勤劳的，是写下过难以数计的精彩文字的手。

在墙角上，我们看到一尊约一米多高的巴尔扎克裸体全身石膏像，挺着大肚子，两条粗壮的胳膊交叉在胸前，显示出健壮的体魄和过人的活力。这是罗丹为巴尔扎克铜雕所作的许多草样之一。为完成文学家委员会委托的巴尔扎克雕像，罗丹付出了巨大的劳动。他曾来到作家的故乡寻找模特儿，以能准确地表现这个“图尔人”的形象。人们告诉他：您应当到阿扎·勒·雷多去，那儿有一个叫作埃斯达瑞的车夫，甭提和巴尔扎克有多像了。在那一带大家就管他叫巴尔扎克。这真使罗丹喜出望外。他立即找到这个活着的“巴尔扎克”，花费了一个多月的时间为他塑像。如果仅仅停留在对埃斯达瑞的临摹上，罗丹无疑能塑造出一个“甭提多像”的巴尔扎克来。但是他没有就此止步，他还在追求。巴尔扎克曾以雕塑为例指出，艺术家的任务不是“摹仿”而是“表现”。罗丹殚思极虑捕捉到的“那一个”——饱览人间不平，洞察社会入微，又日夜耕耘不息的巴尔扎克（这种铜像现有两座，均在巴黎。一座置放在罗丹博物馆的庭院里，一座在市内蒙巴纳斯大街和拉斯巴依大街的交叉路口上），正是这一创作原则的体现。尽管它在当时招来了非议和嘲讽，但历史终究做出了公允的评价。

当我走近展览着各国译本的一排长长橱窗时，我惊喜地喊了起来：“这是我们中国的！”讲解员笑着说：“对，这是你们中国的译本。”这里陈列的有日文、希伯来文、英文、土耳其文、意大利文、希腊文、葡萄牙文、荷兰文等多种文字的译本，使人对巴尔扎克的世界性影响留下深刻印象。两本翻开的中文本，放在醒目的位置上，是我们熟悉的人民文学出版社的大32开的译本，自然是傅雷先生的译笔。一本是《欧也妮·葛朗台》，一本是《都尔的本堂神甫和比哀兰德》。在异国他乡的博物馆里能看到来自祖国的译本是令人兴奋的。我之所以特别兴奋，还因为我有过遗憾，遗憾的是在巴黎的巴尔扎克博物馆里至今没有中国的译本。为此，我曾建议有关出版社在适当的时间赠送一批，以便各国巴尔扎克的爱好者也能了解我们中国在巴学上的成就。这也是促进

萨舍巴尔扎克博物馆 –5

各国文化交流的一个方面。在《全集》暂时还无望出齐时，能否考虑先赠送一些和这两处博物馆紧密关联的名著的译本呢？例如，把《高老头》《幻灭》等送给萨舍博物馆，把《贝姨》《邦斯舅舅》等送给巴黎博物馆。

最后，我们来到了巴尔扎克小小的居室。可贵的是这间屋子基本上保持了当年的原物和原状。陈设极其简单，可以说是仅有一个作家所最最必需的物品：一个小柜，一张床和床头小桌，一张写字台和一把椅子。在这些东西中，那张挂有黄色幔帐的软床，真是最奢侈的了。这张床既承受过主人极度疲劳的酣睡，也常常伴随主人度过不眠之夜，——巴尔扎克有时喜欢坐在床上，腿上放块垫板进行写作。靠窗的长方形写字台上，放着一盏油灯、一把咖啡壶、一架裁纸刀和一个墨水缸。这似乎是作家生命的凝聚。点了又熄、熄了又点的油灯终于不再亮了；热了又凉、凉了又热的咖啡壶再也不会散发出芳香；墨水缸干了，裁纸刀锈了……但是，它们化成了一叠叠厚厚的手稿，一叠叠改得面目全非的清样，又化成一版、再版……无数版的新书——去年，权威的七星丛书又出齐了一套新修订、注释的十二卷本《人间喜剧》，各种普及本的再版更是从未间断过。这说的是法国，世界各国的情况也是可以想见的。作家对人类的奉献始终是那么慷慨。

我倚着书桌眺望窗外。“天空是那么纯净，橡树是那么美丽，宁静是那么悠远。”（巴尔扎克语）但是，我在这里听到的回声，却不是一曲抒情的牧歌，而是一首充满不和谐音的交响乐——巴尔扎克的一生，巴尔扎克的创作。

1983 年 3 月草于巴黎

7 月改于北京

（《世界文学》1983 年第 6 期）

《人间喜剧》浮雕“长卷”

雕塑家法尔吉埃所作巴尔扎克雕像

现在，罗丹为巴尔扎克雕塑的铜像遭到法国文学家协会拒绝的逸事，似乎是尽人皆知了。那么，这个协会要由它自己为巴尔扎克立碑的意图有没有最后实现呢？协会所立纪念雕像的作者是谁？雕像而今又在何处？

巴黎著名的爱丽舍田园大街北侧，离凯旋门不远的地方，有一条不算太宽的马路，叫作巴尔扎克街。在19世纪中叶，它的名字是吉祥街。巴尔扎克曾在这里买下一所房子，并花费巨资进行修缮布置，以迎接远方的新娘。不料，他在乌克兰和韩斯卡夫人完婚后长途跋涉回到巴黎时，多种重病缠身，三个月后竟在这条并不吉祥的吉祥街辞别了人世。后人将它易名为巴尔扎克街，自然是为了纪念这位伟大的作家。

沿街而行，已经找不到作家的旧居，这多少使人有点怅然。街道的另一端，现有一个取名“巴尔扎克”的咖啡馆，然而不知里面能否喝到巴尔扎克式的黑咖啡。巴尔扎克街被宽阔的弗里德朗大道拦腰截断，两条马路的交叉处有一个小广场，文学家协会所立的巴尔扎克纪念像就坐落在这里。

这是一座石雕。它的底座就有三米多高，正面刻着作家的姓名和生卒年份：奥诺雷·德·巴尔扎克，1799—1850。背面特地用大字标明：此碑之建立系受托于文学家协会。底座上面，是巴尔扎克的坐像，作家穿着他那件富有个性特征的长袍，坐在条凳上，双手抱膝，侧低着头，沉浸在痛苦的思索中。这尊雕像和现在矗立在拉斯巴依路口罗丹的那座曾遭到非议的铜雕相比，除了那件白长袍是共同的之外，从立意到造型都大相径庭。一个取动，一个显静；一个昂扬亢奋，一个低回沉稳。我没有美术家的眼睛，也无意去裁断孰优孰劣。我认为，在偌大的巴黎，有两个风格各异的“巴尔扎克”不仅不足为怪，而且是理所当然，历来人们对他的理解不都是见仁见智的吗？

文学家协会的雕像上，在条凳左侧签署着作者的名字和作品的年代：阿·法尔吉埃，1900。法尔吉埃是文学家协会

《人间喜剧》大型浮雕（局部）

为巴尔扎克纪念像选中的第三位雕塑家。最初，雕像的重任交给了夏皮；夏皮于 1891 年去世后，由罗丹接任。罗丹的作品引起了争议，并最终遭到否定，于是又委托给法尔吉埃。巴尔扎克雕像的命运，也如其人一样坎坷多难，实际上法尔吉埃也并未能终善其事，他于 1902 年也离开了人世。雕像是由第四位雕塑家瓦斯罗最后帮助完成的（可见，雕像上的 1900 并不能表明作品真正完工的日期）。

瓦斯罗是巴尔扎克的一个崇拜者。他不仅最后完成了巴尔扎克的雕像，还留下一件很值得一书的遗作，这就是《人间喜剧》的大型浮雕。

早在1868年，瓦斯罗就为法兰西剧院雕塑过一尊巴尔扎克大理石半身像，这雕像现在陈列在巴尔扎克博物馆原客厅正中的壁炉上。1883年，当法国文学家协会决定为巴尔扎克建立纪念像时，他曾毛遂自荐，但未被接纳。然而，他并不气馁，而是自行开始动手设计制作巴尔扎克雕像的底座。

这个底座，由《人间喜剧》中的人物群像构成。这一设想，无疑是十分大胆而又具有丰富的思想力量的。据说，法尔吉埃生前曾同意采用瓦斯罗的群像浮雕作为他的雕像的底座，但法尔吉埃去世后，他的夫人推翻了这个决定。由于得不到应有的支持，到1904年死神夺去瓦斯罗的生命时，雕塑家的这一宏愿还只是体现为四块石膏模坯。所幸的是，巴黎巴尔扎克故居博物馆的创建人鲁瓦尤蒙没有忘记它们。他于1919年设法找到这些模坯，并妥善地保存起来。这样，在经历了80年的埋没之后，人们才得以在近两年对石膏模坯进行修整，并翻制成连为一体的大型铜浮雕——它从此成为一件独立的艺术珍品，并于1983年5月正式在巴尔扎克故居博物馆花园里的高大围墙上公开展出。

这座大型铜浮雕长6.6米，高1.3米，以一道宽边作为框架，上面正中醒目地刻着“巴尔扎克的人间喜剧”几个大字。令人费解的是，雕塑家不知出于什么考虑，竟然大胆篡改了巴尔扎克的分类标准。浮雕的左上方刻着：巴黎风俗研究　私人生活场景——哲学研究——巴黎生活场景。右上方刻着：外省风俗研究　私人生活场景——乡村生活——政治研究〔巴尔扎克原分类标题为：风俗研究（下分：私人生活场景，外省生活场景，巴黎生活场景，政治生活场景，军事生活场景，乡村生活场景）；哲学研究；分析研究〕。图像下面，和图中形象的主次相呼应，以大小不等的字体刻着人物形象的名字。

瓦斯罗构思巧妙地在画面的左下角安排了一个巴尔扎克坐像。他手拿纸笔，微微抬起头，注视着眼前这一群形形色色的人物。你可以认为，这是作家在审度或欣赏着他的创造物；你也不妨设想，这是作家在专注地观察、记录社会的风情，千姿百态的形象正在吵吵嚷嚷地涌向他的笔端——“法国社会将要作为历史家，我只能当它的书记员。”

整个画面由70多个形象组成，主次分明，层次清晰，配以画面深处淡写的背景，栩栩如生地构成一个19世纪法国社会的大千世界。诚然，与《人间喜剧》中近2500个人物相比，这里展现的还不及3%，可以说是微乎其微。但是，人们不难想见，为了选择这不到3%的形象并加以主体地再现，雕塑家花费了多少心血。

在画面上，可以看到中国读者较为熟悉的重要作品和人物，如《高利贷者》中的高布赛克，《贝姨》中的于洛男爵和夫人、贝姨和玛奈弗夫人，《夏倍上校》《邦斯舅舅》和《赛查·皮罗多盛衰记》中的同名主人公，《欧也妮·葛朗台》中的葛朗台父女，《幻灭》中的吕西安和他的妹妹、赛夏父子等。也有一些是在中国介绍得较少、但却并非不重要的形象，如《路易·朗培尔》中的朗培尔，《绝对之探求》中的克拉埃斯，《莫德斯特·密尼永》中的密尼永，《两个新嫁娘的回忆》中的列斯多拉德夫人，《贝阿特丽斯》中的莫班和贝阿特丽斯等等。可以看出，瓦斯罗在创作时，曾经认真借鉴参考了前人为《人间喜剧》所画的各种插图。使人感到遗憾的是，雕塑家对巴尔扎克笔下没落的老贵族的形象没有给予应有的重视，而像纽沁根（《纽沁根银行》等）和蒂埃（《赛查·皮罗多盛衰记》等）这类心狠手辣的暴发户典型，也由于仅被安排在后景而显得不够醒目。

瓦斯罗把《高老头》中的群像——重要者如拉斯蒂涅、伏脱冷、鲍赛昂夫人，次要者如伏盖太太、朗日夫人等——置放在特殊显要位置上，是很有见地的。笔者在欣赏铜雕时，恰好遇到几位不知来自哪个国家的旅游者，他们对其他人物反映比较漠然，但当看到高老头临终时的场景（高老头躺在病榻上，前有跪着的长女雷斯多夫人，后有站立的皮安训医生）时便兴致勃勃地议论了起来。正如人们常说的，这部小说不论在法国还是在其他国家，都是《人间喜剧》中流传最广的一部作品。雕塑家的这一匠心处理，无疑能使浮雕更易为群众所接受和喜爱。另外，《高老头》被某些评论家看作“巴尔扎克式的小说”的真正开端是不无道理的。因为，它不仅标志着作家现实主义的成熟，其中的每个形象几乎都堪称典范，而且还是“人物再现”手法的发端，许多人物都在以后的作品中不断重复出现。因此，画面上突出他们，就具有了以一当十的概括作用。例如，迎面站在巴尔扎克跟前的玛赛，在《高老头》里虽然还只是个很不为人注目的配角，但在后来的二十几部作品中却扮演着越来越重要的角色，成为七月王朝时期平步青云的无耻政客的典型代表。雕塑家抓住了这个形象，就能够引人联想起那些和他相关的作品，联想起与他同类的政客。

雨果在巴尔扎克墓前曾经激情地说过：“……这就是他给我们留下来的作品、高大而坚固的作品、金岗岩层的雄伟的堆积、纪念碑！从今以后，他的声名在作品的顶尖熠熠发光。伟大人物给自己安装底座；未来负起安放雕像的责任。”一个多世纪过去了，历史证实了雨果的预言。巴尔扎克为自己安装的底座是牢固的，他的作品经受住了时间的严峻考验。而这座以他的作品为蓝本的铜雕底座，也终于在历尽沧桑后，同作家的雕像一起，接受千百万瞻仰者投下的崇敬的目光。

1983 年 12 月

斯丹达尔生前死后

斯丹达尔（原名亨利·贝尔）是匆匆离开这个世界的，没能完成他本想完成的作品，没能得到他本应得到的声誉。

1842年3月21日，他刚签订了为《两个世界》杂志提供四篇小说的合同，22日晚，就骤然中风倒在了住处附近的一条马路上，不省人事。次日（23日）凌晨二时，他在巴黎南特旅舍三层楼上的一个房间里溘然长逝。24日中午，无声无息地下葬在蒙玛特尔墓地。据说，送葬的只有三个人，其中之一，是他的挚友，作家梅里美。

南特旅舍，至今犹在。当年是小原野新街78号，现在是达尼埃尔—加扎诺娃街22号。这是离巴黎大歌剧院很近的一条不宽的街道，不知斯丹达尔精疲力竭地从意大利回来时，是否出于对歌剧的喜爱才选择这里下榻的。旅舍是一座普通的五层楼，门面窄小，为纪念作家，现易名为斯丹达尔旅馆。在二层楼的高处，嵌有一块半米见方的纪念牌，上写道："亨利·贝尔　斯丹达尔1842年3月23日在这座房子里

斯丹达尔故居

斯丹达尔墓

逝世”。可惜，这方纪念牌实在太小、太不醒目了，我是站在马路对面端详整座楼房时才蓦然发现的。也许，这正与作家默默无闻的特色相吻合吧。

斯丹达尔生前发表了《拉辛与莎士比亚》《红与黑》和《巴尔马修道院》等几部重要作品，但在当初的法国文坛上却没有引起应有的反响。在他的同时代人中，真正认识斯丹达尔的价值的是巴尔扎克，还有梅里美。1840 年 9 月 25 日，巴尔扎克在《巴黎杂志》上发表的长文《贝尔研究》，可能是斯丹达尔在生前读到的有关自己作品的最有分量的分析了。这篇文章竟使当时已年过半百且有二十余年写作历史的斯丹达尔，像初出茅庐的习作者听到权威的鼓励时那样受宠若惊：“先生，昨晚我感到非常意外。”斯丹达尔在读到文章后的第二天（10 月 16 日），就给巴尔扎克写信，“我想，从来没人能在杂志上得到过一位最内行的行家的如此厚待。您对一个流落街头的弃儿给予同情，我理应报答您的善心……”话说得有点过分，不过，我们不难从中领略当时斯丹达尔遭受冷落、缺少知音的寂寞心境。遗憾的是，巴尔扎克的文章也没帮上多大的忙，连他自己编辑的《巴黎杂志》也很快夭折了。

斯丹达尔在去世前十年用拉丁文戏拟的墓志铭，同样透露了这种黯然的心绪：“亨利·贝尔　米兰人　写作过　恋爱过　生活过”。三个动词的过去式便概括了一生。至于是否成功，何必尽言，不如留待后世评说。后人把这段铭文刻在了他的墓碑上。两年来，我曾不止一次地踯躅在斯丹达尔的墓前，或偕友，或独步，默读着墓碑上朴素得像“民法”一样的文字，寻思着个中复杂的滋味：看似平静的回顾里略含哀怨，表面的自足中掩伏着辛酸。作家本人在无可奈何之中把希望寄托于未来：“我所下赌注的头彩不妨说是：在1935年有人会读我的书。”

斯丹达尔中了头彩！而且，比他预计的时间要更早一些，比他预计的成功要大得多。他去世后不久，19世纪50年代，他的“全集”就出版了，这当然是一部很不全的全集，因为他的许多重要遗作当时尚未问世。60年代，出现了研究斯丹达尔的专著。但总的来说，对斯丹达尔的重视始于80

年代。从那时起，作家的一些完成和未完成的作品陆续整理发表，广泛地引起了人们的兴趣，其中主要有《吕西安·罗凡》《布吕拉尔生平》《自诩录》及《拉米埃尔》等。到20世纪，斯丹达尔便成了法国文学史家们公认的大家之一了，一些专门词汇也应运而生，诸如“斯丹达尔研究者”“贝尔主义”“斯丹达尔主义者”，还有“红学家”（专事研究《红与黑》的专家）等等。难怪有人把斯丹达尔称为“二十世纪的作家”。在斯丹达尔诞辰200周年的今天，作家的名声更是早早越出了国界，成了世界性的人物。

斯丹达尔的“中彩”，自然不是出于“赌徒”的“运气”。他是以他的进步世界观和文学观，以他的深邃思想和勤奋劳动，以他的朴实文风和对现实的敏锐反应去赢得未来的。

对于真正的作家来说，作品的寿命比本人的寿命更值得珍贵，作家的“生存”与“死亡”，我想，是应当按照作品的生命力来计算的。

1983年8月

在瓦莱斯墓前

在纪念马克思逝世100周年和巴黎公社起义112周年的时候，中国青年艺术剧院在北京演出了描写巴黎公社斗争的话剧《樱花时节》。这使我想起了《樱花时节》的作者、巴黎公社领导成员之一的于勒·瓦莱斯的英雄事迹。

巴黎公社诗人鲍狄埃在瓦莱斯忌辰一周年时，曾经写下这样的诗句：

“你勇猛的斗士，杰出的诗人，
你曾为我们说出所有的疾苦，
而今在这鲜花盛开的坟墓，
你为什么竟然长眠不醒？
…………
在我们冲向那些街垒的时候，
我们多么需要你的鼓舞，你的声音！”

一年前，我来到巴黎拉雪兹神甫公墓，向巴黎公社这两位伟大战士、作家致敬。在那春寒未尽的日子里，我欣喜地看到，瓦莱斯的墓上鲜花盛开，露出勃勃生机。这簇簇鲜艳的花朵，也是对烈士英灵的一种慰藉。

墓高约一米，正面用大字镌刻着作家的姓名和生卒年份："于勒·瓦莱斯，1832—1885"。墓台后端，是一尊安置在半米多高底座上的半身铜像。我凝视雕像，他那倜傥英气中蕴含着刚毅和深沉；浓密的胡须，高阔的前额，栩栩然体现了当年的丰采；颧骨突出，脸颊消瘦，显然是风霜岁月留下的痕迹。尤其是那微蹙的双眉和凝神注视前方的眼睛，更给人以深刻印象：是悲愤？是面对现实在思索？还是在探究着未来的道路？……墓台前沿的一行小字，也许能为我们提供一点启示，这是这位公社英雄朴实的自白："所谓我的才能，盖出于我的信念。"对的，人们从这双眼睛里看到的正是信念，对革命事业，对未来胜利的执着坚定的信念。而这点，正是瓦莱斯，也可以说是所有公社战士们突出的高贵品格。

站在铜像前，我不禁缅怀瓦莱斯光辉的一生。他像鲍狄埃一样，从少年时代起就投身火热的斗争。16岁时，他在家乡南特积极参加了1848年的二月革命，由此而开始了他几乎可以说是"职业革命者"的生涯。他也像鲍狄埃一样，时而用笔，时而用枪，甚或二者并用，向资本主义世界展开了坚韧不拔的斗争。几度被投入狱，丝毫不曾折损他的锐气，动摇他的意志。尤其是在巴黎公社的日子里，他更是始终满怀激情地站在斗争的第一线。他当选为公社中央委员，先后担任过教育委员和外交委员，直到“浴血的一周”，他还坚持奋战在街垒前，为保卫公社做最后的斗争。公社失败后，他在朋友们的掩护下辗转逃往英国，开始了漫长的流亡生活。就在这时，凡尔赛分子还在1872年缺席宣判瓦莱斯死刑，足见敌人对他是何等恐惧和仇恨。

作为记者和作家的瓦莱斯，报刊是他主要的战斗阵地，散文是他主要的战斗武器。他为许多刊物撰稿，自己也曾创办过几份报纸，其中以《人民呼声报》最为著名。瓦莱斯在公社斗争前夕的2月22日创建了这份报纸，直接为行将到来的革命起了呼风唤雨的作用。这份报纸刚一问世，就受到了巴黎人民的热烈欢迎，其发行量从最初的八十份，几天内就骤增至十万份，这在当时简直是个惊人的数字。但，报纸仅仅出版了18天就遭到了反动当局的取缔。公社的胜利给它带来了新生，3月21日，“人民的呼声”又重新响彻巴黎上空，《人民呼声报》成为公社时期最主要的报刊之一。瓦莱斯一面领导着公社斗争，一面经办报纸，并经常亲自为该报撰写激动人心的文字。这份革命的报纸，一直坚持到“流血周”的第三天——5月23日，才因战事紧急而不得不停刊。

公社的失败丝毫没有使瓦莱斯消沉。流亡期间，在极其困苦的条件下，他依然怀念着公社的事业，更加奋发地挥笔讴歌这场震撼世界的革命。1872年底，他就饱蘸着热情挥笔完成了五幕十一场的大型剧本《巴黎公社》(即《樱花时节》)，史诗般地再现了公社的伟大斗争。从1878年开始他陆续发表具有自传性质的三部曲长篇小说《雅克·万德拉》(《孩子》《中学毕业生》和《起义者》)，其中的《起义者》，又是一部记录公社革命的史书。这两部作品的思想和艺术价值，正越来越受到人们的普遍重视。

在创建崭新的无产阶级文学的斗争中，瓦莱斯是一名思想敏锐而深邃的自觉战士。1881年3月，他在题为《人民的诗歌（关于鲍狄埃）》一文中，激情满怀地呼吁：“啊，新的法兰西，新的一代，站起来了的人民，她多么需要和狂想的浪漫诗歌截然不同的另一种诗歌，正像需要另一种戏剧和另一种小说一样。……我们需要穷苦的劳动兄弟的声音！”在这篇文章里，他第一次高度评价了鲍狄埃诗歌的伟大革命性意义：“这就是崭新的人民的诗歌！”

是啊，我们需要崭新的人民诗歌，崭新的革命文艺。而只有对革命事业永远怀抱坚定信念的人们才会真正懂得她的价值。

1983 年 3 月

巴黎的魅力

巴黎，一座迷人的城。

巴黎，一个城中的谜。

无论是否曾到此一游的人，都自有一个心中的巴黎——风流的巴黎，典雅的巴黎，革命的巴黎，享乐的巴黎，高傲的巴黎，忧郁的巴黎，繁华的巴黎，堕落的巴黎……更为有趣的是，在那些铺天盖地的广告里，你竟会读到这样的字样：巴黎是香水，巴黎是酒瓶，巴黎是时装……的确，谁也难以对她做出“一言以蔽之”的准确概括，即使是那些久居于此的巴黎人。各有所爱，自然也各有所厌，也许这正是“说不尽的巴黎”的秘密。

我所钟情的巴黎，是一座浸漫着文化气息的城市。说她处处有文化，似乎并不为过。

街景一瞥

我没有统计过，在巴黎的街头、公园里、博物馆前，究竟看到过多少尊文化名人的雕像。帕斯卡尔、莫里哀、狄德罗、巴尔扎克、雨果、乔治·桑、德拉克洛瓦、李勒、路易丝·米歇尔……你可能早就仰慕他们的显赫名声，也可能对他们的经历和著作一无所知，这些雕像有的出自名家之手，有的只是平庸之作。但他们的存在、时时处处的存在，就使人不由自主地产生一种对历史和文明的亲切感。

光线柔和、气氛幽雅的咖啡馆，是巴黎人生活不可缺少的部分。夏天，一些咖啡馆把座位摆到人行道上的阳伞下，形成一种独特的景观。在这里落座，五光十色从眼前流过，悠悠然中便可领略花都的风采。莫以为来到咖啡馆消磨时光的都是游手好闲之辈，或是来自异城的观光客。这里同样包含着生活的浓度和文化的情趣。许多大学生，常喜欢边品尝牛奶咖啡，边演算习题或准备考试；有的教授，也喜欢把小型的辅导课或讨论课移到这里来进行。我也曾不止一次地在咖啡馆里和教授、作家、出版商交谈，似乎在这特殊的氛围里，再严肃的题目也会变得轻松而易解了。咖啡馆是出思想的地方，萨特常在“两傀儡”等咖啡馆里奋笔疾书，写下他充满哲理的作品；著名的“黑猫”咖啡馆，曾是象征主义、超现实主义诗人聚首的场所……中国文人离不开酒，不知法国的咖啡是否具有同样唤起灵感的作用。巴尔扎克是以黑咖啡维持其旺盛的创作精力的，所以在今天的巴尔扎克街上，有着一座“巴尔扎克咖啡馆”。

在熙熙攘攘的闹市区，我喜欢挤在人群里观看街头画家作画。他们身边堆放着五颜六色的粉笔，涂涂抹抹个把小时，就可以在地上画出一幅《蒙娜丽莎》或《圣母像》之类的世界名画，然后就坐等观者扔下钱币。说它们惟妙惟肖未免过分，但没有参照，仅凭记忆，用的又是粉笔，如此作画，确实堪称一绝。蒙玛特尔山顶上的戴尔特尔广场，是高一个层次的街头画家们的荟萃之地。不足百米见方的广场，密密麻麻地坐满了各个年龄的画家，有的饱经沧桑，有的初出茅庐，神态都极洒脱。他们边画边卖，作画认真，讨价还价也认真，艺术意识和商品意识浑然，似乎倒也没什么苦恼。作品多为写实的巴黎风景画，画风朴实，价格较低，深受游客的欢迎。还有的以画人像谋生，或逼真酷似，或夸张变形，都能博得被画者的欣然解囊。黄昏，周围古色古香的小饭店里开始传出古朴的钢琴和风琴声，更为这方艺苑涂抹了几许诗意。后山坡取名为“机灵的兔子”的夜总会，是一座爬满青藤的两层乡舍，经常到这里聚会的民间诗人和歌手，边饮酒作乐，边吟唱新作、切磋诗艺。这是传统诗会仅存的硕果，颇能诱发怀旧者的情怀，也能激发后来者的遐想。

和蒙玛特尔高地遥相呼应的，是地处闹市的蓬皮杜文化中心广场上的卖艺人。如果说前者是以静为主，那么后者就是热闹的动的世界。吞云喷火的壮汉、高歌狂舞的姑娘、插科打诨的滑稽戏、节奏强烈的爵士乐……伴以不时爆发的掌声和笑声，场面显得十分火爆。从化工厂式的建筑蓬皮杜文化中心的玻璃管道里俯视，更是别有一番景色。

在这两块民俗文化宝地附近，有两条属“黄色文化”区的街道。蒙玛特尔山脚下的皮卡尔地段，以著名的“红磨房”夜总会为中心，沿街开设着许多家色情影院和色情商店。入夜以后，霓虹灯下的巨幅裸体照十分刺眼，影院前男士们声嘶力竭地招徕顾客，阴暗角落里的女郎们不断抛出浪声娇语……蓬皮杜文化中心对面的圣-德尼街则是一条灯光黯淡的小巷，影院和商店门前大多有黑色的挂帘，愈发显得神秘莫测；卖笑女郎倚门而立，向过往行人频送媚眼……这也许根本不能称之为“文化”，但它确实是西方文明中的一个存在，一种极不文明的存在。

地上的世界令人眼花缭乱，地下的世界也是丰富多彩的。巴黎纵横交错的地铁网，构成一座名副其实的地下城。这里有破旧的站台、狭窄的“陋巷”，也有豪华的商店、宽阔的电梯，而人口密度又大大高于地面，因而也就自然有了一种商业气息更浓的“地铁文化”。广告是最重要的艺术品，花样翻新、构思新颖、印刷精美的广告比比皆是。有时，在一条长达几十米的通道两壁，一幅挨一幅地贴的是同一张广告，迫使你不得不对其留下深刻印象，整体效果也十分奇特。地铁里还常常乐声四起，有古典的，有现代的，有凄婉的，有狂放的，也有纯正的民间小曲，水平参差不齐，但都能给单调乏味的快节奏行程增添点色彩。演奏者有孤独的老人，有三五成群的男女青年，更多的是自拉（手风琴）自唱或自弹（吉他）自唱。这批当代流浪艺人多数是为了糊口，但也有人是着意于自娱，他们那种自我陶醉的神情，也是颇具感染力的。20 世纪 80 年代初，曾有一些职业艺术家，不满于高雅的艺术被禁锢在上流社会的圣殿里，因而利用盛大节日等机会，把交响乐、芭蕾舞、现代舞搬到地铁车站演出，引起强烈反响，但可惜难以为继。

书市徜徉

凡是能在巴黎多逗留几天的文化人，都会慕名到塞纳河畔的街头书摊观光一番。

前面的马路上堵塞着长长的车队，后面的河道里游弋着豪华的游艇。地处繁华的巴黎中心，它却似一方怀旧的圣地。书摊的主人多是老者，他们那不合时宜的装束和木然的神情，就仿佛是昔日巴黎的陈迹。摊上的书画，并无明确分类，政治、军事、哲学、历史、文学、艺术……地图、信封、旧画、照片、邮票、明信片……据说，过去人们常能在此寻觅到一些珍奇的版本或有趣的古物，因而对具有收藏癖的文人墨客颇有吸引力。但日久天长，为商之道竟使这些书摊开始充斥仿古的赝品，令行家们大失所望。然而，即便是“其实难副”，但毕竟是“盛名”在外，因此，对于大多数无意深究的观光客来说，这里仍然是不可不看的巴黎一景。搜罗到一两件真真假假的纪念品，也算不虚此行吧。

巴黎的书店，除少数特殊和昂贵的书籍画册外，几乎全部是开架出售，有的廉价书，甚至就陈列在店门外。我不知道从经营的观点来看是得大于失，还是失大于得。但作为读者，作为顾客，就能充分体验到在书海里自由徜徉的乐趣。人们可以随意翻阅，漫不经心地浏览，也可以精心挑选，甚至“刻苦攻读”。我曾看到一些孩子们席地而坐，一连几个小时一本接一本地阅读印刷精美的连环画（此类连环画售价是很高的），不时还发出吃吃的笑声，但从未受到过售货员的斥骂。除了没有桌椅以外，在这里想读点什么，好像比图书馆更方便。

巴黎各类书店，不论规模大小、条件好坏，都注意营造自身的文化气氛。书店自然也是一种商店，以出售商品、追逐利润为目的，“本质”上与一切商店本无不同。但书籍毕竟又是一种特殊的商品，无论欣赏还是选择，都需要平和静谧的氛围。主人们仿佛都深谙此道，他们总是在可能的范围内尽量把自己的店铺安排得整洁舒适，安静雅致。人们在这里决不高声说话，更不会大声喧哗（而在国内的书店里，常能听到一些店员旁若无人地大谈昨晚的电视节目，或是今晨的菜市行情，令人难以忍受！）。店员和顾客，谈话都是窃窃私语式的，唯恐妨碍他人，破坏环境气氛。有的书店，还用最低音量似有若无地播放乐曲，平添几分优雅。有的书店，尽管面积不大，但也辟成前后两厅，前厅陈列书籍，后厅设有雅座，可以洽谈生意，可以请作者举行签名仪式，也可以使有兴趣的顾客坐下来与店主攀谈、沟通。有的旧书店，精心地把一本本破旧的书画整修得服服帖帖，用透明纸包装封面，使人感到主人对书的一片痴情。

大书店有大书店的气魄。各色新书，豪华版本，获奖书籍，各类丛书，一应俱全，令人目不暇接。有趣的是它们都设有旧书收购部，并将同类的新旧书籍陈列在一起出售，只是在旧书的书脊上贴一明显的标签，以供识别挑选。在我们看来，这种经营方式好像与大书店不太相称，但它有益于书籍的流通，也有利于提高经济效益，难道不值得我们借鉴吗？还值得一提的是，最大的弗纳克书店，长年对教师实行优惠价格，凡持有教师工作证的都可享受。这种对教育的主动投资，对教师的真诚相助，足以显示其深识远虑。

在拉丁区众多的小书店里漫游，有如深山探宝，另有一番情趣。每次离开索尔邦大学后，我都要到这里来闲逛一阵，既有目的，又无目的。随手翻翻，就能增长不少见识；找到一本想找的书，便是一大收获；意外的发现，更能产生为之一振的喜悦。当我在拉辛书店里爬上梯子、在书架的最高层找到寻觅已久的全套《巴尔扎克书信集》和《致韩斯卡夫人书信集》时，真是欣喜万分。19世纪中期杜朗蒂等三人编辑的《现实主义》杂志一段逸事，早就引起了我的兴趣，但却苦于在国内看不到第一手材料，而对在杂志小报多如牛毛的法国能否找到完整的卷帙也没抱太大希望。不料，在一条小巷深处的旧书店里，我却偶然“挖掘”出一本瑞士出版的装帧精美的影印合订本，真可谓喜出望外！尽管其价格昂贵，我也毫不犹豫地破费了。这一发现，廓清了我在该领域研究中的许多疑点。

墓园徘徊

死亡，无论对多么豁达的人来说，都不会是一件轻松的事。而巴黎的墓园，却能给千千万万活着的人们带来生的乐趣。在这里，有的人找到了绿荫蔽日的幽雅，有的人寻访着历史的足迹，有的人在探索来世的奥秘……一位法国朋友说：一座墓园就是一部历史。这是对的，但不尽然，墓园还是生者与死者对话的最佳境地——我想。

拉雪兹神甫墓地依山而建，古树参天，小路蜿蜒，石阶整洁，恰似一座公园，丝毫没有恐怖的气氛。难怪老人们能在此安详地静坐，孩子们能在此尽情嬉戏，情侣们能在此倾吐心曲。作为中国人，我最早被吸引到这里来是为了表达对1871年3月18日公社英雄们的敬意。那堵爬满长青藤的公社纪念墙，记录着人类历史上悲壮光辉的一页。今天，墙脚下还常有鲜艳的花圈和花束，看来在物质文明高度发展的社会里，人们并没有忘记革命先烈的业绩，没有忘记从先辈的精神中汲取反叛的力量。尤为耐人寻味的是，在镇压公社的刽子手梯也尔的墓门上，清晰地书写着一行白字：公社万岁！没有人会去考证这条标语的作者和年代，但观者却能心领神会地意识到一种潜藏着的社会力量。

巴尔扎克曾把他笔下的人物高老头凄凄惨惨地安葬在拉雪兹神甫墓地，并让年轻的拉斯蒂涅从这里向上流社会发出了挑战：“现在让咱俩来拼一拼吧！”不到20年，和上流社会拼搏了一辈子的作家本人也来到了这里，与他心爱的人物长眠在一起，他会感到宽慰呢还是遗憾？岁月无情，岁月也有情。巴尔扎克去世已有一个半世纪，但在他的墓前我还能看到烛光摇曳，闻到菊花飘香。为人类文化做出卓越贡献的作家的命运，毕竟与高老头的命运不可同日而语。

墙前鲜花常年不断的，不是哪位大政治家，也不是哪位大文豪，竟是一位不见经传的风尘女子——阿尔丰西纳·普列西。原来她就是小仲马的名著《茶花女》中玛格丽特的雏形。小仲马以她的坎坷经历和他们之间的一段交往写成了小说，后来有话剧以至威尔第的歌剧。普列西在玛格丽特身上得到了再生，她牵动了世界多少读者和观众的心。人们到这里来献上一束束鲜花，是对艺术形象的赞美？还是对少女不幸遭际的同情？也许二者都有，紧密相连，大可不必深究。

《红与黑》的作者斯丹达尔的墓和普列西的墓，同在蒙玛特尔墓园。作家生前自己用拉丁文写下的墓志铭是脍炙人口的：“亨利·贝尔　米兰人　写作过　恋爱过　生活过”。写作过——并未受到世人的肯定；恋爱过——一生都未能成婚；生活过——始终郁郁不得志。历史总算是公允的，19世纪末、特别是到了20世纪，斯丹达尔终于成了文学史上不可或缺的伟大作家，但这能填补他生前的遗憾吗？浪漫诗人缪塞的墓志铭，也是他生前写下的一节诗：当我死去时，我的朋友/请在我墓前栽下一株杨柳/我爱它那忧郁的树叶/那苍白使我感到亲切温柔/它的阴影将轻轻地/覆盖着我长眠的坟头。我的确看到在他的墓后有一株弱柳，这是后人对死者的安慰。这位多愁善感的“世纪儿”，恰似嫩柳，弱不禁风。新的时代，应当有更强壮的诗人，应当有更强健的诗风。

在巴黎滞留的日子里，我常在墓园里徘徊。不是忆旧，不是伤怀，而是想向死者探询生的启示……

庞贝城漫思

一

公元79年8月24至28日，怒火从维苏威山口喷涌而出。于是，这座火山便一举成名天下知。经历近两千年的岁月，它依然生机勃勃，面对络绎不绝的观光客，从岩洞、石缝里不时洋洋自得地喷吐着一股股白烟，俨然一派不可一世的胜利者的神情。

庞贝，一座虽不见得尽如人意、但在当时确已相当发达的城邦，一夜之间便被火山滚滚的熔浆从地面上涂抹得无踪无影。上帝没有放下可以在熔浆上航行的诺亚方舟。那些神态各异的尸体化石告诉我们，从天而降的灾难给庞贝人带来了多么巨大的恐惧感；面对这灭顶之祸，创造过高度文明的庞贝人又显得多么束手无策。人，伟大而渺小，坚强而脆弱。

如今，维苏威火山与庞贝遗址齐名，毁灭者与被毁灭者同样享受着殊荣，同样不分高下地吸引着千里迢迢、万里迢迢慕名而来的旅游者。谁又会去在二者之间迂腐地追究孰是孰非呢?

是的，当我们拄着木棍，顶着山风，踏着火山灰，步履艰难地向着盆状的火山顶攀登时；当我们向着火山口内俯瞰，兴致勃勃地观赏着深灰、浅灰、土黄、赭红等层层火山岩时；当我们在火山灰中，尽心尽意地搜寻着金、绿、红、蓝等各色晶莹剔透的火山石微粒时，我们何尝想到过火山爆发时那惨无人道的巨大杀伤力呢。人类容易健忘，或者说，人类总是向前看的。

阿波罗神庙

二

人类是在不断进步的，我深信。如果缺乏这样的基本信念，人就难免陷入无尽的悲哀。

但当我们站在20世纪末反观这些始建于公元前10世纪左右的城池时，我却惊讶地发现，人类前进的步伐并非所想象的那么神速。悠悠三千年，后人对生活追求的想象力，似乎并未对庞贝人有多大的超越。

埃尔哥拉诺是一座方方正正、街道笔直的小城，其规整的格调在西方现代城市中是从未见过的，倒十分类似北京、西安的格局。可以想见，当时建设者们已经有了相当强烈的“城市规划”的观念。庞贝城规模要大得多，但同样横平竖直，全城九区八门，井然有序。长条石铺砌的道路，与今日欧洲许多大城市的街面并无差别，只是多了两条深深的车辙，足见当年马车来往的频繁。建筑方面，庞贝城保留较好的是富家的深宅大院，而埃尔哥拉诺却保存了一批二层小楼。这是因为，前者为熔浆所吞没，后者为火山灰所掩埋，所以埃尔哥拉诺的一些木结构楼房能够完好无损。

用水设施已开始显示出贫富公私之别。富有的人家，在进门处都设有一个蓄水池，天顶相应地开着天窗，屋瓦向内倾斜，以便注入更多的雨水。而普通百姓人家，则从街道上公用的自来水管和水池里汲取用水。当今，洗澡是否方便，常常被看作是文明程度的反映，而桑拿浴、土耳其浴等的风靡，更使沐浴成为一种高级享受，甚至成为某种身份的标志。无论在庞贝还是在埃尔哥拉诺，浴池都占据着十分重要的地位，水池大小不等，但都相当考究，屋顶很高，多呈拱形，显然是为了不使热气窒人；池旁设有长凳，或坐或卧，舒适宜人。墙上或地面，常以马赛克镶嵌，而且构成的各式图案，比今日的豪华宾馆之装饰更具艺术特色。此外，像店铺、酒吧、面包房、牲畜市场等等商业设施，一应俱全。看来，古人对今人生活方式的“规范”是相当“全面”的，我们究竟有多少可以夸耀的“创新”呢？

三

庞贝城最引人注目的部分一是政治中心，一是文体中心。

在古老的年代里，政治已经确立了它至高无上的显赫地位。以高大的石柱为代表的议事厅和大广场等，可以使人想象罗马时代的庄严和气势。这类象征性的建设，在今天，不也是哪个国家都不可或缺的吗？

保留完好的大小剧场提示我们，戏剧曾有过多么令人发狂的年代，这是使当今的戏剧艺术家们羡慕不已的。戏剧需要观众。一个大剧场竟然有5000个座位，容下了全城四分之一的居民，小剧场也有1000个座位之多。文化的地位，并非随着物质文明的发展而日益提高。今日任何一个文明之都，剧场座位与居民总数的比率都不能达到6:20的高度，何况剧场门前常可罗雀呢。当然，庞贝人没有电影、电视，没有卡拉OK，这是我们可以感到骄傲的。

庞贝剧场上演古希腊和古罗马的悲喜剧，通常也是一连数日，不知其盛况能否与古希腊戏剧的鼎盛时期相比。但剧

大剧场

场的结构确已有明显改进，与近现代的剧场形式比较接近。剧场仍是露天，可观众席上已有天棚遮盖，观众席呈半圆形，并开始有了包厢、贵族席、平民席之分，包厢系皇室专用。舞台在正前方，石墩上铺着木板，为演员表演提供了较好的条件；幕布的起落，表示着场次的转换；舞台后方几根石柱上的戏剧人物雕像，为戏剧演出增添了艺术气氛。我选择一个座位坐下，呆呆地望着已经残破的舞台，竭力想象当年的辉煌情景，企图认真体味一下古人是如何在艺术中排解命运之困惑的……但是，枉然，人去楼空，夕阳西下，空旷的剧场寂默无声。历史毕竟是历史。

1993 年 5 月

“自由之舟”——圣马力诺

像是大海上的一方孤岛，更像是波浪中的一艘航船——从东侧望去，圣马力诺屹立在起伏的群山之中，石壁陡峭，三座山峰上各有冷峻的古堡傲然挺立，古堡上插有作为共和国象征的黑羽毛，使它看上去威风凛凛，神采飞扬。小小山国，带着几分神秘，几分潇洒，自由地穿越时间和空间，沿着自己选择的航道向前行驶……

进入这个国家，没遇关卡、无需签证。从意大利东北部美丽的海滨城市里米尼乘坐公共汽车，蜿蜒盘旋，便可抵达矗立在蒂塔诺山头的市中心——很安静，很干净，这是给我的第一印象。

圣马力诺市是座石头城。城墙是石砌的，房屋是石砌的，道路、阶梯都是石砌的，可谓“靠山吃山”。山国石城，古朴端庄，透示着一种历史的凝重感。在古老的世界面前，圣马力诺以自己最早建立起共和国而毫无愧色；在纷争频繁、战火不断的欧洲面前，圣马力诺以连续17个世纪未发生

圣马力诺

过动乱而感到自豪。岩石般的稳定，岩石般的静穆，一个岩石筑成的国度。

这只是巧合，还是其间确有某种隐秘的联系？根据传说，这个国家的创建者正是一位石匠，名叫马力诺。在基督教传入欧洲的初期，他来到这里开山采石，并宣传基督教义，深得人心。这引起当地女领主的儿子的嫉妒，但当他欲以暗箭射杀马力诺时，自己却突然倒地，不省人事。他的母亲向马力诺求救，马力诺为他真诚地祈祷。上帝听到了这位忠实的仆人的祷告，使年轻人得以复活。为感谢救子之恩，女贵族将蒂塔诺山及周围的群山赠给了马力诺，教徒们遂拥戴他为君王。于是，在公元 301 年 2 月 3 日，便有了圣马力诺国。我不知道，这个以人名命名的国家，而且是以一位普通劳动者的名字命名的国家，在我们这个地球上是否绝无仅有？

圣马力诺，在此地被人民尊奉为“自由人的保护神”。他的雕像，饱经风霜，刚毅仁慈，依然手执铁锤和凿子。山国人民勤奋劳动及平等相待的传统，可能正是对这位石匠君主的精神风貌的继承吧。

作为一个面积仅 61 平方公里、人口仅两万多的高山小国，圣马力诺既不自卑，也不封闭。她敞开胸怀，迎接八方来客，旅游业成为她的主要收入来源。为适应旅游业发展而制作的精美的纪念币、纪念邮票，深受游客的欢迎，并迅速传向世界。她在国际政治矛盾中恪守中立原则，但在世界舞台上却十分活跃，且并不因此而失却其精巧淳朴的独特风格。没有宽阔的马路，没有高大的建筑，没有繁华的商场，有的只是狭窄幽静、古色古香的街道，陈设典雅、笑迎宾客的店铺，实用大方、古典风格的楼房……城市的设计师颇有心计地在路口街旁留下许多平台，使人们信步漫游之际，随时可以居高临下地俯瞰周围的群山、绿树簇拥的红瓦，眺望隐约可见的大海、水天一色的远方，静观日出的辉煌或日落的余韵。

沿着石铺的小路，踏着石砌的阶梯，我来到被称作政治

圣马力诺

中心的自由广场和政府大楼。广场上自然少不了圣马力诺纪念像。不过，要声明的是，我这里使用“广场”和“大楼”这样的字眼，完全是沿袭通用的习惯，而非从实际出发的概括。因为，“广场”不“广”，至多三四百平方米，但每年两度政府换届的庄严仪式都在这里举行，地位当真十分显赫；“大楼”不“大”，只是一座带塔楼的两层楼，楼下是一个不大的厅堂，楼上就是执政官和部长们的办公室。

圣马力诺在1263年就创立了共和制，比法兰西共和国要早建五个多世纪。其与众不同之处是，最高领导为两名平起平坐的执政官，任期只有半年，而且不得连选连任，三年后才能重新竞选。政府公开办公，也堪称一绝。每天上午，从门卫手里买一张门票，就可上楼参观政府要员们的工作情况。遗憾的是，我到达这里时已过正午，竟错过了目睹这一“奇观”的大好机会。不过，这朴实无华的“广场”和“大楼”还是给我留下了美好的印象。从古罗马开始，政治中心的布局和建筑，就以威严奢华著称，而在这里，人们感到的却是亲切和平等。

从多处竖立着的刻有“自由”字样的石碑，可以看出圣马力诺人热爱自由平等的生活。他们维护自己的自由，也尊重他人的自由，这是高水准的追求。这个国家没有军队，只有几十名从意大利雇来的宪兵（为的是公正执法，不徇私情）维持治

圣马力诺酒店

安，但社会秩序良好，人民安居乐业，和睦共处。一座能容纳六个人的监狱，最多时关押的犯人也未超过半数。

对内如此，对外也是如此。当年拿破仑南下意大利时，曾为了表示对这个小国的“敬意”而打算把掠夺来的部分土地转赠给圣马力诺，以使她能有一个出海口。但这份美意却被圣马力诺当时的执政官婉言谢绝了：圣马力诺人不会出让自己的领土，也不需要不属于自己的土地。这段历史佳话，使圣马力诺人一直引以为骄傲。

1991 年 12 月

蓝色的卡布里

地中海，很蓝，那不勒斯湾，很蓝；但到了著名的旅游休养胜地卡布里岛，进入了卡布里的蓝洞，才知道什么是真正的蓝，才知道真正的蓝是多么美……

从那不勒斯登船，就仿佛被抛进了一片蓝色之中。天是蓝的，水是蓝的。海面泛起旭日的粼粼金光，是太阳送给大海早晨的亲吻。喧嚣的城市，消失在茫茫的远方，消失在天水一色的蓝色世界里。

在卡布里码头换乘驶往蓝洞的汽艇，沿着峭壁西行，没有风，却渐感浪起波涌，好像海底有一股冲击的力量。我在仰望陡壁山色和精巧别致的建筑群之余，猛地发现真正的美景竟是涌动在船下的海水。海水蓝得浓重异常，像墨，像油，那浓重的蓝色仿佛能托起整个宇宙。

天蓝是淡淡的，云白是淡淡的；海蓝是深深的，浪白是深深的。纯净的大自然。

蓝洞外，有十几条小划艇跳动在浪尖，等待着以近十美元的高价引导游客入洞。一个模样有点像莫泊桑的中年汉子把我们接上他的小艇，并让大家低头弯腰趴在船上，然后攀着洞上的一根铁索，慢慢地将船拉入低矮狭窄的洞口。当船夫摇起双桨向游客宣布“大赦”时，我们四位不同国籍的游客在直起腰来的一刹那，都不约而同“啊！”地甩出了一个大大的惊叹号。蓝洞虽久已闻名，但突现在眼前的景色依然远远超出人们的想象。头顶上的山洞漆黑一片，而船下却是一个光亮晶莹的蓝色世界：蓝得透明，蓝得彻底，蓝得纯粹。借着洞口传入的阳光，透过这纯而又纯的蓝色，你仿佛看到了深不可测的海底，又仿佛看到的是遥远的无限。乾坤倒转了，上面是黑色的地，下面却是瓦蓝瓦蓝的天。童话般的幻景。蓝色的梦。

卡布里岛位于那不勒斯湾的入口处，与那不勒斯隔海相望。顺山势高低修筑的小路、庭院，曲折幽深，草木葱郁，宛如仙境，且充满南国情调。尽管游客如云，也未能吞没其优雅隐秘的品格。即使是熙熙攘攘、布满商店和露天咖啡座的中心广场，其周围的建筑布局也是错落有致，另有一番脱俗的神韵。

在这处处是景，处处是画的小岛上漫步，我却始终摆脱不了那蓝色的幻影，坐在海滩上静观海鸥的自由飞翔，蓝色是平和安详的。站在悬崖边俯瞰海的深邃，墨蓝、深蓝、浅蓝、淡蓝，层次分明的图案清晰可辨。远眺开阔的海面，茫茫苍苍，偶尔滑过水面的快艇，在大片的蓝色上划出潇洒的人字形白道。

当我从安娜卡布里镇乘坐空中缆车飞向海拔589米的最高峰索拉罗山顶时，海风骤起，几卷乌云在天空游动，给全岛的风光造成忽明忽暗、此明彼暗的奇妙效果。云中漏下的光束，就像舞台上的追光，不时地突出强调着某个局部。抵达山顶后，只见一股雾气从海面沿着峡谷缓缓升腾，如同“神瓶”中放出的白烟，真不知是否会有魔鬼随之而至。如柱的雾气，渐渐扩展成一层薄纱，把近山远海都笼罩在神秘、朦胧的蓝色之中……

在这个星球上蓝色正变得越来越少的时候，蓝色的卡布里格外令人倾倒、令人陶醉。

1991年10月

“重归索连托”

“看这海洋多么美丽、多么激动人心，看这大自然的风光，多么使人陶醉！……”一曲迷人的《重归索连托》，把这座本不知名的海滨小城唱遍了全世界。追随这充满柔情乡恋的曲调，我从那不勒斯奔向索连托，以了却多年来“寻托情调”的夙愿。

那不勒斯海湾，真是一首写不完的诗，唱不完的歌。北岸的那不勒斯市，是意大利南部最重要的世界级名城，依山面海，气势非凡，既有古罗马的端庄威严，又有南方城市的俏丽洒脱；东岸中部是不幸葬身火山灰的庞贝和埃尔哥拉诺，以及站在它们身后的“刽子手”维苏威火山，这一奇妙组合，凝固了公元前近一个世纪的人类文明及其遭受毁灭的悲剧；南岸，就是幽静优雅的索连托小城；屹立于海湾入口处蓝色海面上的，则是遐迩闻名的度假胜地卡布里岛，她像是那不勒斯海湾这首诗歌中的“诗眼”，以其卓绝的风姿“点”活了全景。

随着那不勒斯湾的弧线来到弧底的索连托，信步走出车站正欲直奔海滨，却发现火车上下来的大部分乘客纷纷涌上停在站口的一排豪华大客车。也许是受从众心理的驱使，我们也身不由己地登上了其中的一辆。坐定后，才知道车是开往一座叫作阿玛尔菲的小镇的。听人们说，来索连托游览，不能不去阿玛尔菲，因为，连接这两地的公路，被意大利人称为“世界上最美的路”。

汽车离开城区后，我便立即被窗外的景致吸引住了。这是一条紧贴海边蜿蜒并逐渐攀高的山路。道路左侧是山，时而

阿玛尔菲

陡峭，时而舒缓，缓坡上的丛丛果林，焕发着诱人的生机。那些隐匿在山里的村庄，大多以白色为基调，构成了童话般的意境。道路右侧，则是湛蓝湛蓝的大海。海面平静，无风无浪，只是偶尔有飞驰而过的快艇，在海面上切划出鲜亮的白痕，反衬出永恒的蓝色的浓郁。近海处，不时会有几柱突兀而起的礁石冲出海面，为凝固增添几分生动，为广袤增添几分力度。

阿玛尔菲虽是小镇，但滨海广场却很开阔。旧式马车在广场上悠闲地与现代汽车并肩而行，展示着她作为旅游地的潇洒。如同欧洲许多知名不知名的城镇一样，教堂是这里最引人注目的去处。但与我见到过的教堂不同的是，此地的教堂建筑以黑白相间的线条和图案装饰，明显受到阿拉伯风格的影响。越往南走，基督教艺术与阿拉伯艺术相交融的特点就越明显。教堂对面，是该镇繁华之所在。阿玛尔菲著名的特产是彩绘瓷盘，商家独具匠心地将各色彩盘整整齐齐、密密麻麻地镶挂在店铺的外墙上，造成强烈的视觉效果，各店交相辉映，形成了火辣辣的五彩缤纷的世界。

阿玛尔菲之行，是我计划外的收获。尽管这也是一次美的享受，但未见索连托真面目，毕竟是个遗憾。于是，几天后，我这个外乡客便也有了“重归索连托”的经历。

仅有一万多居民的索连托，是座洁净、安详的海滨山

古城门

城。她自成一个小海湾，海岸线很长，且富于变化。有陡峭的山崖，有平展的沙滩，有沿海而建的现代化建筑，也有花艳树茂的滨海大道。倚山建起的房屋亦多为白墙红瓦，在天与海的蓝色中间显得格外耀眼。这里的特色工艺是木漆器，但店家却不像阿玛尔菲的彩瓷商那么张扬。他们将造型精美、色泽稳重的精品，布置成情调优雅的艺术空间，恰与这座小城的优雅风度相吻合。

索连托似乎没有特殊的景点，但也可以说处处是景点，

索连托街景

整座城市就是一座令人心旷神怡的海滨花园。路旁多种橘树，金黄的果实挂满枝头。眼前的美景，不由得使我想起歌中的平实温馨的诗句："看这山坡旁的果园，长满黄金般的蜜橘，到处散发着芳香，到处充满温暖。"据说，库尔蒂斯兄弟在20世纪初创作这首《重归索连托》，有着十分"功利"的目的：意大利总理曾对索连托市长许诺在此地开设第一家邮局，但他亲临视察时却闭口不谈此事。市长无奈中向库尔蒂斯兄弟求教。两兄弟便当即动手一个作词、一个谱曲，写出了这首情深意长的抒情歌曲。总理听歌时如痴如醉，颇为动情，市长乘兴旧事重提，总理便当即拍板，遂有了索连托的首家邮政局。谁能想到，一首乡恋情歌，也会为城市的现代化建设做出如此重要的贡献呢。

一个世纪过去了。这段往事可能早已被人遗忘，歌曲创作的直接动因也早已散落在茫茫的历史烟云中。但《重归索连托》却仍以其永恒的魅力吸引着各国的著名歌唱家，打动着无数音乐爱好者的心灵，也为索连托引来了众多的观光客。也许，只有这样淳朴优雅的小城，才会产生出这样淳朴优雅的歌曲吧。

1996年3月

冷言

“吃”的文化与文化的被“吃”

中国是饮食超级大国。烹调艺术，饮食文化，誉满全球，无敌天下。大如满汉全席等宫廷御膳，小如豆汁焦圈等市井小吃，均各有风味，自具特色。仅就“由生而熟”这一过程而论，就有蒸、煮、炖、焖、煨、烧、炒、炸、爆、烤、熏、烩、熘、汆等等数不清的动词，足以使世界语言学家们瞠目。

近观境内，川、粤、闽、徽、鲁、湘、浙等菜系，在讲究色香味形的共同追求下，又各显神通，多姿多彩；举目远眺，可以毫不夸张地说，凡有人群的地方就有中国餐馆的存在。

饮食文化的发达，着实培养了我们民族高度发达的饮食意识。吃风之盛，便是有力的佐证。逢年过节要吃，婚丧嫁娶要吃，破土盖房、乔迁之喜、生儿育女、晋官升职、甚至中小学生过生日，都离不开“请吃”和“吃请”——这算是民吃民，老百姓自掏腰包，愿打愿挨，开掘起来，还有着促进第三产业发展的积极意义呢！

蔚为壮观的是，众多食客围着国库吃社会主义大户，逢庆必吃，逢会必吃，逢查必吃，逢谈必吃……已不再是什么不可告人的秘密了。“民以食为天”的古训，成了主人盛情邀请入席时的口头禅，高雅而得体；“恭敬不如从命”的俗语，是客人走向餐桌时的答辞，随和而不失身份。于是，便有了自称“无餐不宴”“无日不宴”或“三日一小宴，五日一大宴”的“专职食客”；于是，便有了成亿成亿的资金从国库流向餐厅酒楼的奇观；于是，便有了世界罕见的政府直接规定几菜几汤一类的怪事；也有了为对付规定而加大菜盘或拆写账单等花样翻新的奇闻……

“治大国若烹小鲜”，圣贤老子曾洒脱地甩出过这么一句名言。现如今，活学活用的美食家们讲的是“烹小鲜以治大国”，而且所烹的必得是价码令人咋舌的“生猛海鲜”。吃风日盛，档次日高，好在孔老夫子早已有言在先：“食不厌精，脍不厌细”。享受传统文化的恩惠，有何不妥？

北京话把大吃大喝称为“穷吃”，“穷吃”的结果常常就是“吃穷”。如果说，“穷吃”是饮食文化胜利的标志，那么，具有讽刺意味的是，首当其冲被“吃穷”的恰恰是文化本身。就普及而言，文盲和失学儿童数字惊人，校舍危房八方告急；以提高而论，学术书稿被长期束之高阁，高品位的艺术团体难以为继，等等等等，缺的都是一个“钱”字。全民族文化素质的亟待提高与我国文化教育事业经费的全面短缺，形成了极大的反差。这一严峻的事实，难道不值得我们每个人深长思之?

当然，如果把此等矛盾统统归咎于“食客”们，未免不够公允。然而，在杯觥交错之时，或酒足饭饱之后，我们又有几个人去思索过这些简单的数目字呢：200元一桌饭，只能是招待所里的“工作餐”，但已足以培养一名五年制的小学毕业生；人均40元，也只不过是“意思意思”的“便饭”，而这就是农村小学生读一年的费用标准；一掷千金的宴会，更是支持一台京剧晚会而富富有余……由此而说及文化的被“吃”，恐不为过吧？！

最近，某学院教授摆摊卖馅饼的新闻被鼓噪得沸沸扬扬，煞是热闹。我无意介入褒贬之争，只是觉得，此则“新人新事”，正与本文题目契合，一是说明“吃”的文化日益发达，教授的加盟定将为之增添异彩；二是说明文化的被“吃”已成定势，教授的知识与教授的馅饼同属被“吃”之列，但不知谁个能解其中滋味?

1992年10月

富有的乞丐与贫困的富豪

人不可貌相。

有一种人，貌似赤贫，实则很“款”。在车站、码头、闹市……他们蓬头垢面，破衣烂衫，声泪俱下地讲述着不由你不信的悲惨故事，以博取路人出于怜悯同情而投下的一点施舍。然而，转眼间，你会瞠目结舌地发现，他或她竟盛装打扮，以阔佬贵妇的身姿出没于餐馆、舞场、歌厅，放肆地挥霍着靠乞讨行骗得来的钱财。这类万元户“职业乞丐”，以贫穷的外相欺人耳目，以卑劣的手段骗取他人的劳动所获，自己却能心安理得地过着寄生虫的生活。这是善良的人们所难以想象的。

另有一种人，着实很富，富得流金。他们非名牌不穿，非名车不坐，非高级餐厅不吃，非豪华宾馆不住，大有名列世界首富排行榜的派头。更可怕的是，任何在理智范围内的高档消费，仿佛都不够刺激，都无法满足他们的“挥霍欲”“炫耀欲”“称霸欲”，于是，便有了这一幕比一幕更荒唐的场景：你摆出一桌巨款宴席，我就要摆出一桌超过你的；你肯出资垄断歌厅一夜的点播权，我就能解囊扫荡全城花店里的鲜花；你敢用豪华轿车沿街散钱，我就敢当众点火焚烧成捆的人民币……钱，钱，不知从哪里来，也不知到哪里去的钱，令人目眩，令人莫名。也许有人会为此而怪声怪气地大喝其彩，而我在这漫天飘洒的钞票后面，看到的却是一张张贫血的面孔，一颗颗空虚的心灵。

如果说，前者应称为“富有的乞丐”，那么，后者便是“贫困的富豪”。“富有”与“贫困”这两极，奇异、变态地统一为这些社会的畸形儿。不同的是，前者尚能清醒地意识到自己是靠“伪装”过日子的，一旦真相败露，便无以谋生；而后者却不然，他们十分自信，自信他们的富有，以为拥有了财富就拥有了一切，以为一甩千金就能表明他们高人一等的社会价值。殊不知，这类野蛮消费，恰恰是他们精神贫乏、病态愚昧的最充分表现。二者相比，“富有的乞丐”似乎比“贫困的富豪”更高明一点，因为，他们毕竟多一点自知之明。

人，的确不可貌相。

人，的确需要认真地自我貌相。

1993 年 8 月

莎翁的妙用

——书的幽默之一

有学生问：读莎士比亚有什么用？

读了多年的莎翁，讲了多年的文学，对这样一个简单朴实的问题，我竟一时语塞，不知如何作答。

认识意义、审美价值、文化素质、人生顿悟……此类老生常谈，显然并非提问者所需。

那么，“新潮”一下：有益于考托福、出国？——鬼话！即使把莎翁的剧本倒背如流，恐怕也难以过关。

有益于与外商洽谈？夏洛克的经验肯定早已不够应对。

可以月下罗曼蒂克？

可以席间附庸风雅？

可以故作深沉？

可以炫示博学？

一个简单而实际的问题，使我困惑良久，不得其解。

一日，报载：某青年在火车上捧着一本原文版的莎剧，读得十分专注。对面的教授试图与其攀谈，不论用中文或英文，他都不予理睬，大有“一心只读圣贤书”的架势。下车时，他才悄悄对教授透露天机：这英文书，我哪儿看得懂啊。我身上带着一笔大款，现在谁都知道知识分子穷，抱着这本英文书，就不会有人打我的主意了……

妙，妙极了！答案原来在此。真是“踏破铁鞋无觅处，得来全不费功夫”。我当即放下报纸，大步向学生宿舍走去……走到中途，我却又迟疑了：学生囊中羞涩，他要莎翁何用？

1992 年 4 月

书联璧合

——书的幽默之二

眼下，几个人凑在一起，不知不觉地就会扯到“生财之道”上去。尽管都是坐而论道，但也颇得“画饼”“望梅”之乐。

一次，我忽发奇想，提出要申请一项“专利”，暂定名为：豪华型精装书组合柜。具体设想：由出版社和家具厂联手，出版社先设计出一套套豪华精美的系列书籍，如《中国古典名著》《外国古典名著》，或《××大全》《××大观》，等等。家具厂则按照这些套书的长短尺寸设计成形状各异、多种型号的组合柜。二者相得益彰，浑然一体，保证可以卖出大价钱。

本是戏言，不料却在友人中引起“轰动效应”，个个唾沫四溅，仿佛真要下海大干一番似的。

“主意高妙！既有强烈的装饰性，又有高雅的文化品位，符合当今潮流，准能一炮打响。”

“档次越高越好，价格越贵越好。这是时下的消费心理。”

“广告词：高等华人必备。”

“为了降低成本、增加利润，这些书干脆只做封套，不装内容——反正这不是为读书人准备的，反正买得起的人是不会真去读的。”

“还得有个响亮的名字，……就叫‘书联壁合’怎么样？正合‘珠联璧合’之意。”

“还得加个洋商标，……对，爱丽丝牌‘书联壁合’。”

“电视广告也出来了：在《献给爱丽丝》的钢琴声中（当然要用理查德·克莱德曼的演奏），一位婀娜多姿的金发女郎款步走过组合柜，然后对迎面走来的白马王子用洋式汉语或粤式京腔说：“布置新房，别忘了‘爱丽丝牌书联壁合’——这可是高等华人必备的噢。”

“这桩买卖做成了，说什么咱们也得扫一扫穷酸气，家家来上一套‘爱丽丝’。”

一阵热闹的畅想过去了。时过境迁，据我所知，别说一套“爱丽丝”，在大家那破旧的书架上，就是一本豪华版书也找不到——倒也没人为此难过，因为，我们知道，反正它不是为吾辈书生准备的。

1992 年 4 月

“砍”它一“侃”

我向语言学家们请教时下流行的Kan字的写法，他们一致认为应写作“砍”。论据是该词产生于市井，意出于“胡抡乱砍”，并以最初的搭配“砍大山”为证，以“砍价”为旁证。我不懂语言学，但觉得他们言之有理。

然而，正当“砍将”们“砍”得风雨交加、山摇地动时，“砍”字却悄悄地被涂上了一层温文的色彩，蜕变为高深莫测的“侃”。据说，语出“调侃”“侃侃而谈”云云，俗中透出了几分雅气。我也觉得言之凿凿。由此，其文化色彩越来越浓，上了广播，进了电视，登上报纸，并赫赫然辟成了专栏。“砍将”升格为“侃爷”，更增添了贵族气派。由“砍”而“侃”，似乎跃上了一个新档次。

如今，这个“侃”字更是不可等闲视之。它已登堂入室，成为引人瞩目的创作方式：“××电视剧是以××为首的侃爷们在××宾馆××房间花了××天侃出来的”；“××、××等阵容强大的侃爷们正以××为题准备侃出一个新水平”……此等“侃”文，不绝于报端，耀眼又刺眼。

据此类报道，“侃爷”们“侃”得十分开心、十分热闹、十分滋润、十分忘情。特别当他们想象出观众会如何流泪，如何捧腹，如何牵肠挂肚，如何捶胸顿足时，他们会更加眉飞色舞、前仰后合。在“侃爷”们面前，观众却显得有点痴呆弱智，愚不可及。感情被搅弄了一通后，还要受一番奚落：我们只是“侃侃”而已，你们何必当真！我们只是“手对纸”地在“码字”，你们何必动真格的！……“侃爷”们如是说。

我佩服“侃爷”们的聪明伶俐，欣赏他们的轻松心态。但是，当他们的“侃经”被吹乎得天花乱坠、搅和得沸沸扬扬、独领风骚而旁若无人时，我却着实感到了某种悲哀。“侃爷”们自称是在“玩”。自己玩玩倒也无妨，但要亿万观众和读者情愿不情愿地都陪着听“侃”，陪着看“玩”，陪着读“码”出的“字”，岂不有点过分？以此为创作的最佳状态而大书特书，岂不令人啼笑皆非？

“砍”也好，“侃”也罢，收入辞书时自可由语言学家们去考证、去争论。“砍”也好，“侃”也罢，作家们乐此不疲，尽管义无反顾地一路轻松下去。但对那些并非出于真诚而属故作潇洒的“侃经”，对那些洋洋洒洒、颇具广告意味的“侃文”，窃以为，不妨“砍”它一“侃”！这于作者、于读者都是有益无害的。

1992 年 7 月

盛名之累

名片曾涉嫌姓“资”，因而随着革命的成功被扫进了历史的垃圾堆。50至70年代的三十年间，许多人几乎不知名片为何物。80年代，名片去而复归，且回潮势头甚猛，一时间竟铺天盖地洒满神州。一天，我的一名还在就读的研究生居然也递给我一张名片，令我惊诧不已，我戏问道：“难道我还要凭这张名片才能认识你、找到你吗？”

依我看，名片的作用无非有二：一是初次见面时作自我介绍，姓甚名谁、何处工作、任何职务，等等。虽有口头自荐，但在寒暄中难免有听不清、记不住、又不便重复提问的情形，于是，一片在手，边谈边看，自可对对方略有所知，留下该留下的记忆。二是日后需要时便于联系，邮编、地址、电话，随着现代化的进程，有的名片上又增加了寻呼、电传等。总之，当时可能只是匆匆聚散，但只要确有需求，按片寻人，便不难重新“接上关系”。

小小名片，形式并不复杂，但方寸之间，也颇能透露出各人的个性、甚至民族的心态。有的名片白纸黑字，简明扼要，一目了然，无哗众取宠之心；有的名片色彩鲜艳，暗香微送，令人赏心悦目，显友善温存之意。日本人的名片，均印得工工整整，选上几个有分量的头衔，表现其务实的精神；赠送时喜双手递上，一副彬彬有礼的样子。在法、意等国，名片并不那么时兴，有趣的是，他们的名片常比我们的大出一倍有余，且爱用毛边古版纸，还以难认的花体字印刷，头衔极少，空白极多，一派浪漫洒脱情调。我曾探问过一位教授，名片何以这么大、这么空？答曰：可以写诗。不知是否戏言。

在我见到的名片中，最富刺激性的是黑压压、密麻麻的那种。接过手来，就有一种先声夺人的气势：乖乖，面前是位什么大人物，竟有那么多头衔？敬意不禁油然而生。自信力不足者，还难免会露出几分谦卑。也许，这正是名片持有者所希企的效应。

头衔茂盛，是令人羡慕的。谁不希望地位显赫、社会重视呢？但我又有点杞人忧天：单说要把这十几个、几十个头衔回忆起来、编印出来，不也得颇费一番心思吗？如果都是实名，都需实干，岂不累煞人也。倘若虚虚实实、虚多实少，背负那么多虚名，心理也能平衡？

人不可无名，但若为名所累，怕也是一种悲哀。

1992年11月

飒飒“贵族”风

不知从什么时候起，“老少爷们儿”的称谓又开始流行于京城。“侃爷”“款爷”之类是泛称，“王爷”“李爷”是特指。顺声望去，你见到的“爷”却非戴瓜皮帽、留长辫子、手提鸟笼、闲庭信步的前朝遗老，而是着牛仔装、戴茶色镜、腰挎 BP 机、步履匆匆的当代风流。无论是自谓或他称，戏言中都夹带着对“名分”的几分得意。试想，在“江湖”上没两下子，谁敢称“爷”？

敏锐的商界，抓住机遇，及时推出贵族服装、贵族精品、贵族首饰，专设贵族厅、贵族屋，建造贵族楼、花园别墅，为满足贵族心理提供了多方面的物质保证。近传，市场上出现了千元一盒的月饼，餐厅里出现了三四千元一桌的黄金宴，似乎贵族式消费又有了跃上新台阶的态势。

如果囊中羞涩，无力在现实中过过贵族瘾，人们不妨在晚间新闻之后的电视剧里寻找一点精神补偿。你可以随着名牌包装的男女们，到灯红酒绿的餐厅、舞场、宾馆神游一番，三星、四星、五星，在不同的频道，一准可以找到你的需要。如今影视剧中的人们，仿佛都生活在另一个极乐世界。在人均住房面积不足十平方米的北京，主人公们却动辄住上了花园洋房、大四合院，陈设之豪华亦不让海外。外国人能享受的，为什么中国人就不能？！平民百姓不也可借此精神会餐？

“贵族学校”的兴起，将贵族风推向纵深。高学费，规定了这是富豪之后的特区。送子入学的车队，就是一次财力的炫耀和实力的较量；而父辈在不断“大比武”中的得分，则是最现实的启蒙教育，足够孩子们享用终身。封闭式教育，隔绝了社会陋习，也隔绝了世风民情，飘飘然一个超乎尘世的贵族小王国。路人需仰而视之，小王子们则必然傲视天下。赫赫贵族层，已无须为后继乏人担忧。

记得有部根据台湾小说改编的电影，易名为《最后的贵族》。现在看来，改编者有点性急，过早地把20世纪四五十年代的“格格”定格为“最后”。岂料片子没拍几年，新贵已纷纷登场。有人声称要拍一部《新生的贵族》，但愿这只是痴人之梦，现实生活拒绝提供依据。

1993年10月

“拙”夺天工

喧闹的都市，激烈的竞争，琐碎的家务，单调的日子，都促使人们“返璞归真”，向往纯净、清朗、静谧的大自然，希望不时能找到一片没有被人类“侵扰”过的“净土”，以平息躁动不安的心境，忘却无缘无故的烦恼。风雅一点的，还可觅回些许失落在熙熙攘攘人群中的诗意。三五知交的边走边说，孑然一身的独来独往，都会因周围是纯正的大自然而感到沉醉痴迷。

但是，近来人们越来越多地发出了“净土难寻”的慨叹，“拙”夺天工的各色“艺术品”纷纷占据山水之间的有利地形，自鸣得意地与花草树石争风夺采，制造出一幅幅令人啼笑皆非的劣质画面。

此风大概是从城市公园兴起的。草坪上立一只不伦不类的仙鹤，竹林里藏一只呆头呆脑的熊猫……做工粗糙，匠气十足，填塞着本已十分拥挤的城市空间。郊外野景，能称“景”之处必定是浑然天成，趣在“野”中，不料却处处有

“人”与你作对，水边置一个五颜六色的琉璃瓦龙头，山顶铸几只不知是喜鹊还是乌鸦的水泥小鸟……意欲平添情趣，实则大煞风景，硬把个真真实实的自然，变成了假冒伪劣的展览。更有甚者，许多名盛天下的溶洞，本是天设地造的奇观，令世人叹为观止，却这里一个女娲，那里一个哪吒，这边厢有八仙欲过海，那边厢是黛玉正葬花……甚至在有的溶洞里还塑起供人朝拜的观音菩萨之类的神像，像前撒满各色钱币，真个是让人眼花缭乱，但却难使人赏心悦目。人类的悲剧常常在于总以世界的主宰自诩而随心所欲地“改造”自然，以致“科学地”或“艺术地”污染了自然而不自知。

同样令人难以理解的是，在一些古迹聚集、文物荟萃的胜地，竟不期而至地冒出一个个圣殿、皇宫、仙境、鬼域、神洞、魔窟……恰似伟人侧畔的侏儒、智者身旁的痴呆。修建者耗巨资、费大力，无非是想借祖上的风水，从络绎不绝的游人身上找经济效益。能否就此发财，我们无从知晓，但动辄在弘扬传统文化的大旗下，用些个不伦不类的赝品充当国粹强加于人，真不知是民族的大幸还是不幸？更不知后人对我们这一代会如何评说？

1994 年 6 月

主席台

不知道什么时候形成的规矩，凡开会就要设主席台；凡设主席台就至少要满满地坐上一排，一排不够，就两排、三排……以至数不清的排；凡在主席台上就座的必有官衔，大官小官、在职的退位的、与会议有关的无关的；凡有官衔的就得介绍，介绍者结结巴巴地宣读名单，被介绍者笑容可掬地站起坐下，听介绍者礼貌周全地鼓掌致意……用时下市井流行语问一句：累不累啊？

更累的还是在会前幕后。

布置会场的首要任务是布置主席台；谁来谁不来，谁上谁不上，谁坐前排谁坐后排，谁坐中间谁坐两侧，谁必须介绍谁可以省略……不能有疏漏，不能有差错。如果是两个以上单位联合开会，那就要讨价还价，比单位级别，比来员官阶，比出资多寡……以决定“上座率”和“排行榜”。有经验的会议组织者，都善于“抓两头”：只要开幕式和闭幕式顺顺当当，不出纰漏，没惹麻烦，就是一次成功的大会，团结的大会，胜利的大会。至于会议内容如何，质量高低，那是无关紧要的。

“主席台”，顾名思义，就是“主席”坐的“台”。那么，一次会议，究竟需要多少个主席？“在主席台上就座的有……”，就座的，是否都是主席？如果是，那么多主席如何主持一次会议？如果不是，何必要名实不副地坐到“主席台”上去？

据说，有些人已经不习惯坐在“池座”里开会了，所以才大会小会都要“弄”出个主席台来。在他们眼里，没有主席台就不成其为开会，你若悄悄告诉他，坐在“池座”里要比坐到主席台上自由、舒服得多，他肯定会认为你不是傻子就是疯子。

主席台之弊，岂止在主席台？！

1994 年 4 月

“爱你”得“商量”

“一粒神秘的药丸，两个非婚的孩子”和“三对‘以人易人’的情侣”——两部似乎要引起“轰动效应”的多集电视剧，终于先后悄悄“降下了帷幕”。花开花落，平平常常。

谁也没想到事前事后落差会这么大。

据说，北京企业界的广告意识较差，连北京电视台的广告也以外省市的客户居多。但京城的电视圈却大不相同。他们历来就长于宣传，这次更是“没商量”地大造舆论，又是“大腕云集”，又是“群星荟萃”；又是悬念环生，又是妙语连珠。一时间，免费广告铺天盖地，真比“娃哈哈”还“娃哈哈”。开播之后，曲不高和寡，腕儿们又急中生智，来了几针强心剂，不约而同地声称：好戏在后头。真有点儿让你“不想吃，强吃！”的劲头儿。

在商潮涌动的今天，电视片被猛然推向市场，制片者们及时抓住这一势头，展开大规模的广告攻势，先声夺人，确属明智之举。艺术也是商品。谁先识时务，谁就占据了有利地形。

广告难免要吹乎。但老百姓常说的“吹牛不犯法”却不能成为认真的商业广告的原则。现代商业讲究信誉、讲究以质量求信誉。现在物质性商品的消费者已有权投诉以保护自己的合法权益，在某些国家，还发生过消费者因广告夸大其词、与商品实际质量不符而上诉法庭的事。这一年来，文化名人官司案层出不穷，动辄索要数以万计的赔偿费，表明文化人的法制观念正与日俱增，对簿公堂已不再令人难堪。但是，作为艺术商品的消费者，还没有相应的消费者协会。观众无处投诉，最多只能以不断按动电视机的按钮来表示他们的不满，但时间的消耗（不是说，时间就是金钱吗！）和上当受骗的感觉，又应由谁来赔偿物质和精神的损失呢？！

艺术作为商品投放市场，给艺术家提出了新的、更加严峻的课题。商战不可无广告，但又决不能单凭广告。为争市场，工厂在力创信得过的名牌产品，商店在微笑服务之外还要增加售后服务，宾馆餐厅更讲究千方百计争取“回头客”……难道我们的电视制品就该奉行“一锛”原则——“好不好，别再来找我！”——吗？

我们的电视观众是既宽容又苛刻的，有时还有点摸不准的怪脾气。但有一点是明确的，要他们凑合看还可以，而要他们倾心地“爱你”，恐怕还真得认真“商量商量”——特别是对那些在市场上吆喝得最凶的玩意儿。

1993年2月

“不说话”的艺术

近些年来，说话的艺术越来越受到人们的重视，尤其是青年学子。口才，被看作是走进社会、谋求社会承认、取得社会成就必不可少的基本功。于是，演讲会、辩论会，举办得热热闹闹；专门的报纸杂志，甚至一本本专著，令人目不暇接。“能言善辩”这个过去多少带一点贬义色彩的词组，已开始得到公众的认同，这无疑是社会的一个进步。

“你研究过‘不说话’的艺术吗？”友人一句问话，使我语塞。仔细品味，方悟出些道道来，还不知是否全面。此处的“不说话”者，自然不是指聋哑人，也不是指笨嘴拙舌、不善辞令者，而是指那些原本舌巧如簧、口若悬河，却能收放自如、开阖自动的聪明人。他们懂得说话的艺术，更懂得“无声胜有声”的艺术。

“不说话”可以显得深沉，莫测高深，说出来的话如泼出去的水，难免浅薄；而不说话，则可能是一盆、一桶，也可能是一池、一潭，甚至是汪洋大海，海不可斗量，无论是学识还是见地，准定是说者难以望见项背的。

“不说话”是一种“稳重”，可保证始终立于不败之地。说出的话，记录在案，有成绩，未必想得起是谁的主意；出了差错，很容易找到始作俑者。不说话，不是没有态度，有成绩，当然有他一份，沉默就是赞许；有问题，当然没他的事，沉默就是抗议。

“不说话”者也不是永远不说话，妙在把握时机，不该说时一言不发，该说时则尽情发挥。通常的做法是后发制人，具体一点是听上级领导说完再说。看准了，听清了，吃透了，他们便会大说特说，说得头头是道，说得天花乱坠，领会之透彻、理解之深刻、阐释之明晰、表达之晓畅，均能达到超一流水平。后发制人，语惊四座，焉能不马到成功，大获全胜。

“说话”是一种艺术，“不说话”也是一种艺术，而且是更高级的艺术。

沉默是金，确是此理。但是费尽心机运用沉默这一“武器”的浅薄者终会露出浅薄来。

1994 年 1 月

媒体不应滥用英语

近日在国内报上读到一篇文章，作者以不屑的口吻谈到参加电视大赛的歌手竟不知CEO为何指，以此说明其文化素质太差。对此，我却不以为然。现在，报刊上WTO、CEO、CBD、CUBA等等各种英文缩语铺天盖地，我就不信自以为文化素质很高的人都能当即破译。洋人用缩语自有他们的文化背景，他们的约定俗成，而且常常是特定时期的流行，很多都来不及进入辞书就过时了，要中国的平头百姓都烂熟于心，有可能吗？有必要吗？

媒体上滥用洋文，是对汉语和中国百姓的不尊重。在堂堂中国首都，要建立CBD区，什么意思？问问北京居民，有多少人能说得清楚？“大学生篮球联赛”，如果嫌太长，按照汉语的惯例，简称为“大篮赛”也未尝不可，如同男篮女篮男足女足等称谓，也比来个CUBA来得明白易懂。若是按CUBA等名称推而广之，中国所有的体育比赛都改为英文缩略语，也就无人知道你赛的是什么了。

当一些新的科技产品或术语一时还找不到合适的译法时，暂时借用外文字母应当允许。如CD、DVD、CT、DNA等。但当它们逐渐普及，也有了公认的译法后，就应当立即取而代之，并在媒体上迅速用汉语将它消化掉。这样，不仅是纯洁了汉语，也是丰富了汉语。

“与国际接轨”，这是当下时髦的用语，如果以为多用几个洋字码，就“接”上了“轨”，岂不天真可笑？真正要与外界沟通，恰恰需要的是把对方的东西弄懂弄通。直接借用洋字码，只能说明我们还没完全把握其事其物的确切内涵，还无法用自己的语言加以恰当表述。如果喜欢夹用洋文的人是为了炫耀，那只能说是一种浅薄。

滥用英语，不能全归罪于媒体，但媒体在维护汉语言文字的纯洁性方面责任重大。

2003年2月

莫让假“西洋景”泛滥

京城的楼市真牛！不仅在其多，也不仅在其贵，更在其敢于独揽天下风云，尽收世界奇观。君不见，“罗马花园”“站前·巴黎”“柏林山水”“瑞士公寓”“阳光波尔多”“海德堡花园”“北欧小镇”“富力丹麦小镇”“欧陆经典”“檀香山别墅”“米兰天空”“格林斯小镇”“德国印象”“莱茵河畔”“维多利亚花园”比比皆是……正在浮出水面的还有“七星摩根广场”“愿乡美利坚”，艺术味十足的“蓝调沙龙”“莫奈花园”“马奈草地”，还有带洋字码或干脆只有洋字码的“US联邦公园”“DBC加洲小镇”“11Station”“A-Z-Town”“Cityone”“Lofte1”（不是说没有中文字样的商品一概不得出售吗？楼盘不在此列吗？），等等等等，不一而足。据不完全统计，如此这般的名称的总数，至少有数十个之多。我设想，如果就近的汽车站和地铁站都以这些社区命名，北京市地图画出来很可能会让人误以为是一张世界地图。

一个总以数千年文明古国自豪的民族，一个总以具有深厚文化底蕴著称的名城，何以一夜间像野蘑菇一样疯长出那么多不三不四的洋货来呢？这些楼盘，岂不给人以处处“列强”之嫌？我们为何要自己为自己制造一个“包围圈”呢？

也许，这有点危言耸听吧。改革开放嘛，面向世界嘛，和国际接轨嘛，用几个洋名吸引顾客，何必大惊小怪。的确，如若这只是个别的“创意”，倒也可能给人以些许新鲜感。但如此大面积的西化、洋化，却不能不使人感到不快、甚至是悲哀。历史文化名城只有“引进”这些“西洋景”才能建成现代化大都市吗？不久前，有人对“至尊”“至上”“豪华”“皇家”“贵族”等炫富广告语提出了严正批评，而上述以崇洋为特征的实体广告，却仍不时闯入人们的视野，不断冲击着人们的心灵，其腐蚀与危害的力量，比之炫富广告有过之无不及。对城市品格的损害，也不容忽视。况且，这些社区往往只是徒有其名、名实不符。最可怕的是，这些假“西洋景”的泛滥，暴露了我们社会崇富和媚外的心理，虚荣和浮华的心态。把自己的地皮、自己的楼盘，分文不取地冠以洋名，民族自尊哪里去了？这里的街道办事处，究竟是哪国的基层组织？

我不知道世界上还有没有别的城市会拥有那么多的“舶来”社区，如此花里胡哨，如此不伦不类。

2007 年 6 月

热语

忆冯至

冯至先生不一定会不认我这个学生，我却一直暗自把自己看作是他的不成器的弟子，但我又从不敢在他人面前“炫”称“冯先生是我的老师”，唯恐以己之不才损害他的盛名。

我入学时，冯先生正任北大西语系主任。大诗人、大作家、大教授、大学者、大翻译家……一个个光环令我们这些顽童般的学子颇有“高山仰止”之惧，尽管冯先生慈眉善目，笑容可掬。大会上讲话总是慢条斯理、和颜悦色的，从不带那个时代特有的“火药味”；尽管常见他和教师、和高年级学生一起谈笑风生，看不到有半点大人物的架子，但我们还是没有勇气主动上前“高攀”，只能从旁投以尊敬的目光。

我之所以不敢自称是冯先生的弟子，还因为我不是德语专业的学生，少有机会直接聆听他的面授。真正听冯先生讲课只有一次，大概是在三年级的时候，系里为欧洲文学史课排出了最强的阵容，记得披挂上阵的有杨周翰、李赋宁、田德望、吴达元、闻家驷、赵隆襄等先生，他们分别讲授自己最有研究的思潮或作家，冯先生自然讲的是歌德。当时的我虽已修过了这门课，但又岂肯放过这样一个千载难逢（实际是空前绝后）的机会，讲课者可都是国内一流的学者啊。当年北大西语系文学气氛十分浓郁，因此得以培育出一批批颇有建树的翻译家和研究者，这是与冯先生的直接倡导和老一辈学者潜移默化的影响分不开的。我有幸（或曰不幸）度过半生笔耕口授的岁月，也是在其中耳濡目染的结果。还有，以我“黑五类”出身而能够进文学教师的行列，据说是冯至先生亲自推荐的。是否属实，我始终未去求证过。

我和冯先生真正“相识”是在困难时期。我们奉命赴十三陵公社泰陵大队宣传“十二条”，第一位的任务当然还是锻炼改造。冯至、杨周翰、盛澄华三位教授恰好和我们全在一起，“同吃、同住、同劳动”的“三同”生活，完全打破了我们这些学生对名教授的神秘感。在广阔天地里，师生朝夕相处，共度艰苦的日子，彼此无拘无束。20 世纪 70 年代初，经历坎坷的盛先生不堪折磨，暴病于鄱阳湖畔，那是我从干校回来后，才听说的，不久，便在西单的旧书店里发现了他珍藏的法文书籍；80 年代，杨先生正为我国的比较文学研究走向世界而奔波忙碌时，突患不治之症，撒手人寰，留下许多遗憾；去年春节刚过，冯先生又悄然离去。据说，他走得很平静……他们的辞世，是外国文学界不可弥补的损失。作为曾经“三同”过的恩师，他们在我印象中品格风貌虽各不相同，而每闻噩耗，总使我黯然神伤。旧时的记忆便会断断续续地浮现出来。

我心中的冯先生一直是位严以律己、宽以待人的忠厚长者。在泰陵的日子里，他身为党员系主任却无领导权，和我们大家一样同属“普通劳动者”。所不同的是年龄，我们毕竟年轻。那时的冯先生年过半百，身体又弱，劳动对他来说不会是轻松的事，而最严峻的考验还是对饥饿的承受力。白薯秧稀饭和杏树叶窝窝头，常使人“夜不能寐”，四肢乏力。因此，我们最喜欢的农活儿是“收获”，收白薯时就吃生白薯，收花生时就吃生花生，收柿子时就吃烂柿子，既充饥又美味，真正体验到了“丰收的喜悦”。虽说是偷吃，其实是半公开的，因为是社员带的头，我们不过是接受“再教育”罢了。后来传下来一道“禁吃”的命令，但谁也没认真执行，只是稍稍收敛了一些。唯独冯先生，从此是再也没吃过，至少我没看到他再吃过。但是，他也从未“汇报”“揭发”过任何人的“不法行为”。这件遥远的小事可能没有人注意过，可一直留在我的心底。当时我只是想，他那庞大的身躯，需要补充的营养肯定是应比我们多。

80年代中的一个秋末冬初，在一次外国文学界的盛会期间，我陪同赵澧先生去探望冯至先生。骤冷的南方可比北方的冬天难过多了，只见冯先生在房里仍紧紧地裹着羽绒服，使肥胖的身体更加显得臃肿。我问及他翻译《浮士德》的进展情况，并表示希望能早日拜读。冯先生略带惆怅地告诉我们计划已经搁浅，“眼睛不行了，看字典上的小字太费劲。”有顷，他补充说：“我的外语水平不高，翻译非靠字典不可，不像有的人那么聪明。”我很少听他说话这样带刺儿。他对我们学生时代的习作给予的都是鼓励。

我知道，他是针对时下翻译界的选题和译文质量而言的。谈话间，大会秘书处的同志来请示，省委宣传部的领导要接见大会代表，是不是请学会的常务理事都去？冯至先生用他那惯常的慢条斯理的语调问道：“到底是谁接见谁啊？”又是一根刺儿。作为个人，冯先生从来淡于功名，但此时，他代表着一个极乎盛名的学术群体，两个“谁”字的强调便显出了分量，我第一次看到冯先生的另一面。

1994年3月

敬仰与思念

——朱老（维之）百年诞辰纪念

2005年7月，应立新君之邀，赴天津南开参加纪念朱老（维之）百年诞辰暨学术讨论的盛会。原本以朱老的身体和精神状况，我们一直相信他活到百岁这一天是不成问题的。但不料六年前（1999年）的9月，却突然收到了先生仙逝的噩耗，我们立即赶往津门，向朱老奉上我们的敬意和哀思。当我坐在纪念会的会场上时，我还在想，如若先生健在，那该是多么令人兴奋的一次聚会啊！

如果我没记错的话，先生的忌日是9月1日。我之所以留下这个印象，是因为当时我就产生了一个奇特的联想：先生是否特地“选择”了这个特殊的日子驾鹤西行的呢。9月1日这个开学日，对于所有老师和学生来说，都是一个美好的、富有象征意义的日子。而从教大半生的朱老，偏偏选择这一天为他的生命画上最后的句号，难道不意味着他对教师生涯的深情厚谊和无限留恋吗？

我有幸结识朱老、并在他率领下工作，是在20世纪70年代。那是云开日出、阴霾尚未散尽的日子，应北方几所院校老师之邀，朱维之先生和赵澧先生出面主持编写一本外国文学史。这是“文革”以后的第一部教材，我不记得当时是谁的动议，将此书定名为《外国文学简编》，它多少反映了编者们当时不愿过分张扬的复杂心理。不料这个书名一用就用了二十多年，一个很不响亮的书名，现在竟被视之为“品牌”。教材经受了历史的考验，这是最令编写者们感到快慰的事。

初见朱老，我心中便留下了一位大智者的印象：圆润饱满的天庭，慈眉善目的面容，轻声慢语的谈吐——作为这个编写群体最小的小字辈，我对先生始终抱着高山仰止的崇敬心态，起初甚至可以说是自卑地敬而远之。但朱老对我辈后生，却是始终如一的平等谦和，从无半点居高临下的霸气，因而编写组内总是弥漫着民主的气氛，不同的意见都能得到充分的发表。记得我第一次在编写组的会上忐忑不安地汇报我的写作构想时，当即就得到了朱老的热情肯定，这让我紧张的神经一下子就松弛了下来。此后，他也总是鼓励多于批评，使大家都能放开手脚投入编写工作。

朱老学贯中西，著译等身。在和他熟悉了以后，我经常可以荣幸地得到他的馈赠，但使我不安的是，他总在扉页上用娟秀的字体工工整整地写上“晋凯同志指正”“晋凯兄存正”等字样。对这些“折杀我也”的题字，我每次都要提出“抗议”。但先生总是笑而不答，“一意孤行”地照写不误，令我很是无奈。我想，他是已经习惯了，习惯于尊重他人，习惯于平等对待所有的人，哪怕是我这样的晚辈。

先生甘于寂寞，不为潮流所动，独步于学海而为后人垫石铺路。他对宗教与文学关系的研究，特别是对基督教和基督教文学的研究，对中外文学的比较研究，在我国学界都是开拓性的。在20世纪40年代写出《基督教与文学》一书时和在50年代初出版《文艺宗教论集》时，朱老基本上是个独行者。经过“文革”的历练后，他“好了伤疤忘了疼”，不仅初衷不改，自己依然坚持对基督教与文学关系进行深入研究，而且还扩而大之，率领众弟子投入这一领域，取得了令人瞩目的成果。朱老也是我国比较文学的先行者之一。他早年专攻中国文学时，就借鉴西方的方法，写出了《中国文艺思潮史略》，独树一帜地阐释了中国文学的发展规律；他关于希伯来文化是西方文化源头之一的论断，已成学界的共识；他主编的《比较文学》，是我国高校较早的一部教材。今天，基督教研究和比较文学研究都已成为显学，从业者甚众，形势与先生拓荒时已大不相同。朱老的开创之功，已载入20世纪的学术史册，他那不趋时尚、默默耕耘的精神，在当下浮躁之风盛行学界之际，更显弥足珍贵。

朱先生学术视野开阔，见解独到。即使年事已高，他的学术思想也从不保守，其超前意识还常使我们后辈有跟不上的感觉。在20世纪80年代，现代主义文学传入国内，引起很大争议，嗤之以鼻者大有人在。朱老却不仅充分肯定这一派文学的创新成就，而且敏锐而深刻地指出，现代主义文学与“二希文化”同样有着渊源关系。我们当时不甚理解。随着研究的深入，人们逐渐发现，这种联系真可谓“千丝万缕”，从观念到方法，在古典与现代之间，的确都可以找到许多相通之处。

自认识朱老以来，我一直一厢情愿地把自己看作是朱老的学生，但始终不知道他是否认可。先生百年之后，我当不断以此自勉，努力争取做一名合格生。

淡淡的一笑

——忆念赵澧老师

赵澧老师是最早从美国归来报效祖国的知识分子之一，但他身上从来没有恃洋自傲的陋习，有的只是淡泊名利，与世无争的中国文人的平常心态。我跟随他教学三十余年，无论是在顺境还是在逆境中，他都从不谈论自己，也不抱怨什么，更少议论他人，只是有板有眼地做着他认为应该做的事情。但他心有明镜，是非曲直了然在胸。他真诚地为我们晚辈的每一个成绩感到高兴，同时也对各人的弱点、短处十分明晰。我在学校担任了一点行政工作后，他多次委婉地提醒我，要把握住自己，不要荒废学术研究。话说得很淡，但别有深意。他对“一朝权在手”便不学无术，淡薄人情，甚至人格发生变异的某些人，是很不以为然的。

赵澧老师不是那种锋芒毕露、口若悬河型的学者，但他学贯中西、学风朴实、态度谦和是有口皆碑的，并因而赢得了同行们的敬重。1973 年，我们刚从江西干校撤回北京，书箱还没打开，几所高校的外国文学教师代表便登门拜访，邀请赵老师和南开大学的朱老（维之）联袂主编华北地区高校的合作教材。当时“左”潮未退，被视为封、资、修大杂烩的外国文学尚属戒备森严的禁区，这些有识之士的胆略和赵澧老师慨然允诺的勇气，都令我很是钦佩。由十几所院校的数十位教师联合编写而成的这本《外国文学简编》，是为“大灾”之后外国文学学科建设的第一个重要成果，及时满足了刚刚恢复办学高校教学之急需。这类大协作，是特殊时期的产物，许多类似的写作集体都有善始不善终的尴尬。但《简编》却从内部印刷到公开出版，从第一版到第三版，历时二十余年，累计印数达一百五十余万册，始终保持着学术的生命力，作者们也在不断切磋中成了挚友。其中原因自然是多方面的，而朱、赵二位主编崇高的学术威望和宽厚的长者风范，无疑是至为关键的因素。

20世纪五六十年代之交，中国人民大学中文系与社科院文学所联合办起了颇有影响的文学研究班，为文艺界培养了相当数量的骨干人才。赵澧老师为研究班负责外国文学专题讲座的组织工作，请来了冯至先生等一批第一流学者授课，他自己则主讲莎士比亚。为使学员能通过自学深入把握莎剧的精髓，他从汗牛充栋的中外莎论中辑选数十万言编成《莎士比亚研究资料汇编》。那时，困难时期的余波尚未过去，各方面的条件都很差，只能用又黑又糙的纸张油印，装订成厚厚的上下两册。资料虽仅供内部使用，但却不胫而走，前来索求者不少。为编这本资料，赵老师分配我到伏尔泰的书信中去搜集、翻译有关莎翁的论述。他告诉我，伏尔泰是历代大作家中极少数对莎士比亚持激烈批评态度的论者之一，我们应当为学员提供这些“反面意见”，以激发他们的独立思考。这是我第一次正式进行翻译，也是赵澧老师为我上的严谨治学的第一课。

若干年后，出版社公开出版了一套《莎士比亚评论汇编》，显然受益于赵老师的选本。我得知消息后，曾就此事征询赵老师的意见。他只是淡淡地一笑，什么也没说。我熟悉他那淡淡的一笑。大凡涉及他个人利害的事情，他总是一笑了之，好像在说：不值一提。他也不爱麻烦别人，无论精神上或肉体上的多大痛苦，都常被他化作淡淡的一笑。1994 年初，我陪他到南开大学与朱老一起为《简编》第三版定稿，那时他已受帕金森综合征折磨多年，步履艰难，还不时地头晕目眩，但他仍一丝不苟地坚持通读全稿。每当我问及他是否疲劳、需要休息时，他也总是报以淡淡的一笑。我真不知道这淡淡的一笑，意味着多么大的承受力。

去年2月7日（正月初八）晚，我赶到医院与赵澧老师诀别时，看到的似乎仍是那平静安详的淡淡的笑容。这最后的淡淡的一笑，是为自己带病之躯不再需要继续劳烦他人而感到慰藉，还是早已将生死置之度外的超然？我为那凝固的笑容而哀伤。

我思念那淡淡的一笑，深深地思念。

1996年3月

《西苑诗雨》序

赵澧同志在学界素以莎士比亚专家闻名。从40年代在华盛顿大学师从史密斯·泰勒教授撰写学位论文，到五六十年代之交为文学研究班学员系统地整理汇辑莎学研究资料，到90年代初《莎士比亚传论》的评述，他数十年如一日地悉心耕耘于莎学领域，取得了引人瞩目的成果，赢得了很高的声誉。但他对西方诗歌与诗论的译介研究，却似乎尚鲜为人知。如今，《西苑诗雨》的结集出版，在为我国西诗研究提供弥足珍贵的材料的同时，也使我们得以更全面地认识赵澧同志的学术造诣。

人们通常把溢于言表的激情，不无夸张的举止，视为所谓的“诗人气质”。而赵澧同志却少言寡语，难露声色，似应与诗无缘。但事实是，他却一生酷爱诗歌，诗情甚笃。早在青年时代，他就激扬文字，以诗言志，还出过一本诗集《抒情间奏曲》，可惜今已大多失落散佚，难觅踪影。本书所录《运命篇——春夜听奏贝多芬〈第五交响乐〉有感而作》，是为其诗作中硕果仅存的一首。透过那激越的诗句，人们不难读出当年青年学子对光明的热切期盼和深情呼唤。其后，他在教学与研究之余，始终未中断过对诗的钟情，直至晚年痼疾缠身时，仍孜孜不倦地以诗体翻译乔叟的《坎特伯雷故事集》。据说，在大学读书时，他已是位“乔叟迷”，故而学友多称他为“乔叟”，后来他开始研究莎士比亚，昔日同窗会面又常戏称他为“乔莎”（Chausha）。遗憾的是，岁月仓促，致使他仅译出了“序诗”和“武士的故事”片断而未能了却终生的夙愿。

我揣测，赵澧同志翻译诗文，不像吾辈那样常常只是为了“完成任务”，而是兴之所至，情之所钟，凡读到可心的佳作或深邃的理论，便信手译出，在移译中尽享诗的愉悦和智慧的魅力。因此，在把这些译作汇集成册时，我们好像一时不易找到其内在联系，但在这篇篇精细的译文中，我们却可以体味译者那颗素静的“诗心”。其实，读诗为文都应是这样才有滋味的。为读而读，为译而译，为写而写，固然是当代职业化文人无法抗拒的天职，但在我们心底，又何尝不希企着一份“随心所欲”的自由呢？赵澧同志的译作，可谓在“尽职尽责”的同时，也为自己寻得了一方独享的天地。恬淡平实之风，处处可见。

赵澧同志学贯中西，阅识丰富，但却不露锋芒，温良谦恭，极少谈及自己的作为，更少议论他人的长短，只是一心一意默默地做着他认为应该做的一切事情。50年代我在北大读书时，听过两遍“欧洲文学史”课。第一遍由赵隆骧先生通讲。事隔两年，我随低年级又听了一遍，这次是由冯至、田德望、吴达元、杨周翰、李赋宁等知名教授各讲自己最有研究的部分。但无论哪一次听课，教材都是没有的，全靠课堂记笔记。当时只是听说冯至先生等正在酝酿编写一部《欧洲文学史》。毕业后，我到创办不久的中国人民大学中文系任教，报到后不久，即拿到了赵澧同志编写的《外国文学史》讲义，这使我很惊讶，我相信那时在国内其他院校也是不多见的。讲义是上下两册的打印稿，装帧自然十分简陋粗糙，属于困难时期的产品，但从古到今，从西欧到苏俄，印象中内容已很是全面，是中文系草创时期最早完成的系统教材之一。此前，他一直从事翻译和外语教学工作，转向文学教学不久就撰写了这本教材，可见其学识的丰厚和教学责任心之强烈。70年代初，当外地高校几位同行发起联合编写外国文学教材，并盛情邀赵澧同志出任主编时，我曾建议他把这本讲义拿出来当底本，供大家参考。他却执意不肯，认为时过境迁，讲义已归陈旧，没有必要用它来影响、束缚编写集体的思路。

《外国文学简编（欧美部分）》的酝酿启动，是在“文革”尚未结束的1973年，至今已有二十多年，先后参与编写工作的有大江南北十余所高校的三十余位教师，参加过各版稿本讨论的更有一二百人之多。在“左”潮未退、“左”风仍盛的当日，这本教材的成书过程也是大家重新学习、重新寻找学术感觉、重新为外国文学教学定位的过程，也是重新恢复和培养教师队伍的过程。在这转折的当口，意见之歧异、争论之激烈是可以想象的。面对这种情况，朱维之、赵澧两位主编，始终坚持“百家争鸣”的方针，让各种意见充分发表，平等讨论，求同存异，决不轻易地将自己的观点强加于人，因而在编写组内和讨论会上都形成了当时十分难得的民主和谐的学术气氛，保证了工作的顺利进展。《简编》虽仍有不尽如人意之处，但从蓝皮本到绿皮本，从内部印刷到公开出版，从第一版到第三版，数易其稿，几度修订，累计印数已逾150万册。作为“文革”劫难后第一部有影响的外国文学教材，它对学科的重建和发展功不可没；而二十多年来能始终保持旺盛的学术生命力，至今仍为全国各地高校所普遍采用，更表明编写者们严肃的科学态度和高度的学术水准。这一切，是集体智慧的结晶，也倾注了朱、赵二位主编的大量心血。他们严谨的学风、民主的精神、崇高的威望和长者的风范，都为创作集体增添了巨大的凝聚力，使许多素昧平生的学人，在不断切磋中成了挚友。

还值得一提的是，正是在《简编》成书的过程中，全国的同行们深感组织起来、加强交流的必要，于是在该书主编之一的赵澧同志，及始终热心参加该书讨论、审定的朱雯、张月超、许汝祉等几位老前辈的积极倡议和策动下，经过多方努力，终于在1985年成立了全国高校外国文学教学研究会，并持续开展了卓有成效的学术活动，在历次讨论会的基础上先后汇辑出版了六本论文集，为团结全国高校外国文学教师共同进步创造了良好的条件。作为副会长之一的赵澧同志为学会工作所做的贡献，是令人难忘的。

我从未为他人的著译写过序，这是第一次“斗胆”。用“斗胆”二字并不夸张。因为这是为我的老师的译著作序，又是应赵夫人刘瑞莲老师之邀，因此，心理负担十分沉重，提笔如有千斤。然而，最终我还是应允，并勉力铺就了。尽管我深知我的文字与赵澧同志的声望、人品、成就都是无法对应的，但悠悠此情，作为晚辈能借此机会略表仰慕之意，寄幽思于万一，也算是难得的慰藉吧。

至此，还有一点要特别说明的，是我在文中始终用了

“同志”这个称谓，而没有用时下流行的“先生”，也没有用我本应使用的“老师”。外人读来也许会大不以为然，以为我对长者颇为不敬。其实，这是我们共处三十余年的中国人民大学的传统。从我在60年代初到校之日起，所有同仁便不分年龄长幼、级别高低地互称同志，对赵澧自然也不例外。起初我也很不习惯，但久而久之却体味到其中自有某种亲情在，与当今人们只喜欢听某某长、某某教授、某某书记等称谓相比，的确大异其趣。更为重要的是，我总以为，纵览他一生的坎坷奋斗与执着情怀，赵澧的心底是会十分珍惜这“同志”二字的。

1997年9月于京西无味斋

我敬畏的吴达元恩师

我曾在一篇文章里说过，在我当学生的时候，北大一座很不起眼的、小小的民主楼里，就拥挤着（用文雅的说法应是云集着）数十位国内顶尖级的外国语言文学专家。可惜不才如我，愚钝未开，疏懒成性，与大师们擦肩而过，未能得他们的学识于万一，酿成终身之憾，追悔莫及。

这些顶尖级人物，各怀绝技，亦各有风采。吴（达元）先生是以其严肃和严谨令后生敬畏的那类教授。在我的印象中，他十分注重仪表。总是梳理得一丝不苟的头发和一丝不苟的着装，正如他一丝不苟的学风和作风。腰板挺得直直的，透示出充沛的精力和干练的风度。一副精致的金边眼镜后面，是炯炯有神的目光。我等愚生，一鳞半爪地听说吴先生曾就读于老清华、任教于西南联大等光荣历史，敬意便油然而生，大有高山仰止之感。从他那口乡音未改的广东普通话，我们不难了解他的籍贯，但我这个广东人却不敢和他套老乡关系。

对我们这些从字母开始学习法语的学生来说，复杂的法语语法是很让人头疼的，动词的各种时态、用法，更是对人神经的折磨。我常开玩笑说，法国人是自己给自己制造麻烦，他们的祖先对后代太不厚道。但这复杂的语法到了吴先生那里却变得十分清晰，至少在课堂上听讲时感觉是如此。至于下来后又糊涂了，那是当学生的不用功之过。大概是我们三年级的时候，吴先生教学研究的重要成果之一《法语语法》问世，这使我们如获至宝。那时的纸张质量很次，又黑又糙，装帧也很差，但于我们（我想也是对新中国而言）确有“填补空白”的意义。长时间里，它都是我“释疑解惑”的必备工具书之一。

吴先生的另一部重要著作（与杨周翰、赵萝蕤先生共同主编）《欧洲文学史》也是我长期以来的案头必读书。这是一部不幸被“文革”腰斩的权威性教材。1964 年出版上卷时，我已毕业离校，到人民大学开始讲授欧美文学史。不言而喻，这本教材对初出茅庐的我来说无疑是及时雨，解了燃眉之急。此书以其视野开阔、资料翔实著称，不可避免的时代烙印无伤其同样“填补空白”的贡献。遗憾的是，吾辈翘首以待的下卷虽在 1965 年已完成，却让我们竟一等就是十余年，直至 1979 年才以修订版上下两卷出齐。更令人遗憾且不平的是，此时达元先生已仙逝三年之久。谁知道全书的出版，能否告慰先生的英灵呢？！

吴先生参与主编这本书，当然是以法国文学专家的身份。他早在40年代就写出过《法国文学史》一书，也是上下两卷。可惜新中国成立前的书，图书馆一般都只能在馆内阅览，不能外借，所以我没能认真研读过这本开山之作。但先生的文学课我是决不轻易放过的，即使是给别的年级上的课。正是在先生的课堂上，我了解了莫里哀讽刺艺术的深刻，了解了古典主义悲剧的魅力。也是在先生的课堂上，我第一次听到了博马舍这个陌生的名字并由此阅读了《费加罗的婚姻》和《塞维勒的理发师》两个经典的中译本，并由此特地从西郊跑到东单观看了先生指导下青艺演出的《费》剧。听课—阅读—观剧，这一过程，是一次完美的艺术享受，使我久久难以忘怀。我当时曾有过一个很天真的问题，以先生的严肃，为何会对喜剧情有独钟呢？但我没敢当面讨教。现在想起来自己也觉得好笑，难道这也算问题吗？

《法语语法》和《欧洲文学史》两书，都是先生长期教学与研究的结晶，代表着先生在语言和文学两方面的深厚造诣。老一辈学者从语言进入文学，以文学丰富语言的学养，总使我们后生感到难以望其项背，也总在激励我们不断奋发努力。每当我忆及民主楼里的各位恩师的时候，我总会产生阵阵的愧疚与遗憾：为什么、为什么当初不向他们多学一点，再多学一点呢？！

热心　诚心　交心

——喜读《贺祥麟文集·散文随笔卷》

像有些性急的读者读小说喜欢先看故事结局一样，我读贺老（祥麟）的文集《散文随笔卷》也是从最后一部分读起的。这是全书的第五部分，题为“致亲友信一事”。我正是因这个标题而欲先睹为快的，但对多数人来说，却可能会以其过于“私人化”而引不起阅读兴趣。倘若真有人这样想，那就大错特错了，你会为此而错过许多精彩的妙文。

贺老爱写信，还因“工作忙、时间少、友人多”而发明了“复印信”，即写完一封信后便复印十几、甚至几十份，分寄亲朋好友。起始是手写稿，后来进化为“打印稿”（以七旬高龄开始进入电脑世界，足见其紧追潮流、不甘人后的年轻心态），再后还用上了“贺祥麟个人用笺”的专用信纸。在他身居国外时，为了节约邮资，还专门委托国内的“代理人”代为复印、分寄，其“痴”、其“瘾”，可见一斑。据先生讲，这一“发明”始于1994年。我是近两年才承蒙先生厚爱，有幸入围他“复印信”“收件人”行列的。由此，每隔十天半月、甚至更短的时间，便可收到一封厚厚的信札。这些信件，涉猎广泛，亦庄亦谐，每次阅读都是一次难得的享受。正因此，我对贺老的书简有了特殊的偏爱，也就是我“倒读”文集的缘由。

一

去年，贺老八十大寿。但我总很难将他与这样的高龄联系起来。这不仅是因为身板硬朗、面色红润、声音洪亮等诸多显示他健康状况极佳的表征；也不仅是因为他总是行色匆匆、忙忙碌碌，表现出令人难以置信的旺盛精力；更是因为他那“革命人永远是年轻”的精神状态：热情洋溢、事事关己，喜闻好问、处处较真，求真求实、嫉恶如仇……这种常使作为后生的我汗颜的“心理年龄”，便是他文思泉涌，能见他人之所未见、发他人之所未发的“内在机制”。

近些年来，会上会下常听到先生为正确使用汉语言文字、为提高全民族文化素质而大声疾呼。这是许多人的共识，但却少有人像他那样认真、细心、执着。无论报刊书籍、电视广播，还是广告招牌、商品说明，凡有中英文的错谬，都逃不过他的“火眼金睛”，他都会过目不忘，随时拿出来“口诛笔伐”。记得在同游井冈山的汽车上，一位导游小姐开始她的陈述：“我是 ×× 公司的导游，免贵姓张……”当她的开场白的“谢谢”换来礼貌的掌声时，却听到贺老一句不合时宜的请问：“又没有人问你‘贵姓’，你怎么就说‘免贵姓张’呢？”只见姑娘顿时脸红，喃喃地答道：“我们都是这样讲的。”这个汉语使用中的常识性问题，满车“鸿儒”未必无人察觉，但唯先生“挺身而出”“直言不讳”，方法虽有点简单、有点让人下不来台，其精神却实属难能可贵。

正是凭着这副热心肠，他的文字无论褒贬都有一股灼人的力量，或促人奋进，或催人反思。如他自己所言：“我是一团火，写文章就是燃烧自己的这团熊熊烈火。”

从教终身的贺老，对通过教育全面提高全民族的素质怀有执着的热情。他身体力行，对本职的教学工作十分认真且富于激情。在社会工作重心转移到南宁后，依然不放过一切机会回桂林的学校里讲课，并深以为乐。这可能是一种职业的惯性，但我更愿把他看作是一种以天下为己任的社会责任感。这种责任心，以及强烈的是非观念，像一条红线贯串全书。我们不仅可以在《谈国民素质问题》《再谈国民素质问题》等标题下读到作者对这一问题的关注，而且在那些看似记录身边琐事的行文里，也处处体现出这种深沉的忧患意识。提高国民素质任重而道远，这也是许多有识之士相聚时常涉及的话题，然而，像先生这样数十年如一日地为此倾注心血并行之于文者，却并不多见。

二

在我们同行（外国文学）中，从政为官者寥寥。据说，这与我们从事的专业有关。人们普遍认为，将两种相去甚远的思维方式和行为方式集于一身，决非易事。若处理不当，轻则互相掣肘、两败俱伤，重则影响“路线”的执行。在现实中，确有少数学人在担任某些在常人看来算不上官职的官职后，便颐指气使、忘乎所以。这种自以为是，除了说明没有摆正自己的位置外，往往证明其学问也没做到家。还有一种更可怕的可能，就是学人身份完全被官职“异化”。

在与贺老相识前，我只知他是英美文学专家，尤以对莎剧和英诗的精到研究著称。某次学术会上，我才听人说到他在广西是个“人物”，拥有民进广西主委、广西政协副主席、广西作协副主席等头衔，按照中国特色，相当于副部级云云。我对为官者素有敬而远之的习惯，因此虽有在学术上多向前辈求教的愿望，却因他头上的诸多光环而退避三舍。但是，为共同筹办一次会议而接触日多后，我发现我的判断有误，纯属“小人之心”。先生虽身为社会活动家，公务繁忙，与上层人士交往颇多，但却依然是一介书生，没有架子，没有官腔，更没有故弄玄虚的炫耀。无论大会讲话，还是私下闲聊；无论抨击时弊，还是谈古论今，他都口无遮拦，随心所欲，不时还会抛出个不雅不俗的笑话……那不是对着电视镜头故作平易近人的表演，也不是为联系群众而联系群众的“作秀”，而是学者率真平实的本性的自然坦露。显然，他是那种把人格看得比官位更重的人。贺老有一封信谈到他在民进广西代表大会上换届离任的情景，读来感人至深。上级领导、新接班人和台下的代表们都“无语相看泪眼”，致使他不得不临时撤销了发表告别演说的计划。我不知道贺老在这个位置上有多少骄人的业绩，但从这个动人的场面中我们可以相信，其为官之道首先在于为人，自我人格的塑造与对他人人格的尊重，是他成功的“秘诀”，也是他学识丰富、融通中西文化所达到的精神境界。由此我想到，一个人无论为官为民，能保持本色才是最最重要的。

为人如此，为文也是如此。散文随笔原本是一种十分本色的文体，矫情与卖弄，都难逃读者的眼睛。贺先生的文章并不刻意追求思想的深邃，却处处以真情感人。无论写山写水，还是写人写事，都融进了他的真情实感，不虚张声势，不无病呻吟。

在先生笔下，人与人之间情谊的平实描述，占据相当的比重。昔日旧情的绵长幽思，萍水相逢的生动记录，正式非正式“场面”上的亲切交往，或亲或疏的私人往来……其中，给我留下深刻印象的是那些有关师生情的文字，这自然是与他的教师生涯相关联的。作为一位学识渊博、诲人不倦的老师，他受到弟子们的尊崇和怀念不足为怪。但是，当一位老教师受邀跻身于二十年前、四十年前的学生中间共忆往事时，其心境是可想而知的。而如《难忘的情谊》一文中所记述的情景，更是感人至深：一位年逾花甲的“陌生人”，带着两只老母鸡和些许土产，颠簸辗转，登门造访，只为见旧日的老师一面，并表示当晚就要赶回乡间上课。这个已经从教三十余年的“老学生”，不辞劳苦当面谢师的盛情，不知能否为“局外人”所体味？！

无独有偶，作者在《献给我的老师》这篇短文中，不仅忆及了海内外英美文学方面的知名学者，还特地谈到了他与30年代初中“级任导师”的来往。为了谢师，贺先生专程到武汉拜访，可惜失之交臂，不知后来是否续上了间断半个世纪之久的师生缘。为师一生，他不断收获着来自弟子们的丰厚“回报”，也不断以赤诚之心思念着他的恩师们的品行、风范和学识。二者之间，我想是应当有着某种必然联系的吧。贺老在文中说：“我一生有许多‘结’，都是情意缠绵，难解难分，其中很重要的一个便是‘师生结’——对自己过去老师的深情眷念，诚挚热爱和衷心崇敬。”在尊师之风日淡的今天——形式上也许并非如此，读到老一辈师长的肺腑之言，着实令人感动和感慨。

西南联大，无疑是中国教育史、乃至世界教育史上的奇迹。在烽火连天的岁月里，经过由北向南的大迁徙，存续时间仅仅八年，却汇聚了众多国内顶尖级的教育家和大学者，形成了既十分严格又充分自由的学术氛围，培养出一大批后来在各自领域做出卓越贡献的青年才俊。在毕业离校半个世纪后写就的《西南联大忆旧》中，贺老以其惊人的记忆力，更以其对母校的挚爱和自豪，为我们栩栩如生地再现了那段辉煌而多彩的历史。梅贻琦校长对三民主义的“阳奉阴违”，闻一多先生在征兵大会上的慷慨陈词，吴宓先生的浪漫与博学，吴达元教授的“尖酸刻薄”……其人其事均让人捧腹，又令人深思。在这些看似趣闻逸事的背后，寄寓着作者对兼容并蓄的开放式教育的真情。大学需要大家，大学需要大师，大学需要大度的襟怀，大凡关注高等教育发展的人们，都不难从中受到启迪。

贺老是性情中人，重情感生活、重精神世界。这一特征，文中处处可见。其中《忏悔词无处可送》《“这是一个秘密”》两篇短文尤使我心动。前文写他一位老友，三十年前遗弃妻子另觅新欢，但心中一直愧疚不安；这次老友重逢，作者向他讲述了前妻的坎坷经历，更使他百感交集，遂恳请作者向病危的前妻带去真诚的忏悔。无奈当作者身负重托返回广西时，女士已撒手人寰，留下了“忏悔词无处可送”的惆怅与遗憾。后文转述了美国作家马克·吐温有关他母亲恋情的“一个秘密”，大意如此：八十二岁高龄的母亲不顾家人反对，突然决定要远行参加一个会议。到达目的地后知道她想要见的贝莱特先生刚刚离去，于是当即折返回家，并从此心情颓丧，记忆力衰退……原来，其中埋藏着六十四年前一段失之交臂的初恋，她无人可以诉说的大悲哀……这两个故事表面上毫无相似之处：一位主角是中国男子，一位主角是美国女士；一则主题是“背叛”，一则却是“忠诚”；前者是有意的过失，后者是无意的失误……但是，二者却都是为“情”所伤，为“情”付出了近乎终生的代价，为“情”而留下了无以了结的遗憾。这两则故事都有很强的“隐私”性质，可以说，正因其长期的“隐”，愈发显示其“痛”。此间自然包含着不同的道德寓意，但也能引发许多关于“人生”

“运命”之类的感悟。

三

读先生的散文，与听先生讲话，感觉不尽相同，但都是一种享受。

先生讲理，激越亢奋，声如洪钟，用时下的流行语来说，颇能“煽情”。讲解英诗，更是他的专长。无论是极富感染力的英语诵读，还是激情喷涌、联想丰富的中文诠释，都能使听者为之倾倒。有时讲到动情处，还会眼含泪光、声音哽咽，入境之深，令人折服。贺老曾以作家—诗人—学者的身份多次参加国际作家间的交流活动，他的“诗人气质”能赢得外国同行们的尊重和情谊是理所当然的。

听其言，我感受到的是强烈的冲击；而读其文，体味的却是一种平和心态、一种平实文风。我们跟随作者或徜徉于山水之间，或穿行于人群之中，领略千种风情，体验百味人生，似于不经意间便获得了滋润和滋养。

作者下笔从容，仿佛信手拈来，随意写去，是因为他言之有物，有感而发。无论是“小题大做”，还是“大题小做”，都无需哗众取宠，强作“美文”。他只是娓娓道来，注入自己的情感，投射自己的思索。生活奇趣，人生冷暖，旧梦新思……缓缓从笔底流出，缓缓渗入读者的心田。

我总以为，好的散文应是作者与读者的对话，是作者与相识的、不相识的读者的心灵沟通。既是对话，就应当是平等的，就不能是居高临下的。贺老虽曾身居高位，也曾周游列国，要论“摆谱”“端架”“吹牛”，都有相当的“资本”。但是，在文章中我们遇到的却始终是一位“相见恨晚”的益友。他见多识广，旁征博引，学通中西，时时能给你以智慧的启迪和情操的陶冶，但却绝不矜持傲人，更无丝毫凌人盛气。平等的人生态度，朴素的叙事风格，使人倍感亲切、亲近，与一些故弄玄虚的文章形成鲜明对比，他为我们提供的是一种“无障碍阅读”“愉悦的阅读”。不过，在一些篇什的结尾处，也会读到或多或少唯恐他人不明白的“点题”之笔，依愚见是大可不必的。给读者留下更大的想象和思考的空间，岂不更好?！也许，这也是“时代烙印”吧。

作为英美文学专家，贺先生与洋文、洋书、洋人打了大半辈子的交道，对西方世界和西方文化都十分熟悉，这方面的内容在文集中占了相当的比重，使读者大开眼界。尽管如此，先生却没有像某些半吊子那样滥用似是而非的术语唬人，也没有运用一套洋腔洋调、不中不西的语式。而是一个纯粹的中国人用纯粹的中国眼睛在观察世界，用纯粹的中国话在讲述、评判世界。视野是阔大的，思维是开放的，中国文化背景的根基是清晰而深厚的。

掩卷之后，我深感，祥麟先生的为人与为文之道，都是我们晚辈一份珍贵的精神财富。我们殷切企盼，年过八旬依然笔耕不止的贺老，为我们提供更多丰富精彩的佳作。

精益求精的“精品屋”

在学生时代，我们接触外国文学，尚不懂得刻意选择出版社，只是挑名家名作来读。读得多了，才注意到其中大部分竟都是出自人民文学出版社。如，朱生豪译《莎士比亚戏剧集》，傅雷译巴尔扎克、罗曼·罗兰等大量作品；如,《西方美学史》《欧洲文学史》等经典教材。此时，才渐渐产生了对出版社的亲近感和信任感。

1976 年后，我应邀参加《鲍狄埃评传》的撰写，那是我初次与人文社直接打交道。当时，外国文学界百废待兴，但仍禁锢重重，离思想解放还有相当距离。“三结合”的编写组形式（即由工人、工农兵学员和专业工作者组成写作班子），便是“文革”遗风的明证。即使在这种畸形的组合中，主持这一工作的外编室编辑夏玟、徐德炎二人，也坚持从第一手外文资料出发的科学态度，坚持学术观点平等讨论的民主作风，给我留下了很好的印象，保证了《评传》的科学性，避免了因为传主是“无产阶级革命诗人”就不顾事实，无限拔高的倾向。

80年代中，人文社决定翻译出版《巴尔扎克全集》。这一“壮举”，令人振奋，也令人担忧。中华人民共和国成立三十余年，我们竟还没有一套外国大作家的全集出版，这是与我们这个文化大国极不相称的。人文社决心从巴尔扎克这个庞然大物入手，足见其从事文化建设的宏大气魄。但巴氏创作，卷帙浩繁，思想深邃，翻译难度极大，要想高质量地完成实非易事。但被委以重任、全面负责这一“工程”的夏玟同志却知难而进，且十分乐观。她很快就组织起了“译者队伍”，雷厉风行地开始了工作，当她得知我刚从法国带回一套最新校订版的七星文库《人间喜剧》后，立即设法去购买，并在书到之前，“紧急征用”我的这一套，复印出第一批待译的作品分到译者手里。

更令我感动的是，在短短的几个月内，赶在译者们动笔之前，夏玟同志就把两本厚厚的人名、地名译法统一表交到了大家手中。《人间喜剧》中真实的与虚构的人物数以千计，其虚构人物又是反复再现的，如译名不统一，就无法体现巴尔扎克创作的特色。但要将这些人物的名字挑出来，既要考虑现行的音译习惯，又要与傅雷的译法相符（因傅译在“全集”中全部保留），可以想象，这是多么细微，多么烦琐的事情。由此可见她令人肃然的敬业精神。现在，三十卷的《全集》已近尾声，可时间也已过去了近十五年之久，十五年磨一剑，其间辛苦有谁知?！唯一令人欣慰的是《全集》的质量受到了社会的交口称赞，是这一宏伟工程为我国的文化建设增添了光彩。

也许，正是这种孜孜以求的传统，使人文社成了一座精益求精的“精品屋”？！

杂忆与杂议

——写在人大出版社大庆日之前

在我得知中国人民大学出版社要庆贺五十大寿的时候，我才猛然意识到，我和她相识相交也已有了四分之一世纪之久。时间像一阵妖风，来无影去无踪，不知不觉中便把一切都改变了：人变老了，事业变大了；人在回忆中会生发许多感慨、甚至惆怅，而事业在回首走过的路时，却多半充满自豪、骄傲。尽管事业都是人来完成的，但“不朽”永远属于事业。作为一个“过气”的作者，我真诚地祝愿人大社越办越好！

我和人大社初次打交道，是为了一本名为《外国文学简编（欧美部分）》［以下简称《简编（欧美）》］的教材，时间是20世纪的70年代末。那时，我是个年近四十的“小助教”（现在在高等学府里，“助教”似乎是个很滑稽也很陌生的字眼，在长长的“梯队”名单上，满眼看去，个个都是教授，恐怕已经根本没有助教这个席位了；可当年的我们，一当就是二十余年，还当得有滋有味），除被分配执笔个别章节外，我的主要任务就是跑腿打杂，在主编、作者和出版社之间联络沟通。万万没想到的是，这一“跑”（或者写作“泡”）就是近三十年的时光。我自己也说不清楚，在这么长的时间里，为这本书，我究竟都干了些什么。

现在，《简编（欧美）》标明的是“第五版”，其实，准确说来应是“第七版”。因为，在1980年正式出版前已有两个“内部版”。因此作者们谈起这本书，总不免沾沾自喜地自诩为“文革”后的第一本外国文学教材；又沾沾自喜地以为，这是“文革”以来所出同类教材中寿命最长的一部（或许也是印数最多的一部？）。她没有受到过官方的奖掖册封，但却凭借多次反复磨砺修订、不断提高自身的水平从而赢得读者的偏爱，不事声张地便跨过了世纪，成为一部民间认可的、名副其实的“跨世纪教材”。

这本教材编写的发起者，是内蒙古大学等一批外地的有识之士。他们专程到京津两地盛邀德高望重的朱维之和赵澧二位先生主持这项工作。在两次内部印刷并在各校使用了一段时间后，人民大学恢复了，人大出版社也恢复了，于是大家便萌生了由人大社正式出版的意图。当时虽已开始拨乱反正，但对外国文学这样一门集“封资修”于一身的学科，人们还是心有余悸的。尽管如此，人大社的领导还是毫不犹豫地接受了这一选题，使作者们深受鼓舞。由此，便开始了我们这个小集体和人大社长达二十多年的合作史。

在这个编写集体中，我始终是个龙套，负责处理各种杂务，收稿送稿，左传右达，因而也就与出版社的领导和编辑们有了较多的交往，结下了情谊。

当时，时兴的是集体创作。这种方式的好处是集思广益，能较好地发挥大家的特长。通过一次次的反复讨论、交流，同行们逐渐统一编写思想，又在字斟句酌的平等研讨中共同提高书稿的质量，还能有益于促进各自的教学工作。但是，毋庸讳言，要想把众多不同的意见统一起来，要把水平参差的文稿提高到同一个档次，都不是一件容易的事情；更何况三十几位作者来自不同的院校，学养文风都有很大差别，统稿的难度是可想而知的。然而，由于两位长辈主编的威望和涵养，由于同仁们通力合作的真诚态度，也由于直接参与工作的责编们的认真精神，这本教材的运作总体上十分顺畅，一版一个台阶地向上攀登。

从酝酿初版之始，担任这本书责任编辑的陈维生同志就全程介入了编写工作。从原则的讨论，到章目的确定；从初稿的读改，到专家的评审，她都极其认真地听取各方的意见，和大家一起商讨改进的方案。她的细致，更常常能弥补我们因多人经手而造成的一些疏漏。由此似乎就形成了不成文的传统，责编都较深入地参与一版又一版的修订工作。其后接手这一任务的是年轻的曹久梅。她根据读者的反馈和领导的意图，热情推动本书的两次修订。也许正因为她年轻，自觉与主编等老一辈学者的年龄差距较大，因而在集中统稿时，除认真听取讨论外，还主动承担起了安排照顾好编委们生活的任务，受到大家的好评。1999 年，《简编（欧美）》面临要不要“跨世纪”的抉择。作为长期参与工作的作者之一，说实在的，我已感到疲惫不堪，也感到提升质量有相当的难度。此时，又是出版社的同志们鼓动和鼓励我们再努一把力，使这个已有一定影响力的品牌更上一层楼。由于当时两位老主编已无法亲自参与实际工作，具体组织工作又需要有人负责，担任四版责编的秦桂英、陈泽春便会同老编委徐京安老师专程赶赴天津探望病床上的朱老，并就增加一名新主编主持修订工作征求老人的意见；回京后又召集编委会的老师们讨论决定。她们的执着和认真，使我们深受感动，也使我们无法拒绝再修订一次的建议。教材跨过世纪之后三年，陈泽春同志又一次策划修订，遂有了现在的第五版——“二十余载学术积淀，五度精心修订易稿，累计印数近二百万册——一部经受时间考验又不断追踪学术前沿、受到一代代读者广泛欢迎的跨世纪精品教材。"（广告语）一本教材，对一个大社而言，其分量是有限的。但就这本教材的经历来看，我想，它可以从一个侧面体现了人大社一以贯之的精益求精、严肃严谨的工作作风。

在这本教材启动之初，还少有人使用"市场"这个概念。而现在出书，"市场"已成了一根看不见的魔杖，一个大写的"钱"字（但愿还没大到超过"人"字）闹得出书的和写书的都心里乱哄哄的。出版人毫不掩饰对利润的兴趣，写书人也不会再对稿酬问题羞于启齿。任何"作品"，都无一例外地被视为"产品"。电脑的使用，更突现了"产品"的特征。无论人们愿意不愿意、认可不认可，当今谈论"精品意识"，已离不开这一大背景。

说到这个话题，我想起一位叫作巴尔扎克的作家。他既是金钱的严厉批判者，又是金钱的狂热追求者。由于债务缠身，他不得不总在计算哪一本书出版后能收入多少，还债后还剩余多少，等等。但一旦进入创作状态，他便会忘乎所以，在校样上一改再改，精益求精，直到满意为止。而在书稿出出进进印刷厂的过程中，损失多少排版费他都在所不惜。真说不清他到底是爱钱还是不爱钱。他在担任法国文学家协会主席期间做的最重要的一件事，是大声疾呼要为文学产权立法，防止盗版，防止外国出版商无偿出版法国作家的作品。给我印象深刻的是，他认为此举的重要意义，不仅在于保护作家的物质利益，更在于这是对思想成果的尊重和保护：请保护艺术和语言；因为，当物质利益不复存在时，你们将依靠我们的思想而存在，思想将屹然挺立，而且，如果国家万一消失，思想会说："从前这里是法兰西！"

如果，我们（不论甲方还是乙方）都能自觉地把我们的"产品"制造成（至少是力争制造成）永远"屹然挺立的思想"、甚至是代表国家而存在的"思想"，那真是民族的大幸。我们能吗？！

是她，翻译了《这里的黎明静悄悄……》

——亦师亦友王金陵

刚刚过去的3月11日，俄罗斯作家鲍里斯·瓦西里耶夫辞世。中国读者“认识”这位作家是源于他的成名作《这里的黎明静悄悄……》。那是1977年，被封杀多年的《世界文学》杂志以“内部发行”的方式复刊，第一、二期连载的重点作品就是这部发表于1969年的中篇小说《这里的黎明静悄悄……》。尽管那时还是作为“反面教材”刊登的，小说却迅速在渴望了解“外面世界”的读者中流传，成为“文革”后在我国第一部产生巨大影响的苏联作品，令人耳目一新，深受欢迎。这篇小说的译者，就是著名的俄苏文学专家王金陵。

20世纪五六十年代之交，在人民文学出版社工作的王金陵，开始对“苏修”文学进行研究，掌握了大量第一手资料。后受邀为中国人民大学的文学研究班讲授“苏修文学批判”专题，这是国内首次开设这门课，使我们这些有幸聆听讲座的人（研究班学员和中文系年轻教师）大开眼界，获益甚丰；同时也引起了社会多方面的关注，许多高校闻讯后要求来人旁听或索取资料。从中苏关系交恶以来，人们对苏联发生的实际变化一无所知，一顶不容有任何置疑的“修正主义”大帽子，把这个昔日的老大哥扣得死死的，让人难见真面目。在中国一直享有盛誉的苏联文学，也因此而被打入了冷宫，甚至被视为异端邪说。此时，王老师的“批判”课重启了这扇门窗，给大家展示了一片既熟悉又陌生的风景。我们听到了一些曾是十分亲切的名字，如爱伦堡、肖洛霍夫、西蒙诺夫等，但他们笔下的《解冻》《一个人的遭遇》等作品，却明显地具有挑战的意味；课堂上更多提及的，是我们当时闻所未闻的作家作品，如索尔仁尼琴的《伊凡·杰尼索维奇的一天》、特瓦尔朵夫斯基的《焦尔金游地府》等一批十分尖锐大胆之作，令人甚为震惊。她还通过各种关系，让我们欣赏到了诸如《雁南飞》《士兵之歌》等制作精美的“内部电影”，那当然是大家最感兴趣的“课外活动”。坦率地说，当时无论讲授者还是听讲者，都是抱着真诚的态度紧跟形势、努力批判的。然而，也不容讳言，对文学的直觉感悟又往往会把人们拖入困惑，产生许多不合时宜的抵牾。好在王金陵不是理论上的强人，而是情感丰富、长于辞令、讲课极富感染力的老师，课程题目虽有那个年代的常用词、冷冰冰的“批判”二字，但她的讲授却是绘声绘色，声情并茂，使受众普遍感到是一种享受。因此，在“文革”中就有造反者针对这门课给她贴出了《是贩修还是反修》的大字报。文中除去那些吓人的上纲上线之语外，倒也从反面印证了这门课程以“介绍”为主、信息量很大的特点。

正是有了对苏联当代“修正主义文学”的长期关注和丰富积累，她才能在粉碎“四人帮”后很快就选择并译出了《这里的黎明静悄悄……》这篇佳作。也许，在众多苏联作家优秀的战争题材小说排行榜中，《这里的黎明静悄悄……》不一定能排在榜首，但对中国读者和中国文学而言，它和《一个人的遭遇》这两个中篇，绝对是影响最早最广最深的。毫不夸张地说，它们对战争、对战争文学的探索，对人性、对人性美的思考，在那刚刚拨云见日的日子里，无论对于普通读者，还是文坛智士，都是具有启蒙意义的。而王金陵的独具慧眼和优美译笔，于此自然是功不可没。我曾半开玩笑地对她说，光书名上“静悄悄……”三个字，就该让瓦西里耶夫请你喝一杯！的确，王老师诗意的翻译是中国读者喜欢这部作品的重要因素之一。当然，我们还可以读到她对这部作品的“批判文字”，甚至可以对此表示“不屑”、可以对此“再批判”。但是，过来人不会不知道，作为凡人，谁都无法超越自己生存的时代，谁也难以以“一贯正确”的姿态示人。在此前后，她还参与了爱伦堡卷帙浩繁的回忆录《人·岁月·生活》的部分翻译工作，为人们了解一个真实的苏联提供了极有价值的鲜活史料。

由于“苏修文学批判”讲座的成功，王金陵正式从出版社调入中国人民大学中文系外国文学教研室，我与她从师生变成了同事，有了更多直接接触和请教的机会。说起我们的师生缘，还要追溯到20世纪50年代中期。那时我还是一名高中学生，常喜欢到文津街的北京图书馆和南河沿的中苏友好协会听免费的文学讲座。大约是在1956年，王金陵在中苏友协讲析她的新译、罗佐夫的剧本《祝你成功》。那是一部写高中毕业生题材的戏，表现了毕业前夕他们的激动和烦恼，他们的友谊、爱情和对未来的美好憧憬。这与我们当时的处境十分相似。而我所在的北京八中高三2班，聚集着一群戏剧爱好者，先后已排演过七八出中外独幕剧。此时，听到王老师介绍《祝你成功》，真是喜出望外，当即想到如果我们能排演这出多幕剧，在毕业前演出，该是多么开心的事啊。于是，报告结束后，我即抱着试试看的心情走上前去，怯生生地询问她能不能到学校里来辅导我们排这出戏，没想到她竟毫不迟疑地就答应了我的要求。我把这个消息带回学校后，同学们都非常兴奋，立即着手做准备。某个星期日，王老师如约来到学校，给大家细致地分析剧本和人物，耐心地回答我们的问题。那次活动，给我留下的印象是，她和我们这些中学生在一起，完全没有专家的架子，非常热情和平易近人。可惜，由于毕业临近，这出戏最终未能排成。

大概是由于个人气质的原因，据我所知，王金陵最喜欢的俄国作家是屠格涅夫。20 世纪 80 年代初，曾有出版社约她翻译屠格涅夫的全部长篇小说，她当然也非常愿意。但她出于对前辈翻译家丽尼（郭安仁）先生的尊重和对他译笔的喜爱，决定先从丽尼没译过的《烟》开始。不久，她就完成了译稿，由人民文学出版社出版。遗憾的是，译完《烟》后，由于种种原因，她没能继续翻译其他几部作品。但她先后译出了屠格涅夫与托尔斯泰的“通信选”和屠格涅夫与女友、法国歌唱家维阿尔多夫人的“通信选”，这是研究屠格涅夫的思想和创作的重要材料。其后，她撰写过《屠格涅夫与托尔斯泰》《屠格涅夫的创作特色》和《屠格涅夫作品的音乐性》等论文，对作家的创作进行了多角度深入的探讨。契诃夫也是她偏爱的一位作家，她翻译了他的剧本《天鹅之死》，写过评论他短篇的文章。

王金陵不仅在俄苏文学方面深有造诣，而且还是戏剧行家。60年代初，在昆曲很不景气的时候，她与父亲、《红楼梦》研究专家王昆仑合作创作了昆曲《晴雯》，于1962年由北方昆曲剧院上演（阿甲导演，扮演主角的是著名演员顾凤莉）。周恩来总理到场观看，并提出了宝贵意见。周扬、林默涵等文艺界领导也都观看了演出。演出深受好评。

“文革”过后的头两年里，我和王老师有过两次特殊任务的合作，使我有机会对她有了更多的了解：一是编写《鲍狄埃评传》，一是创作以张志新事迹为题材的剧本《血染的真理》。

1977年，浩劫结束之后，文化各界都跃跃欲试，力图追回失去的时间，争取尽快有所建树。在此背景下，人民文学出版社立项要为巴黎公社诗人鲍狄埃写一本评传。选题自然是最革命、也是最保险的；写作队伍的组成更是典型的“文革”遗风，即由工人阶级代表（外文印刷厂的青年工人）、专业工作者（社科院外文所、东北师大和北京师院的教师）和专职编辑（人民文学出版社），以及工农兵学员（北京师院学生）的代表四结合，可见当时人们心有余悸的心态。但毕竟是多年“停摆”后的初次研究工作，大家的热情可想而知。我们当时所在的北京师院中文系派出四名教师参加工作，其中就有王老师和我。当时国内法文材料仅见北图的《鲍狄埃全集》，收集了他的全部诗文，但提供的传记材料却比较简单。因此，还需要依靠苏联的研究成果，王老师便承担了搜集和翻译的任务。对于成书而言，这只是幕后的资料工作，而王老师却乐此不疲地译出了大量材料，保证了任务的顺利完成。作为写作组中最年长的学者，她的认真工作和谦和待人，也赢得了包括工人师傅在内的大家的尊重。《鲍狄埃评传》，应当是“文革”后最早的外国文学研究成果之一，尽管其中不免“痕迹”累累。

1978年，张志新的事迹震惊了中华大地。那一年，中国人民大学刚刚复校，我们也随之回到了人大执教。张志新是在人大学习工作多年的校友。时任人大校长的老作家成仿吾，敏感地意识到这是个重大题材，对拨乱反正、对教育青年坚持追求真理，都具有重要意义。他迅即要求中文系组织力量创作一个剧本。任务又落到了王金陵和我的头上。我们怀着虔敬而沉重的心情投入采访、调查和创作，整个过程都使我们心灵深受震撼。但这个题材写戏难度实在太大了——张志新的批判锋芒主要是指向伟大领袖的，她的主要战场是监狱、主要斗争方式是与审判人员的唇枪舌剑，她在狱中所受的折磨是惨无人道的、血淋淋的——无论在政治上如何把握尺度，还是在舞台上如何艺术表现，都使我们感到十分棘手。我们反复讨论，绞尽脑汁，几度修改，但总是很不满意。勉力完成剧本初稿后，校宣传部召开座谈会，听取我们的汇报。成老亲自出席了会议，并讲了些鼓励的话，让我们抓紧修改。然而，很快大气候就出现了微妙变化，对张志新的宣传骤然降温，以至停止。我们的修改也就无疾而终。我们一直对此怀有愧疚感。多年后，在聊天时，王金陵曾以少见的严肃态度对我说过一句我无法忘记的话："咱们欠张志新一笔账，以后要设法还上。"真的，我们心底都保存着这份拂之不去的遗憾，更让我们难过的是，恐怕这已成终身之憾了……

2011 年元月　初稿于无味斋

2013 年 3 月定稿

两度为邻忆老谢

真不敢相信，老谢走了？！我连忙给几位友人打电话求证。和我一样，不相信的人居多，知道的人也是将信将疑，总觉得有点玄乎：“昨天去看他还好好的……”“上午还和他通过话……”突然，太突然了！令人难以置信的突然！——那是一年半前的事情了。最近，人们提及此事，依然是那样愕然：怎么，老谢走了有一年多了？！无情的时间，快得让人来不及思考、来不及应对。

2010年春节后，我家就一直不太太平。先是岳母病重、病危以致离世，后是妻子做腿部手术、不能下床。忙于照顾家人，这半年我就很少和外界联系，消息相对闭塞。7月的某一天，忽然接到友人的电话，称老谢住院了，但好像并无大碍云云。我立即设法找到他的手机号打了过去。老谢接听电话显然有点意外，但很高兴，听上去情绪不错，声音仍如往日般高亢。当他知道我家的“麻烦事”后，还反过来宽慰我，让我不必为他担心，照料好家人要紧。这样，我也就很放心地以为“天下真无事”了。几天后，我又和他通话，约定两天后去看他。不料，第二天就传来了噩耗……我真后悔，怎么就没有说去就去呢……人生就真的这么无常吗？命运就真的这么无情吗？竟然连一次话别的机会都不留给我们……

岁月匆匆，不知不觉我和老谢已共处了近半个世纪。我说“共处”，是因为我们不仅长期“共事”于中国人民大学中文系，而且两度为邻，曾经分别在筒子楼和单元楼里“和平共处”十余载，也算一段难得的机缘。

大约是1965年，我住进了著名的段祺瑞执政府钟楼的二层（我们当时称之为铁一号人大宿舍一楼）与他成为邻居。那时，老谢已是两个孩子的父亲，在大家工资都不高的60年代，生活的压力可想而知。但在我眼里，他却过得很是自在，很是滋润。

初次为邻，老谢给我的突出印象是一个“勤”字，与我的“懒”恰成对比。这个勤快人，几乎包揽了一切家务活儿。老谢不仅“勤”，而且“能”，特别在烹饪上很有一手。周末，他总要给家人“改善生活”，做饭时刻，他家送出的香味灌满楼道，引人垂涎。我们常常在背后议论，他的妻子杨玲老师实在太有福气了。

“文革”后期，我们从江西干校回到北京，一起从城里搬到西郊，合并住进了一套四居室的单元房，关起大门就真正成了“一家人”。那时，他仍是四口之家，不过两位千金已经长大成中学生；而我家则“膨胀”为三代同堂，两位老人从内蒙古退休回京，又不知算逢时还是不逢时地降生了一个小女，骤然间成了六口之家。男女老少十口人，共用一间两平方米的厕所，可想而知有多不方便。而这样人口高密度的“蜗居”，我们竟其乐融融地一住就是十多年。

我家姥姥也善烹饪，且喜交往。于是，我们两家便有了新的交流“领域”。谁家做了点好吃的、特别的，都会给对方送上一点儿尝尝。有来有往，来来往往，交流的自然不仅是厨艺，更是情谊。

大约是 1984 年上半年，时任常务副校长的谢韬突然登上我们所住的四层楼，使我们大吃一惊。谢校长开宗明义说是来找老谢谈话的，我当即识趣地回避了。个把小时后，他们把我叫了过去。谢校长说，我们想请自立同志出山，当中文系主任，你支持不支持？我毫无思想准备，但还是脱口而出：当然支持。老谢却谦虚地问道，你看行吗？我毫不犹豫地回答，没问题！不过，说实在的，我当时并不了解他的领导才干，只是出于对他的朴素正直人品的信任。当然，也有对谢校长选择的尊重。顺便说一句，谢韬校长如此“礼贤下士”，平易近人，也让我很是感动。

就任后的老谢，地位变了，但并没有像某些人那样沾上“一阔脸就变”的毛病，而是始终保持了作为教师的本色。这可以算是我们的共识吧。我们常常聊到这一点，认为在学校里兼职，切不可当“官”来做，这是最基本的要求，许多人正是迷误于此、“失算”于此。

按高标准说，老谢可能算不上是有魄力、有创造性的领导者，甚至有点优柔寡断。但，也许正因为并不过分自信，所以在工作中表现出格外的谦虚谨慎，特别是在要做重大决策之前，都会注意虚心地多方听取意见。与之相联系的，是他的平等意识和民主作风，这使他善于团结同志，团结领导班子，一视同仁地团结系里的教师。在拨乱反正时期，他的这一行事风格，无疑对稳定系里的局面，推进工作的顺利开展，起到了重要作用。

老谢记忆力极强，传达文件或会议精神，不用看笔记就能讲得有条不紊，八九不离十，让我十分钦佩；说点“小道消息”，也是活灵活现，大有“身临其境”、让人不得不信的架势。但是，在闲谈中，我却从来没听他背后议论过别人，更不像有些人那样，喜欢随时随地地掏出小本来记上一笔，以备“不时之需”……他的记忆力，没有用在处理无聊的人际关系上，没有用在一个“斗”字上。

老谢走得匆忙、太匆忙了。他已定居美国的长女年年（大名谢喻）告诉我，她为爹妈在美国和北京都买好了养老的房子，可他们还没去就……是啊，老谢从学校退下来后，就又全身心地投入到他热爱的词典编纂工作中去了。他里里外外劳累了一辈子，却还没来得及真正享受休闲的晚年。但愿，在彼岸，他能好好休息休息……

2012 年元旦　于无味斋

阳台山下中法情

北京，今春，踏青时节，柳丝飘绿。我们驱车沿海淀区北清路西行，穿过正在拆迁、已成一片瓦砾的北安河村，按图索骥，来到北京西郊阳台山下的贝家花园路。迎面是贝家花园路五号大院，大铁门里就有区政府为“贝家花园”立的石碑，但守门的保安却断然拒绝我们入内。我们只得绕道山后，艰难地翻越一道山岗，向上攀登。事后发现，如果能从五号院上山，大约可以节省一个多小时的路程。但这是单位的地盘，尽管这已是人去楼空的单位，恪尽职守的门卫是不会轻易放弃手中的权力的。而当初这里的主人却显然是不设防的，所谓“贝家花园”，是依山坡而建的三组建筑，完全看不到围墙的痕迹。昔日的主人是法国名医贝熙业（Bussiere）先生，因他在此地常为老百姓看病，深得群众爱戴，人们亲切地称他为“贝大夫”，把他这处完全开放的别墅称为“老贝家”“贝家大院”或“贝家花园”。

贝大夫其人，颇有几分传奇色彩。他出生在19世纪法国巴黎公社运动前后（一说1870年，一说1872年），在中国辛亥革命第二年（1912年），来到北平法国驻华公使馆任医生。不料，这桩差事竟令他在中国一待就是四十余年（直至1954年才回国，1960年辞世），并在不经意间成为中法友谊的象征性人物。在华期间，他先后创办了法国医院，出任北堂医院院长、震旦大学医学院院长，并应蔡元培校长之聘兼任北京大学校医。他医术精湛，兼通内外科，在业内威望甚高。著名的案例是受澳大利亚人、袁世凯政治顾问莫理循之请，为其已病入膏肓的主子袁世凯诊断出膀胱结石。

为医治爱女的肺病，贝大夫在远离市区的北平西郊温泉一带的阳台山租赁了一片山坡，建起这处绿树环抱的别墅。

别墅的主体、贝家人的主要住处，应是半山腰那片开阔地。坐北朝南依山而建一座中西合璧的两层楼，民称“北大房”：筒瓦大屋顶，前有明廊，红色圆柱，彩绘椽隔；上下各四间大房，窗户均是长方形大玻璃窗，采光甚佳，室内以壁炉取暖，尽收东西方建筑的长处。西侧拾级而上，是一小巧而颇有气势的碉楼，高出“北大房”数米，令整座建筑更显错落有致。房前的空地上有保存完好的高大水泥藤萝架，中央顶部留有两个铁环，想必是还兼作其爱女的秋千架。空地西北角是由几张石凳围绕、约有一米多高的圆形盆状水池喷泉，造型简约，亦属欧式风格；地面用碎石铺成朵朵菊花形状，十分考究。一座小桥，通向更上一层的两座小屋。此处的整体结构，充分显示了主人兼容东西的文化品位和善于博采的眼光与智慧。

爬坡二三十米后，我们来到一处中式庭院。主体是一座坐西朝东、前廊后厦的厅堂，格式门窗，精致典雅。庭院地面，依然是碎石铺就的菊花状。两侧均有耳房，前方则是一带弧形的矮墙，凭栏远眺，山外风光尽收眼底。我猜想，此处应是贝大夫的“贵宾室”。闲暇时，约三五知己，厅内厅外，沏一壶北平的茉莉花茶，或开一瓶波尔多的红葡萄酒，临风赏月，谈天说地，该是何等的惬意。贝大夫在北平是位社交圈里的活跃人物，他把法国的沙龙文化带到了中国。市内大甜水井胡同的住宅，就常常聚集着众多闻人雅士，或畅论时局，或探讨文化。时任公使馆三秘、后来（1960 年）成为大名鼎鼎诺奖得主的圣 – 琼 · 佩斯（Saint–John · Perse，1887—1975）先生，便是不可或缺的座上客。贝家花园，地处偏僻，可能访客不如城里那么多；但作为大夫挚友的诗人，颇有中国名士风范，一度隐居于西山某道观埋头赋诗，写出了日后为他赢得名声的长诗佳作《阿纳巴斯》（Anabase，一译《远征》）。这位“道观中人”，此时可算作

贝家花园的“碉楼”

大夫的“邻居”，想必依然会是这里的常客。庭院北侧，设有一很深、很宽阔的地下室，水泥结构，相当坚固，既像储物间，又像防空洞，想必这是贝大夫未雨绸缪、早就为战争的到来做好了准备。

几组建筑中保存最完好的是山脚下的“碉楼”，这是一座纯正的西式建筑。最高处有四层楼高，就地取材的花岗岩为基本材料，古朴端庄，雄健挺拔，宛若法兰西简约的城堡。此处，正是贝大夫为周边群众治病行善的“诊所”。门楣上悬挂的石匾刻着依稀可辨的四个大字：济世之医。“济世之医”之誉，应当不是指他在北平城内的显赫名声，而是对他在此偏野山乡治病救人的褒彰。据传，贝大夫从王府井大甜水井胡同的住处来到这里（开始是骑自行车，后来才有了汽车）度周末，当地百姓就会慕名而来求医。贝大夫从来都是来者不拒，热情接待，免费治疗（相传曾为一农妇免费做过乳腺癌手术）。一位法国名医，无欲无求尽心尽力地为中国穷苦百姓治病排忧，品德高尚，医术精湛，使他在坊间博得了极佳的口碑。

更令人钦佩的是，贝大夫的正义感，还使这座山间别墅成了抗日斗争非正式的秘密“联络点”“中转站”。药品是抗战时期紧缺的必需品，贝大夫以其法国医生的特殊身份，骑自行车或开汽车，不辞劳苦，甘冒风险，把医药和器械带出城来；然后，通过秘密通道，转移到门头沟斋堂一带的游击区。许多热血青年，深知贝大夫的为人，也由此辗转走向抗日第一线。珍珠港事件后，同情支持中国人民抗日斗争的燕京大学英国教授林迈克、李效黎夫妇，逃离北平时，正是在贝家花园歇脚后联系上前往晋察冀的路径的；而此时他们并不认识贝熙业，只闻其大名，并深信这是个可靠的“据点”。林迈克到解放区后培养了大批无线电通信人才，为抗日战争做出了巨大贡献。

前文提到，贝家花园碉楼门上悬挂一刻有“济世之医”的石匾，该石匾题赠者为：温泉人姚同宜李煜瀛。时间是“民国二十三年”（1934）。李煜瀛（石曾）（1881—1973）夫妇共同题赠，可见他们与贝大夫之间的情深意笃。女先男后的署名，也可看出李公深受“西风”熏染的“绅士风度”。

李煜瀛，这位国民党元老，是中法文化交流的又一重量级人物。20世纪初他就作为驻法公使的随员漂洋过海来到法国，先后在巴黎大学等校学习农业、生物学，并以把中国的豆腐制造带到巴黎而发迹。他用法文写了一本《大豆研究》，向法国人介绍大豆的丰富营养，指出其价值绝不在乳制品之下。当时法国的乳类食品尚不丰盛，豆腐及各种豆制品，正可成为法国人深爱的奶酪等乳制品的替代物。也许正由于此，法国人至今都把豆腐称作“豆制奶酪”（Fromage de soja）——不知这是否是李君当年的命名。他从河北老家请来工匠制作豆腐；相传，为推销“豆腐公司”的产品，他还在蒙巴纳斯大街创建了第一家中国餐馆“中华饭店”。输出豆腐，这也应是文化交流的一项成果吧。

此公以其才华和当时的境遇而论，在世纪初中国的乱局中，是既可以做大官也可以发大财的，但他都不感兴趣。他奉行的准则是做事不做官，赚钱不置私产。他是一介书生，却颇善经营，从豆腐起步，多种产业，收入颇丰。但他把全部利润都投入了文化教育和文化交流事业，取得了可谓辉煌的业绩。其中最令世人瞩目的便是组织和促进中国数以千计的青年留学法国，造就了一批影响中国历史的各领域的栋梁之材。1912 年，他与蔡元培、吴玉章、吴稚晖等人在北平发起创建留法俭学会。有资料显示，在第一次世界大战结束后的 1919 年，赴法学子已有近两千人。为进一步推动此项事业，他们又于 1920 年相继在北平和里昂建立了著名的中法大学，聘蔡元培为首任校长，李也曾任代理校长。

中法大学董事会由中法双方知名人士组成，公推李煜瀛为首任董事长，而法方的首席代表正是贝熙业大夫。依此，他们是真正意义上的"同事"。他们在阳台山下温泉一带的交集，是因为1923年，在北安河村北的山脚下，李煜瀛又创办了一所中法大学附属温泉中学（现北京第四十七中学），并亲任校长。显然，这样的"近邻"关系，使两位同样热心中法交流事业的"国际友人"之间，有了更多亲密接触的机会。温泉中学学生生病，自然也难免会求助贝大夫。因此，才有了以"温泉人"名义赠送的那块匾额。

阳台山下贝、李二人的足迹，记录的只是一洋一中两位文化精英为中法友谊和交流所做贡献的点滴，但这却是弥足珍贵的历史记忆。在上山的石板路上，两位师傅赶着两头气喘吁吁的骡子在运送砖瓦水泥，十几位工人师傅在工地上忙碌着——为纪念中法建交五十周年，贝家花园正在加紧修复，"北大房"和"贵宾室"已基本恢复了原貌；山脚下的四十七中，去年（2013）庆祝建校（前身中法大学附属温泉中学）九十周年时，在幽静宽敞的校园里，矗立起一面青铜浮雕的校史墙，创始人李煜瀛自然占据着中心地位，对面还有李公的大理石半身像。岁月悠悠，本不该被淡忘的人和事，终于又回到了人们的视野；两国先贤无私奉献的崇高精神，更是留给我们后人的宝贵财富。

常萍的平常与不平常

读有关河南大学文学院常萍老师的报道（2016 年 2 月 15 日《北京青年报》），感动不已，感慨万千。

常萍，按照洋人先名后姓的习惯，可以读作“萍常”。的确，这是一个很平常的姓名，一个很平常的人。但她的平常中又蕴含着那么多的不平常。

一位高校教师，日复一日地走上讲台，日复一日地为大学生们讲授她由衷喜爱的古代文学，一讲就是 32 个春秋。从青春勃发，到年迈退休。这应当是很平常的事情。教师嘛，本职不就是讲课吗。但是，讲课与讲课不同。常老师的课讲得精彩，学生听得过瘾，印象深刻。这就并不平常了。江湖有话曰，“戏法人人会变，各有巧妙不同”，一辈子站讲台的人不少，长期叫座的教师可不多，肯始终如一地在课堂教学上下功夫的人更少。人们常抱怨当今的学生不爱学习，逃课率高，即使采用点名签到以及一些惩罚性措施，都难以阻止他们明知故犯地违纪。造成这种现象的原因是多方面的，但课堂吸引力下降，无疑是最重要的因素之一。像所有认真备课认真讲课的优秀老师一样，常老师没有这种担忧，他们担忧的往往是教室爆棚，人满为患。同样的教室，同样的年轻人，课堂效果反差之巨大，是许多局外人难以想象的。

所以，心无旁骛，坚守教学第一线，这种“平常”就很“不平常”了。它考验教师的定力，考验教师的职业操守，考验教师“为他人作嫁衣”的境界，尤其是在这充满诱惑、充斥腐败的年代。当我们说，这数十年的执着很不平常时，就意味着这是很多教师没做到、做不到或根本不愿做到的。目前高校的通病是，重科研轻教学。各级领导重科研，是因为科研出成果看得见摸得着说得出，每年的统计报表战绩辉煌，汇报起来有血有肉；而对教师个人来说，科研成果，名利双收，课教得再好也无人问津。两相比较，孰轻孰重，一目了然。

但是，常萍却不为所动。她不仅从不出书、从不写论文，还从不申报职称，因而被戏称为“三不”老师。这就太不平常了。众所周知，身在高校，职称可是“生命线”啊，功名利禄皆系于此。一年一度的职称评定，常常成为学校重中之重的头等大事，也毫不留情地拨动着每个教师的神经。有人为此失眠，有人为此流泪，有人为此奔走求助，有人为此弄虚作假，有人为此送礼行贿，有人为此相互攻讦……职称之棒，搅乱了学校的平静，拨动着教师们的心智。然而，就有像常老师这样淡定如斯的真人，他们（我相信高校教师中，淡泊明志者应当不会止于常老师一人，因此我特地用了复数）面对纷纷扰扰无动于衷，我行我素地做着自己认为该做的事、自己喜欢做的事。他们不是不知道职称能带来什么，而是不屑于为“身外之物”浪费宝贵的时间和精力。一个人的时间和精力是有限的，他们大概认为自己只能专注地做好一件事，一旦分神，就会影响自己的“主业”，得不偿失。她一点不剩地把全部精力都用到了教学上，以至于“忘乎所以”地把其余的一切都抛到脑后。他们的得失观显然与众不同。当然，这有点极端、有点绝对，不足以为众人效仿。但那份独立特行的精气神儿，却着实令我肃然起敬。

更让人感动的是，常萍把这平常中的不平常发挥到了极致。她的讲课，远远超出了职业性的“完成任务”，而是把课堂教学视为需要她全身心投入的崇高事业，或者更准确地说，视为生命意义的所在。每堂课前她都要提前到场、沉思冥想、出神入境，把本已烂熟于心的内容再反复融通、升华，直至到课堂上喷涌而出，正如优秀的戏剧演员在侧幕候场，拒绝一切干扰地全神贯注于角色体验，以在舞台上最充分地展示形象的魅力。常老师的课堂教学状态也极不平常，她不带讲稿，一堂课一气呵成，你可以不听、可以睡觉，但不能提问、不能说话，她害怕有任何动静打断她的思路、扰乱她的气场。这是一种典型的“满堂灌”授课方式，也许不太符合当代开放互动教学相长的教育主张。但这近乎“洁癖”的毛病，无疑是很个性化的完美主义，同样难以推广，但值得十二分地尊重。

套用“得民心者得天下”的语式，对教师而言，可以说，“得学生者得天下”。常老师应该是幸福的，她虽然一直身在“底层”（如今高校教师梯队少有助教，因此讲师就相当于最底层了），但没有学生因她的讲师名分而对她侧目，相反却由衷地尊称她为“口碑教授”。多么让人羡慕的称谓啊！在我看来，这顶民间的“桂冠”比任何制度性的职称、任何官方的荣誉都更有价值。其实，述而不著，在中国文人中是有传统的，也许它不那么符合当代标准化的人才要求。但是，如果我们教育的出发点和归宿都确是以学生的受益为目的，那我们就肯定不会把这些“有口皆碑”的老师拒之门外。要知道，如今不论是名校还是普通高校，真正能赢得学生青睐的课堂，可是凤毛麟角啊！我无意也无力全面评价我们的职称评审标准和程序，但冒昧地以为，对教学效果如此突出的教师“网开一面”“破格聘用”，并不为过吧。——准确地说，这只不过是将其作为还原“教授”本义的一次实践。如是，不仅可以借此倡导重视教学的风尚，满足青年学子的求知欲，还可以大大降低“逃课率”的官方统计数据，一举数得，利民利官，何乐而不为呢。

领导终于开窍了。常老师退休半年之后，被高调返聘为“副教授”请回了课堂。这在学校来说，应当属“不平常”之举，毕竟“史无前例”啊，虽然晚了半拍。我说晚了半拍，是想，既然校领导早就发现了这个典型，为何不在她退休前完成此举呢？这样不是会更得人心吗？校长说得好，这份聘书不仅仅是发给常萍个人的，而是发给那些像她一样热爱教学并受到师生高度认同的教师的。但愿此言不虚，校方能以此为契机，把这次“不平常”的举措变成“平常”的常态，真正将教学、教学效果视为评教授的第一要素，而不是仅仅来一次戏剧性的表演。果真如此，那是学生的大幸、教育的大幸！

对返聘，她依然淡定。她不接受采访，只想安安静静地把心放在自己认为“最舒服的地方”。

常萍，极平常又极不平常的常萍。真名士，才风流。

我妻子的三个女友

我妻子的这三位女友，结识于不同时期；她们在不同的年代里，先后移居国外。身居异国他乡，境遇不尽相同，但她们却不约而同地都心系祖国的穷乡僻壤，以各自的方式关注着穷孩子们上学读书的状况。唯其这个共同点，十分令我感动，促我把她们“捆绑”在一起，表达我们带有愧疚感的敬意……

一

“我崇拜你！”在广州喝早茶，我对着坐在对面的叶女士喊了一句，大家哈哈大笑，为我的夸张。

友人间如此用语，的确有点匪夷所思。其实，我说这话是真诚的，不过，我当场没做解释。

这位叶大姐和我是同乡，广东人。但她人高马大，大大咧咧，并不太像老广的风貌；唯其大嗓门，倒是十足的广味儿。据说，她刚入学北师大时，就以提着水桶、拖着广东木屐旁若无人呱嗒呱嗒地从房间向盥洗室的场景引人注目。我能想象，那是一种淳朴的乡姿。

毕业后，她被分配到湖南株洲郊区县的中学教书，在那里一扎就是二十多年。那里很穷，学校很破，但20世纪60年代的毕业生是不畏艰险、不讲价钱的。放到哪里，就要在哪里发光发热。孩子们吃不饱穿不暖交不起学费的贫穷，深深触动着她既坚强又柔弱的心灵。她和学生一道甘苦与共，尽自己微薄之力给孩子们点滴帮助，而孩子和他们的家长却往往加倍报答她，使她感动不已。有人特别推崇“师道尊严”中板着面孔的“严厉”，其实，真正优秀的中小学老师、孩子们真正喜欢的老师，都是像叶老师那样能和他们打成一片、亲密交融的长者，似父母，似兄长。她的尊严，来自对学生的真爱大爱。

艰苦的生存条件使学生流失严重，是让老师们最难过的事。大家都节衣缩食，你一块我五毛地替孩子们缴纳各种费用，但仅有四五十元工资的老师们杯水车薪的帮助总留下遗憾无数。与此同时，许多孩子强烈的求知欲，又一次次震撼着她的心灵，一次次提示她，“帮他们一把，就可能改变他们的命运”。例如，一天清晨，一个迟到的学生在教室门口喊了一声“报告”就晕倒在地了，原来他已经几天没有进食但还是走了七里山路坚持赶来上学。多年之后，远在天边（移居加拿大多伦多）的她，对一幕幕类似的场景，依然无法释怀。1998年回国探亲，在她最后工作的株洲县五中，又见到了一个父母都是病残还有个需要照看的小妹妹的特困生，他在学校只能靠碎辣椒拌饭度日，但是学习特别努力，成绩特别优异。面对这样一个孩子，一种必须"扶他一把"的念头油然而生，她当即拿出300元让他买菜票和学习资料，并答应给他解决高三的生活学习费用。

由此，她就下决心要有计划地资助贫困学生。尽管她当时没有工作，仅靠她丈夫的低工资维持家庭生活，但他们还是决定每年出资8000元，并保证在有生之年坚持下去，即使去乞讨也要兑现承诺。

她的举动，原本只是个人行为；可喜的是，在她的感召下，很快就滚起了雪球。先是她早年资助过的学生，学成工作后，听说叶老师办起了"育才助学金"，纷纷从上海、深圳等地积极响应。上海师大一位留校女教师，是她当年特别青睐的得意门生，不仅自己参与还动员朋友们一起参与，多年一直不停，这种精神的传承，使叶桂英十分欣慰。加拿大华侨、各界的老同学新朋友，在了解这项工作后，都纷纷伸出援助之手，加入这个行列。由于资金逐渐增多，资助的学生也越来越多，如果不查阅学校的资料，她现在已经说不清十几年来究竟资助了多少人了。

在社会风气败坏、社会信任度极低的当下，他们的资助工作能够吸引这么多人参与，是因为发起人与受助学校的领导对此都十分认真，他们商定了简单明了的选择标准：努力学习的贫困农家子弟。学校派专人负责，从个人申请、家庭调查到集体讨论审定，都做到公平公开。特别是一旦确定资助对象，他们便让资助者和受助者直接联系，让每一分钱都毫无差错地用在学生的身上；而学生的每一步成长，也都及时向资助者反馈。很多资助者和受助者还直接见面畅谈，建立了深厚的感情。这个资助群体，和叶桂英本人一样，都不属于富者，称不上慈善家。他们是在用自己的血汗钱，竭力为孩子们铺路。管理者明白，此间包涵的大爱，容不得疏忽，更容不得亵渎！

孩子们都很争气，近二十年来资助的学生都考上了大学，还有的考上了北京、上海的名牌大学。有的资助者对比学生的今昔状况，大发感慨：这样的资助太值了！学生们更是对此感激不尽，叶老师回国，走到哪里都有学生热情接待；他们也常常回母校聚首，鼓励在校的学生们奋发图强。

叶桂英说，她做成这件事，还因为她有一个好老公：齐老师只管挣钱，不管我怎么花；他挣得不多，但我为学生花的却不少。——哈哈，幕后还有一位男性英雄呢。

二

阮慧娟，一个雅俗共赏的名字。据说，她挺漂亮，打扮入时。可惜我没见过。她还会拉手风琴、跳芭蕾舞，显然气质不凡。

客居加拿大多年，回到北京与师大女附中的同学聚会，她要求这些年过六旬的小老太太们，以后聚会都得化妆，“不化妆别来见我！”她以为她是谁，颐指气使地下命令。大家只能报以善意的微笑。这位“假洋鬼子”真的那么不了解她的老同学？她们在国内摸爬滚打多年（其实她也同样经历过），有谁上班抹过脸涂过唇？你不问问她们谁有梳妆台，谁的抽屉里有胭脂唇膏眉笔，谁知道什么东西该往哪儿抹怎么抹……她们真要听话化了妆来见她，不把她吓死也得把她笑死。

这就是中西文化的差异。在西方国家里，妙龄女郎倒不一定涂脂抹粉，素面示人，她们相信自身的青春魅力。上了年纪的妇女，出门却多数是要“乔装打扮”的，为的是让自己显得年轻一点、美一点。这种自然美好的心态，难道有可厚非吗？但是，国人并不完全认同这种观点，老年妇女如果穿得艳丽一点，再在脸上抹上一点什么，多半就会被人在背后（不骂在当面，也算是我们的优秀传统）斥为“德行”“臭美”“老来俏”“老妖精”；如果放在那个特殊年代里，恐怕肯定还要受皮肉之苦。

她是西化了，要大家跟着“全盘西化”可不那么容易。她们之间没有发生正面冲突就不错了，这说明人们已学会包容。有很多老友聚会，意见不合，看法相左，以致横眉立目、剑拔弩张的故事常有耳闻，可能女士们没那么激进吧。

就是这么一位摩登女士，若干年前，“灵光闪现”，从加拿大温哥华登机、直飞北京、转机乌鲁木齐、再转喀什，然后是十几个小时的车马劳顿……从西方世界来，又在神州大地上风尘仆仆地一路向西，奔向那个她也说不清楚的目的地，只为了寻找一个三十多年前在北京地坛公园偶然见到的维吾尔族小男孩。这真是性情中人！浪漫情怀！仅凭当时留下的一张照片和小纸片上歪歪扭扭写下的地址，她就以六旬老妇的孱弱身躯只身贸然漂洋过海，横跨大陆，穿越荒漠，于她，这仿佛是一次“朝圣”之旅。

奇迹！奇迹是对执着者最美好的犒赏！她按图索骥来到边远的和田县拉伊喀乡巴格旗镇小学，高举着那张三十多年前的老照片走进校园；而此时站在校舍门口聊天的几个青年教师中的一位，迎面向她走来，“你是艾尔肯？”“对，我是艾尔肯！”二人紧紧拥抱！多么神奇的一刻，“北京的妈妈看我来了！”三十三年前的偶遇，三十三年后的重逢，穿越时空隧道，此时的艾尔肯已是年届四十的维吾尔族汉子了。

让她本人也万万没有想到的是，这次长途跋涉，这次重逢，竟为她晚年生活掀开了新的一页，充实而绚丽的一页。

下课铃响，艾尔肯的学生们陆续从教室里涌了出来，色彩斑斓的衣裙纱巾小帽把这群孩子装点得格外漂亮，阮慧娟高兴地拿起相机为他们一一拍照。此时，她发现有许多孩子竟然没穿鞋子或者只穿一只鞋子。西北的秋天已相当寒冷，光着脚丫站在泥地上的孩子们对此似乎习以为常，但这场景却深深刺痛了这位海外来客。直觉告诉我，这是个罗曼蒂克的人道主义者。这一天，正好是交学费的日子。校长告诉她，孩子们交上来的学费千奇百怪，有交五角的，有交八角的，有交一个鸡蛋的，有交两个核桃的……八元的学费，往往是由热心的老师们给补上。贫困，超乎她想象的贫困。她当即拿出三百元现金交给校长，让他替孩子们补上短缺的学费，也减轻老师们的负担。她允诺，以后每学期初她都会给贫困生寄来学费。由此，便开启了她一发不可收的晚年支教活动。为给学校建篮球架，她寄去五千元；为在寒冬来临时让孩子们能穿上暖和的新棉衣，她一千五、两千、一万……一次次追加汇款……

她慷慨解囊，无私奉献，几年里也说不清她究竟寄出了多少钱，孩子们快乐的笑脸就是对她最好的回报。但她也深知，个人的力量毕竟是有限的。她的高明之处在于懂得依靠“组织”，懂得充分开发“领导”的“潜能”。

当年遇到艾尔肯时，他是个四岁的小病号。喉头的一个瘤子使他无法说话，呼吸困难，在协和医院先后动了十几次手术才保住了性命。没想到，艾尔肯不仅成功地活了下来，而且由于学习成绩优秀而当上了小学的汉语老师。许多人并不了解他曾经的病情，他顽强地用沙哑的声音给孩子们上课，已经有十几年了。阮慧娟却深知，这份职业对艾尔肯是很危险的。嗓子一旦使用过度，后果不堪设想。她马上给和田县长打了报告，要求给艾尔肯调配合适的工作。县长十分重视，当即找来教育局局长商量，很快就落实了，把小伙子调到局里做文书工作。“北京妈妈”“加拿大妈妈”热心关怀呵护维吾尔族青年的佳话，被县电视局拍成电视短片，取名“连接太平洋两岸民族团结之桥”，在新疆、北京和加拿大都引起强烈反响。

和田县这个全国贫困县的贫困状况，给阮慧娟留下了无法磨灭的印象。回到加拿大后，远方可爱的孩子们的形象依然时刻萦绕在她的心头。她提笔给时任总理温家宝写了一封信，直寄“北京中南海温家宝总理收”。信中汇报了她在和田县的所见所闻，恳请总理关注解决贫困学生的上学问题。她没有收到回复。但是，当她在第二年开学时通过远洋电话询问县教育局书记，需要寄多少钱代孩子们补交学费（这是她当时的承诺）时，书记的回答使她惊喜万分、热泪盈眶：“太谢谢啦！不用了，中央全解决啦！”——新疆每年拿出一亿九千万元解决全区两百多万贫困中小学生的免费教育问题，学生们再也不用交学杂费和课本费了。显然，这是“中南海”发话了，阮慧娟的努力得到了回报，那是对她的拳拳之心最好的宽慰。

三

祖籍上海，客居巴黎，华人都按上海习惯亲切地称她为“孃孃”（意为姑姑、阿姨），我们也跟着称呼她为汪孃孃。辈分也合适，前两位是我妻子的前后同窗，她却是我们的长辈，早在20世纪40年代就来到巴黎、罗马等地学习声乐，并开始在几大名城举行个人演唱会；50年代，响应号召，到兰州投身大西北音乐教育。但是，人有旦夕祸福，一位卓有成就的歌唱家却因声带出问题而断送了她的艺术生命，重返巴黎求医也未能挽回她的厄运。

我妻子是20世纪90年代赴英合作课题、经巴黎时认识她的。那时漱芬孃孃已很有名气，是法国著名的华侨领袖之一。当朋友介绍她们相识时，我还曾担心她这样有身份的大人物，会不会搭理我妻子这个普通的教师。没想到，消息传来，她们竟“一见钟情”，相谈甚欢，很快便成了忘年交。

汪孃孃为人热情豪爽，快人快语，没有上海大家闺秀特有的矜持。正因此，她在法国侨胞中很有人缘，20世纪80年代中成立“法国上海联谊会”时就被推举为会长。1992年，她牵头建立了华侨教育基金会，并任第一任会长，由此开始了她漫长而执着的“支教”之路。

她不是那种只动嘴不动手的空头“领导”，“身先士卒”是她能把这项艰难的事业做得如此扎实、如此成功的关键。“基金会”成立伊始，她就个人出资，通过国内的“中国青少年基金会”（希望工程），向千名贫困学生进行了捐赠。1995年，她又以自己几乎全部积蓄，在四川省宜宾地区兴文县久庆镇建起了“法国华侨教育基金会第一小学”。这个校名有讲究。这是汪孃孃“独资”建立的学校，按常规应以她的名字命名，但她却把荣誉让给了“基金会”；“第一小学”，排上序号，就迫使自己必须继续努力前行，不能有一无二、虎头蛇尾。而且，打出基金会的旗号，对双方就都有了一定要把学校办好的无形的压力。学校解决了当地六百多名学生的上学困难，并且越办越好，成为地区的优秀学校之一。

既然成立了基金会，当然就不能是单打独斗。汪孃孃的头两把火，为的是抛砖引玉，要想真正为中国的教育做点贡献，她必须“发动群众”、广筹资金，争取海内外有识之士的热心支持。有了汪孃孃此前的带头行动，集资相当顺利。次年，集资建成的更大规模的“第二学校”，就在湖北省通城县九龙乡。该校为九年一贯制，能容纳 1300 名学生。此后，几乎年年都有新校成立，有的以捐资者命名，有的则以法侨基金会排序，不拘一格，但都是以汪孃孃为代表的基金会努力的结果。据统计，从 1995 到 2004 年的十年间，他们先后在四川、湖北、重庆、北京延庆等贫困地区建起了十三所学校，受到当地政府和群众的热烈欢迎。汪孃孃以无比的激情，吸引了许多捐资者投入这项功德无量的事业，更在许多贫瘠的山区点燃起了千百青少年的希望。

为了对得起捐资者的每一分钱，更为了切实保证受助学校的建筑质量和学生安全，汪孃孃虽远居法国，但她对每一所学校的建设都要事必躬亲，一丝不苟。她总是直接和贫困地区联系，从布局设点到学校规模，从房屋设计到经费预算，从工程进展到日后的教学质量……她都一一过问，不放过任何细节。多数学校的建设过程，她都曾亲自到场，或参加奠基，或视察工地，或为新校揭幕……她还和这些地区的侨办、教育局、学校、老师、学生长期保持书信来往，及时了解他们的意见和需求。

我妻子从法国回来时，汪孃孃交给她一项任务，他们想在北京郊区长城脚下建一所学校，让她帮助联系选址。她回国后就和延庆县教育局沟通，对方非常高兴，并建议选择井庄中学进行改造。这所学校年久失修，几排平房教室都已是

井庄中学

漏风漏雨的危房。我们到校考察拍照时，教师们说，他们每天上课都是提心吊胆的，总担心说不定哪天房子就会坍塌。妻子把我们了解到的情况向汪孃孃汇报后，她很快就回复同意，并直接和教育局取得了联系。双方配合默契，工作进展顺利，我们也就一直没再过问。后来，我们听说汪孃孃在审查校舍图纸时，发现没有厕所，她坚决要求改正。显然，我们的设计者们还有点“土”，他们舍不得把好不容易争得的教育经费花在建造“厕所”这种“污垢之地”上。但是，汪孃孃他们却坚持认为，一座教学楼没有厕所是不可思议的，现代化的校舍，必须为师生提供健康文明的工作学习环境。这个细节，说明他们对每一处项目都是多么认真细致。

2008 年 5 月 12 日的四川汶川大地震，震惊世界，也惊动了法国华侨教育基金会的朋友们，因为他们前此资助建设的学校大多在四川省。他们心急如焚，想方设法与各校取得联系，关心校舍的安危，更关心孩子们的生命安全。陆续反馈回来的信息使他们感到安慰：包括重灾区雅安的四所小学都安然无恙，师生均无伤亡，只有个别建筑出现少数裂缝。这是奇迹！它是基金会全体同仁认真负责工作的伟大成果，两年前（2006 年）仙逝的汪孃孃想必能含笑九泉吧！

人是会思想的芦苇[1]

诸位领导、与会嘉宾，大家上午好！

在此首先要感谢主办方首都师范大学文学院比较文学系，感谢他们的盛情邀请。今天来这里参会，其实是有很深的渊源的。不过，我个人认为，作为一名教师，到首师大，我原本就是应该来的。为什么这么说？在这里有必须作些声明。我也有必要在正式场合对首都师范大学文学院，它的前身是北京师范学院中文系表示我的感谢。大家可能不知道，我曾经在当时被叫作北京师范学院中文系的外国文学教研室里工作过相当长的一段时间。可能现在在座

① 本文是作者应首都师范大学文学院比较文学系特邀在2016年11月26日在北京金龙潭饭店召开的“后经典时代世界文学经典阐释与教学策略”学术研讨会开幕式上所作的致辞。文章是根据现场会议记录草稿整理而成的。

的很多老师都不知道这些历史了。我所熟悉的是你们文学院外国文学教研室里执教过的、几位讲授外国文学课程的老大姐，如曹淑芬、王珊、葛杏春、郭谦等。可能这些人，你们现在都没有见过她们（笑）。我是怎么来首都师范大学的呢？其实是被北京师院收容进来的。因为上世纪70年代初北京高校撤校合并，我先是接到命令，要从人民大学中文系转到江西干校。其实到达那里是参加劳动，各种体力活，均体验过一番，甚至垒过土坯房。后来林彪事件发生之后，突然接到命令，又撤回了北京。其实返京后是要等待重新发落。当时我们撤回北京的时候，人民大学已经被砸烂了。事实上它明确地被取消了。人民大学校内几幢教学楼里的教室均已被二炮部队单位占领了，所以突然间我们属于无家可归的人。就在这风雨飘摇的时候，北京师范学院收留了我们。也因为这样的因缘巧合，我来到了北京师范学院中文系外国文学教研室，正式回归到外国文学研究的队伍里了。在这里开始参与编写教材《外国文学简编》。从教书到编写教材，这些工作都是从北京师范学院中文系外国文学教研室开始的。所以我与首都师范大学还是结下了很深的关系。我对于这段工作经历，对于北京师范学院对我的厚爱，要表示诚挚的谢意。虽然过了很多年，我至今依然对北京师范学院那时收留了我，心存感激。

其次，今天能出席首都师范大学文学院比较文学系举办的这次学术会议，还有一个原因，就是这些年来对外国文学研究发展状况，对于世界文学现状也有些思考。我很惊叹世界文学变化之快。从这次会议的标题就可以看出，现在已到了后经典时代了。其实不管是经典时代也好，还是后经典时代，或者世界文学时代的到来，总之，世界文学发展与进步是巨大的，这其实也有益于社会进步，有益于个体的健康发展。

还有，我也想借这次参会之际，向各位同行和同仁们学习和分享他们的研究心得。所以我祝愿本次会议圆满成功。

此次被邀请作致辞，我也有很多感触。这种感触来自我刚才提及的个人那段人生经历，缘于个人命运竟然与顶层博弈发生了关联的思考。就我个人而言，我本人与顶层不可能有什么关系，我只是很普通的小人物，但是让我感到奇怪的是，我们这些小人物命运有时候是非常奇怪的。我们是根据林副统帅的一号命令从北京开往“五七干校”，那时候几乎是全体教师，除了老弱病死，老弱病残包括在内，几乎全体，都被调往江西干校，还在江西搞了一个备战备荒运动。当时根据林彪的一号命令，我们还要做好另外一个准备，就是准备打仗，搞战备疏散，并且上级说了，要根据这样的精神一直搞下去。可是等到我们下放不久，又接到通知，突然宣布人民大学撤销，不办了。所以我们这些人当时就已经做好了扎根江西一辈子的思想准备。我们已经没有再返回北京高校这种想法了。但是命运很奇怪，九一三事件发生了，“林副统帅”发生了坠机事故。而这个事件又把我们命运改变了。某某说你们可以回来了。就这样，我们分批地从江西干校陆陆续续回到了北京。但是回到了北京之后，暂时没有接到任何指示，我们安身立命的问题依然没有得到解决。我们在京再次等待重新“发落”。我后来接到了通知，去北京师院中文系。

现在回想起来，我都觉得很奇怪。怎么我们个人的命运居然跟顶层博弈联系在一起了。怎么林彪的一号命令把我们下放了，林彪坠机了，我们又回来了。事实上这个事情跟我们有什么关系呢？毫无关系。但是我们却成了这个事件里的一个棋子。我们这些小人物的命运似乎是被拨弄来，拨弄去的，是随着时代政治风云的变化而变化的。这样的结果，我是没有想到的，也想象不到的，更不敢这样设想的。所以由此我也想到现在，大家都非常熟悉的一个命题，就是17世纪法国思想家帕斯卡尔所提出的“人是会思想的芦苇”这个命题。这句话好像已经被收到了中学生的书本上了。

帕斯卡尔是17世纪法国著名的思想家和哲学家。我想他讲这番话时，或者说提出这个命题时，他可能强调的是思想对于人的重要性。在他看来，与其他相比，对于人来说，思想是无比强大的和伟大的。他的言下之意就是要强调能够思想就使人高于万物。这是他当时的想法。而我现在思考和反思他那番话时，我就感到挺奇怪的是帕斯卡尔那个时代是17世纪。在他那个时代，他本身应该是作为高康大、庞大固埃的后代，他应该是“宇宙的精华、万物的灵长”的同龄人。当时人们对人的看法还是将人摆在很高的位置上的。这是人气最旺的一个时代，就是那个“需要巨人，也出现了巨人”的时代。但是就是在这个巨人时代，思想家帕斯卡尔，他却把人比作一根芦苇。虽然人是有思想的芦苇，但是毕竟是芦苇，毕竟是一个非常脆弱的、非常渺小的芦苇。我为什么会联想到这个问题呢？我觉得，我们个人的命运，现在事实上也证明，这个帕斯卡尔几百年后的历史也证明，思想确实是越来越伟大，越来越漫天飞舞，让人应接不暇。可是个体的生命呢？我感觉是越来越渺小，越来越沉重，越来越卑微，这是一个反差，一个很大的反差。

当然，大家都清楚芦苇是非常脆弱的，随时被强风吹倒。为什么芦苇那么轻易地、随时被强风吹倒？那是因为它的茎秆立不住，缺乏抵御灾难、困难的能力，所以它才是脆弱的，缺乏足以支撑它个体存在的强大生命力。而人不应当做随便倒伏的芦苇吧。所以我在想，可不可以说，能否有一天，人不再是一个随风飘荡的芦苇，不再是一下子说倒伏就倒伏的一大片芦苇。能否有一天，社会现实能够提供这样一个社会基础或者条件，人们可以自豪地说，人能变成一棵会思想的大树？人是一棵会思考的大树，它可以自强不息地屹立于大地上。或者说，我们期望芦苇变成坚强的大树，有没有这样的可能性？用芦苇变成大树这个作比喻，其实我是借此思考人的尊严，尤其是当下知识分子作为人的尊严问题。人的存在，或者说个体的存在，他的命运是否可以不被偶然的、外在的，社会力量或者其他种种外在因素所支配或决定。人仅仅凭借其思想而变得强大，变得有尊严。我们现在都已经到了这么发达的现代社会发展阶段，如果我们仍然是一根脆弱的芦苇，随时被外界风吹草动随时倾伏，那么人的存在意义和价值，人活着可能就谈不上有什么尊严了。如果芦苇有一天果真变成了坚强的大树，如果真能这样，那将是值得自豪的最佳时候。

所以我想，世界文学现在变化得如此之快，但是它该阐释什么？是否就像你们这次会议标题（“后经典时代世界文学经典阐释及教学策略”学术研讨会），一口气都念不下来，需要喘三口气才把它念下来，它想阐释的东西是否有些吃力。所以该阐释什么，怎么阐释，如何找到阐释的最佳路径与方法？这是非常重要的，也是这次会议大家需要深入思考和探讨的问题。我刚才谈及的是不是也可以算后经典时代的一种歪批，不叫阐释，是一种歪批。总之我就是希望世界文学的发展能够真正有益于社会的进步，特别是有利于个体生命的成熟与成长。好，废话到此为止。

一切

一　切

“一天，又是这么一天过去了，昏昏沉沉地，跑完了一切的马路，看完了一切的嘴脸，听完了一切慈悲而令人感激的教训。”（丽尼：《鹰之歌·夜店》）

这里的“我”，是我又非我。我是一个他，是你我他。究竟是谁，我也说不清楚，好像也不必说得太清楚。

这里的“一切”，自然是我的一切，但又不仅仅是“我”的一切。这是我们的一切，是你我他们的一切，是看到听到想到感到悟到琢磨到的一切。断断续续，结结巴巴，云山雾罩，自说自话。

一切的一，一的一切；有关痛痒无关痛痒的一切。

寻常人家的：人生百事，人间百态，人情百味。

※

妈妈。多少次提笔，又多少次放下、始终难以成文的题目。

那天，我独自跪在妈妈的墓前，细雨霏霏，泪水汩汩。我不知该对她说什么，但又总想说点什么。我知道她什么也听不见，但又总希望她能听见点什么。

妈妈特别漂亮，凡是见过她的人、看过她照片的人都这么说。红颜薄命，这个成语用在她身上再合适不过了。她的美，曾吸引了著名的上海画报《良友》编辑们的目光，把她被照相馆陈列在橱窗里的一帧照片偷偷登在了杂志的封面上。发现此事后，还引发了一场维护肖像权的风波。那时，她还是个大学生。

妈妈特别善良，好像和谁都合得来。她从未大声呵斥过我们这些顽皮的孩子，对待亲戚朋友同事，更以一贯的温文尔雅著称。在机关里，她只是个职位低下的资料员，管理的图书资料也很有限，但是，我注意到，大楼里很多颇有地位的工程师们，空闲时都愿意到这间不大的资料室来和她聊天。我在一旁做功课，并没注意他们都谈了些什么，我只是觉得他们聊得很轻松、很开心，像是很知心的朋友。来人需要的中外文材料，她都能很快给找到。人们对她表示感谢时，她总以浅浅一笑作答。

我更想说的是，妈妈特别不幸。在历史转折的关头，妈妈的丈夫去了台湾，带着另外一个女人。妈妈独自担起了抚养我们兄弟姐妹的重任。我们成了既是单亲又是双亲的家庭：我们生活上是单亲，政治上却是无法“逃遁”的双亲。海峡彼岸的那一“亲”，无时无刻不在左右我们的生存，特别是可怜的妈妈从参加工作之日起，便沦为了黑类。她没有被正式打成什么派，这是她的幸运，但她却因为这层“关系”而始终在阴影下过日子。不论来了什么运动，她都理所当然地成为审查对象，一遍一遍地交代与那个早已没有关系的丈夫的关系，一遍一遍地被要求与那个“反动丈夫”划清原本就清清楚楚的界限，书面的，口头的，书面加口头的，口头加书面的。可能“革命群众”不是一拨人吧，要不，十几年、几十年，听来听去不烦人吗。可当事人却不能显露半点厌烦情绪，否则就要被“打态度”。好在妈妈生就一副好脾气，说话慢条斯理、细声细气，从未对我们发过火，更没见她跟人红过脸。一向胆小怕事、谨小慎微、逆来顺受的她，在“革命群众”面前，想必是不敢也不会“负隅顽抗”的；但是因为总也交代不出新材料，所以又总是在“负隅顽抗”——这只是我的猜想，妈妈从来不和我们说单位里的事，更不会讲她遇到的任何倒霉事；多大的困难，多大的屈辱，多大的痛苦，她总是自己一个人扛着，从不向孩子们诉说。

某年某月某日，我从学校回到工棚式的家，只见妈妈呆坐在床边，看着碎砖地上凌乱的纸片……对我的不期而至，她显得有点慌张。“你怎么今天回来啦？”一面说着一面脸色尴尬地往一只破旧藤箱里收拾东西，就像孩子不小心打碎了饭碗在小心翼翼地捡碎片。凭我的直觉，这又是一次“抄家”，但我们之间从来不用这个词，因为它太刺耳。妈妈好像自己做错了什么，总在避开我的目光。我也只得装作若无其事的样子，东一句西一句地说些不咸不淡的话。我不会安慰妈妈，她从不给我这样的机会。在我以为她应当很难受的时候，我看到的却总是淡淡的微笑和柔柔的目光。很久很久以后，当我独自思念她的时候，我常想，她那纤弱的身躯，包裹着的究竟是多么坚强的灵魂。

她喜欢读书，写一手工整而漂亮的字。我隐约记得她曾为我们抄写过普希金的诗，兄弟姐妹中年纪最小的我懵懵懂懂，还不知道那就是“世界之最”。后来我才悟出来，其实那正是我文学启蒙之始。她收藏的图书并不很多，只是“爱好者”的水平。她在窗下安详地读书的神态，却给儿时的我留下深深的印象。我没听她谈论过文学，但我相信她心中是充满诗的。在那暴风雨肆虐的日子里，她一趟趟把书搬到天井，坐在小板凳上，独自默默地把它们撕开投进面前的火盆，……这个情景，我是听来的，没有眼见，但我可以清晰地想见，她当时的表情一定是平静的，平静得超乎寻常。没有人逼她烧，她一厢情愿地烧。现在，我保存的只有劫后余生的《鲁迅全集》和《世界文库》两套珍品，她大概是实在下不了狠手了。

那时，她已经是风烛残年了。佝偻的身躯，不断咳嗽着，还要去参加街道的“学习会”。原因很简单，你有那边的黑关系、你要交代清楚……一辈子了，整整一辈子了，还要你讲清楚那个永远讲不清楚的“关系”，谁让你有这关系呢，谁让这边和那边隔着波涛汹涌的海峡呢。海水本是无情物，它咆哮着制造了多少个人和家庭的灾难。海水是咸的，泪水也是咸的。政治不相信眼泪。

岂止妈妈一个人要“讲清楚”，全家人都要“讲清楚”，“讲清楚”这个永远不可能“讲清楚”的问题。在“走上岗位”时讲，在“追求进步”时讲，在“政治运动”中当然更要讲，甚至“谈婚论嫁”时也要讲。我们家的媳妇女婿都可以算作“勇敢者”，不勇敢怎能闯入黑门槛呢。我妻子曾热切地要求入党，想不到竟会被告知，你本人够条件，但必须离婚，否则没有可能。也有深谙政治游戏规则的追求者，对她大献殷勤之余，阴阳怪气地告诉她，我的家庭背景复杂，跟着我这辈子肯定没好果子吃……无论来自组织的还是来自个人的"教诲"，都没能左右她对我这个"黑五类"的恋情，这是我的大幸。这辈子我欠她很多，包括欠她那张党票。只是当时她对我隐瞒了形形色色的压力，独自承受着人们异样的眼光。如果我事先了然这光怪陆离的种种，我肯定会早早主动提出分手，我可真不愿欠她这么一大笔政治债。

回来再说我那可怜的妈妈。别看她一直在忍受着屈辱和折磨，她却丝毫没有怨言，认为这没完没了的审查都是应当应分的，她心甘情愿地接受这经年累月的"革命洗礼"。我含泪读着她早年留下的日记残片，那是20世纪50年代初她"闭门思过"的日子，十一国庆日："孩子们正戴着红领巾，兴高采烈地走过天安门，接受毛主席的检阅。他们多幸福啊！我真想和他们一起走过天安门广场……"这是她发自肺腑的声音，她热爱新中国、热爱新社会，她的索求少之又少，一直拿着低工资，住着简陋狭小的房子，但是，人们从未给过她"走过天安门"的权利，大概是城楼上的人不喜欢看到她和与她相仿的"黑类"吧，也可能是要防范她们的不轨图谋。总之，十几年的时间里，她"单相思"地望着天安门城楼，城楼却始终对她沉默着。

好多年好多年以后，我们进入了新时期。海峡两岸开始交往。据说，为了统战，有对岸关系的人由“黑”变“红”了。有的人从来没听说过有“海外关系”，现在却纷纷大谈起某某亲戚在“那边”如何如何。历史真会开玩笑。不过，我还是我，不黑了也没红，我不想沾时政的光。时光是会倒流的啊。本本分分做人最踏实。

社会生活是变幻莫测的，斯丹达尔天才地将之隐喻为“红”与“黑”。红黑两极，仿佛尖锐对立，形同你死我活；但在特定情景下，它们又会相互交集、相互融通甚至对换位置。例如，在风暴席卷大地的日子里，红二代组成的联动曾是多么威风、多么不可一世的一支“红军”；但随着爹妈的纷纷倒台，他们很快就跃居“黑类”之首，不得不低下高傲的头颅；时来运转后，他们又红得发紫，成了社会中坚……此一时也彼一时，谁又能抗拒命运的摆弄呢。有说，顺昌逆亡；有说，识时务者为俊杰……意思都是劝诫大家顺应世道苟活，不要有非分之想。人生的大起大落或小起小落都能坦然面对者，才是真英雄。

※

过去，大学里习惯管老师叫先生，无论男女，都尊称先生。但也有人不以为然，认为先生的对应词是后生，二者的关系仿佛只是“先一后”出生的时间差，而体现不出“师”与“学”的传承关系。当然，这只是字面的解释，不足为训。现在，普遍的称呼是老师，少有人再称先生了。

“在校期间，我是学生的老师；毕业以后，学生都是我的老师。”我喜欢说这句话，有人以为有点矫情、故作谦虚。其实这是由衷之言。且不说那些“青出于蓝”之类的老话。如今的青年人，对现实生活的理解能力、适应能力，远远超出

和弟子们在一起

我的想象，也远远超出我的水平。我在中文系教书，看看校友录，毕业生的职业身份千差万别。学者、记者、作家、评论家、编辑、教师、秘书……这是该专业正宗的行当。很多人都勤勤恳恳地做出了自己的贡献。尽管不是个个都出类拔萃，但大多尽职尽责。很多人，成绩斐然，令我兴奋，也令我汗颜。

而“旁门左道”的呢，则五花八门，五行八作，令人目迷。且不说顶戴花翎为官者，那是少数。许多人为种种原因各奔前程，各尽其能，也都如鱼得水，干得有声有色。他们有开公司的，有开餐馆的，有进银行的，有搞税务的……真不知道他们的“技能”是什么时候从哪里学来的，反正不是跟我学的，我不会。那么，我视他们为老师，有何不妥呢？

当然，我之所以愿把他们视为老师，并不单纯是因为这类技术层面的原因。毕业若干年后，你再见到他们，你会觉得比在校时他们成熟了许多，懂得了很多在学校里学不到的东西。大学再沉沦，与社会的错综复杂相比总还有距离。他们一般只需面对老师和同学，而到了社会上，要面对的人际关系却要复杂许多，而且还往往夹杂着说不清道不明的政治因素。在他们离校时，我常默默地替他们担心，特别是对那些思想比较单纯的孩子们。不料，他们却大都能适者生存，日子过得还不错。社会大学的教育，远远超出了我们这些教师所能传授给他们的知识。他们在社会大学里学到的东西，是我这个教师该向他们学习的。

※

再驰骋想象力，二十年前我也不会想到我真的就学会了开车，真的就拿到了驾照，真的就开上了车，真的就把车开上了路。那年，我六十整，当时是学车的极限年。当初，那纯粹是闹着玩，以艺多不压身为由，鼓励自己多学一门手艺。我总觉得，像人生的许多事情一样，一旦失去了机会就可能永远无法复得。那时，我是有车坐的，随叫随到，很是方便。所以人们都以为我是瞎胡闹，学了也不会真开，肯定不敢上路。练车场上就数我年纪大，所以格外引人注意。“这么大把年纪了，还学什么车啊！”“林子大了，什么鸟没有啊。”“看人家，手脚还挺麻利，比咱都强。”“上路就知道了，找死呢！”“咳，你们不懂，自己开车多方便啊，想上哪儿就上哪儿，想找谁就找谁，神不知鬼不觉。”……有些话是别人转告的，有些是我自己听见的；有些是善意的，也有些是有弦外之音的。我和这些说者素昧平生，毫不相干，但你不能不让人说。我们就生活在这样的人群里，你必须听怪不怪，否则你就寸步难行，什么事也做不成。习惯于在七嘴八舌中前行，是一种必不可少的生存本领。

那时候，学车条件很差。我不懂车型，只知用的是一种破旧的吉普。四个学员一组，一人上车，其余三人坐在后面帆布篷的车斗里，寒冬腊月，裹着棉大衣还冻得直哆嗦。清晨练车，还得一边用暖壶打来的开水浇发动机，一边用摇杆不断地摇，才能把车发动起来。这些“准备活动”还真能“热身”，等折腾到车打着了，大家也都汗津津的浑身不得劲儿了；上车后冷风一吹，那滋味可着实不好受。

不好受也得受。不想当人上人，也得学会吃苦中苦。权当是磨炼意志吧。其实，我们这一代，从不缺少吃苦的磨炼。到农村去、到工厂去、到兵营去、到水库去、到干校去……除了书斋，处处都留下了老九的足迹。所以，这点苦对我们来说实在算不了什么。令人始料不及的是，还要忍受不断的呵斥和责骂，这是我完全没有思想准备的。不论年轻年长，不论是男是女，师傅就是师傅，徒弟就是徒弟，师傅训徒弟就跟训孙子一样，天经地义，这是传统，劈头盖脸，毫不留情，甚至有时还大爆粗口，让姑娘们不知所措。“走啊，换挡，加速，那人离得还远着呢，……”“他妈的，你踩什么刹车啊，……得得得，快，快刹车，×，你想让咱们俩都去坐牢啊，真他妈笨，还博士呢，趁早别学了，回家抱孩子吧……”“嘿，还哭鼻子了，怎么，说不得啊，我这儿可不是幼儿园，要哄你们啊，没门儿！你们考不及格，老子就没工资，知道吧，没工资，回家就得挨老婆骂，谁哄我啊。”有的小伙子愤而离去，表示再也不学车了，不为别的，就因为受不了这口气。“长这么大，谁这么骂过我？爹妈没骂过，老师没骂过，跑这儿来交那么些钱挨这糟老头子的训，凭什么呀！”人们常说，任劳不任怨，自然更不会任骂。娇生惯养、血气方刚的小青年，哪能吃这一套啊。宁可不学，钱白交，也不受这“胯下之辱”。可多数人还是忍下来了，当孙子就当孙子呗，不就这么几个月嘛，忍一忍就过去了。其实，这些老师傅人糙心不糙，话糙理不糙。骂你归骂你，该教你的还会耐心地教你。中国式的教书育人就是这个传统。

像我们这样有把年纪的文化人，不会计较这些。我们受过的也许不是这类“低层次”的责骂、训斥，一群被称作是知识分子的人，数十年来，接受的是“高层次”的精神折磨（姑且不论文武斗兼备的特殊年代，那时的打和骂是超乎“层次”的）。不断的检讨、反省、批人、批己，真心的、违心的、半真半假的、言不由衷的、言不及义的、刻骨铭心的、说完就忘的、永世难忘的……挨骂也是不带脏字的，文明地上纲上线，让你在灵魂里面革命，颅骨里面洗脑。会上捶胸顿足、痛哭流涕，会后还得奋笔疾书，写出等身的检讨以求过关。有时候又像是一场场精神游戏，折磨人的残酷游戏，认认真真的游戏，人人神情严肃，个个态度诚恳。当我们说“永不翻案”的时候，其实压根儿就没认为自己该立案。但当有人告诉你，“现在给你落实政策时”，你还得诚惶诚恐地感激涕零，千感谢万感谢终于能从敌人阵营回到了人民内部，声嘶力竭地山呼万岁，一把鼻涕一把眼泪地发誓要重新做人……这种场景，有的是刻骨铭心的，有的是逢场作戏的，有的是假戏真做的，有的是真戏假做的。最可怕的是，戏演多了，个人对自己到底是人是鬼都弄不明白了。从家人、亲人、友人的目光中，也无法认清自己的本来面目。经过这些历练的人们，真的都变得很乖很乖了。你说一，我说一；你说二，我说二……但是，有时候，我就搞不清楚，你说的一是不是就真的是一，你说的二是不是真的就是二，一犯迷糊，又会酿成大错。紧跟，如果没有一定的智慧，也同样会站错队、走错路、摔跟头，这里面的学问大着呢。

有环保主义者，坚决不买车、不开车，甚至在时间或距离允许的情况下不坐小车。我很敬佩这样的同志。我可不行。我喜欢坐车，贪图舒适快捷。有小车不坐大车，有大车不骑自行车，有自行车不走路。说得冠冕堂皇一点儿，是愿意尽量享受现代文明给人类带来的优秀成果。

不过，对车我从不挑剔。在我眼里，汽车就是代步工具，再无其他意义。但是，在我开上车以后，却发现并不是那么回事。你不觉得是事儿的事儿，竟就是事儿。

比如，我就从来没想过，开什么车与身份有关系。最早，我开的是一辆俗称为“212”的北京吉普，轰隆轰隆的觉得蛮威风。由于是刚拿到本儿，开得有滋有味的，谁都敢拉，哪儿都敢去。可是，渐渐地，不对了，有人开始说话了，而且越来越多。熟悉的人半开玩笑半认真地问你：“你开这车不觉得掉价吗？”半熟不熟的人直截了当，“要开车开辆像样点的车好不好？”背后还传来更带劲儿的狠话，“这车白送我都不要！”——真奇怪了，我开我的车，招谁惹谁啦？要是有面子问题，也是我的面子，与他人何干？由此，我才逐渐注意到，原来坐什么车、开什么车都是有讲究的。车，不再是工具，或者说，不再仅仅是工具，更多的意义是招牌，是身份的价目表。在普通人心目中尚且如此，在那些大人物心中更可想而知。我们常听到一种说法，叫作透过现象看本质；我实在搞不懂的是，对于一辆汽车来说，究竟什么是现象，什么是本质？对于坐车人或开车人来说，又什么是现象，什么是本质呢？！

※

“拜拜！”“拜！”比洋人还洋，应答顺畅，字正腔圆。

我始终不明白，为什么“拜拜”在中国大地就能这么流行（与之同样流行的还有OK，Yes之类），比起汉语的“再见”，都是两个音符，并不省时省力。地铁里打手机的时髦女郎自不待言，“拜拜”之声是绝对不可或缺的。奇怪的是，菜市场上，主妇与摊主之间；幼儿园门前，七老八十的没牙奶奶和同样没牙的黄口小儿之间，也“拜拜”长“拜拜”短地叫个不停。这些多半连26个字母都认不全的“广大群众”，却好像个个都是与生俱来的英语通。“崇洋媚外”，这个帽子太大了，扣着不合适，但听着这不绝于耳的“拜拜”声就是不舒服。可管你舒服不舒服，说的人却越来越多，青春化、社交化、闺蜜化、低龄化、老年化，无孔不入地说着，肆无忌惮地说着，得意扬扬，神气活现，唯恐不说会引来歧视。

专家称，语言的影响力往往与社会、经济等的实力相关。如20世纪80年代，广东领改革开放风气之先，先富了起来。于是，便有了谁都听不懂的粤语歌曲风靡神州的神话，被戏称为“鸟语”的粤语也趁机大举北上，竟然也能挑战严正端庄的北京官话。“出租车”，是改革开放以来才日渐进入民众生活的新事物，随之而成为口语中频繁出现的常用词。花钱租坐的车，词义简单明了，老少皆宜；台湾称“计程车”，强调按距离付款，也很明白易懂，似乎没有再造什么新词的必要。可“的士”，这个从香港英语转化来的对内地人颇为费解的洋泾浜，却很快就融入了粤语，成了家喻户晓的广东话；更离谱的是，“打的”这个不伦不类的词组，不仅堂而皇之而且无可替代地成了北京人的固定用语。现在，还有人不说“打的”“打车”的吗？然而，这是经得起推敲的规范汉语吗？这个“打”字究竟是什么意思呢？“的”字完全是广东英语，放在北京话里，要多别扭有多别扭。可它就偏偏畅通无阻。语言的入侵，常常就这么蛮不讲理。明明是败坏老祖宗规矩的“垃圾语言”，因为时尚，它就能大行其道。你说怪也不怪！

“埋单”与“买单”，又是一例。在普通话里，吃完饭“结账”，是再平常不过的用语。可不知从什么时候起，北京人却弃之不用了，非要学粤语说“买单”。何为“买单”？许多在餐馆里大呼小叫“买单”的人（包括用餐者和服务员），大多不解其本意，但却都愿意鹦鹉学舌。据说，此语原为“埋单”，请服务员拿来账单时要将账单“埋”在桌下递给付款者，不必让其他客人知道花费了多少，是一种谦恭的表示。但到了京城，人们理解的却是“买单”，是花钱“买”下这一“单”。既然是花钱请客，何不让大家知晓我花了多大血本。主人根本不想谦虚谨慎地“埋单”，而是唯恐他人不知地高声呼叫“买单”；越是几千元、几万元的大单，越愿意服务员高声报出价码，以给客人留下深刻印象。埋单也好，买单也好，在我听来都不如“结账”那么顺耳、那么明白。可流行的就是广式京腔。

同理，英语的“入侵”，被认为是英美强势的结果。美国，在中国人这里永远是个说不清道不明的怪物。时而是十恶不赦的“美帝国主义”，时而是平等自由的民主国家；时而是我们的头号敌人，时而是国家最重要的盟友；时而是国际宪兵，时而是反恐斗士；时而是水深火热的人间地狱，时而是处处黄金的地上天堂；时而人人悻悻然离它而去，时而人人欣欣然奔它而来……无论怎样界说，它总是个庞然大物、是个总在给上上下下的中国人出难题的家伙。因而，坊间就有了把“学好数理化，走遍天下都不怕”改成“说好美国话，走遍天下都不怕”的顺口溜。可能是有鉴于此，洋泾浜英语才得以恣肆泛滥吧。

英语缩语的大量应用，更是让人一头雾水。

现在，又有了网络语言的“入侵”，“小鲜肉”之类的词汇，真叫人恶心。

保卫纯正的汉语，保卫汉语的纯正，该提上日程了吧。

※

我恋爱了。一下子就爱上了，有点早，但管不住。我们是高中生，属不该谈恋爱的时段。但是，她来了，不管三七二十一地走进了你的心里，怎么办？没办法，只能小心翼翼地接纳、珍藏。

初恋的感觉真好。多少年后、数十年后，回忆起来总还是美滋滋的。她七十大寿那年，我把初识她时的老照片偷偷拿出去放大，挂到墙上，给她也给我自己一份惊喜！那是长期保留在我心目中的她，永不褪色的青春美。

如今，我们都老了，但还总保存着那份甜蜜的记忆。很多很多年以后，遇到很多很多年不见的老友，当他得知我们恩爱如初时，十分感慨：能与初恋情人白头到老，真好！此前，我们好像并没意识到，总觉得我们就是这样一日一日、一年一年地走过来了，没什么离奇之处。经这么一点拨，我还真觉得，是挺不容易的。三十年、四十年、五十年……风风雨雨，沟沟坎坎，年轻时离多聚少，到农村去参加“四清运动”，下放插队锻炼，去外地“五七干校”，“文化大革命”后出国进修……好容易能坐下来看书，走进各自的讲堂，又忙于自己的工作，照顾家里的老人、孩子。可不管遇到多么难的事情，我们从没红过脸，吵过架，在所有的大事小情的问题上，我们的看法总是那么的一致，心灵永远是相通的。

但在生活上，她是急脾气，我是慢性子；她好动，我好静；她早起，我晚睡；她喜欢摆弄花花草草，我爱夜半观赏球赛……看上去格格不入的那些好像并没有影响我们平心静气地过日子。如果说有点心得的话，可能是我们都没有试图把对方变成和自己一样的人。不尝试改变，并不是为了维持一份表面上的和谐而忍耐，是学会接受乃至欣赏，是从心底里淌出的尊重。说得真好，我相信这是爱的真谛。

※

寒心。人对什么情况会感到特别寒心？背叛？不，不，那是大概念，对信仰、对政治的背叛，它适用于党派、团体、宗教……与我们常人无关。变脸？对了，这有点靠谱。是指人与人之间的关系、指对人之常情的背离。这种变，往往具有功利色彩。

“一阔脸就变”是一种。“阔”有两种，一是升官，一是发财；当然，二者又常常是合二为一的，“升官发财”在中国人的祝辞里从来都是相提并论的。坊间还有过如此不堪的传言：某司长到外地调研，老同学热烈向他道喜，他莫名其妙，何喜之有？答曰：装什么傻啊，随之贴耳相告，“升官发财死老婆，此乃人生三喜，你全占了。”原来，司长最近丧偶竟也成了人们心中与“升官发财”等量齐观的“喜事”，足见人心之阴暗。

其实，“阔”是好事，升官发财不应沦为贬义词。它们之所以常为世人不屑，是因为在人们心里，“官”，都不是什么好东西。阔了以后，能否保持常态，却是对人品的考验。

更让人寒心的是反目为仇。原本亲亲密密的友人亲人情人爱人师生同事同学兄弟姐妹父母子女……突然，因为“运动来了”，或是不知什么原因某人挨批了，于是，便不约而同地“众叛亲离”了。“划清界限”，这是常用语。有的人是被“勒令”划清界限，更多人是唯恐避之不及地自动划清界限。不仅与当事的倒霉蛋划清界限，还要与倒霉蛋的家属也划清界限。当我在江西干校被“办学习班”时，妻子在千里之外的北京校园里就立马感到了人人侧目的压力，她一个人带着孩子从郊区农村回到学校宿舍休假，见到的左邻右舍，仿佛一下子都成了“熟悉的陌生人”。有困难想找人帮忙，连自己都不愿意开口，那是在为难人家啊。你可以感慨人情冷暖世态炎凉，但那是人人自危人人自保的年代，当人们自身难保的时候，又怎能对这些事不关己的“他们”有什么要求呢。不落井下石，不墙倒众人推，就算是很够意思了。不过，话说回来，此时如果有人不惧高压，默默地走近你，或只是远远地投来一瞥善意的目光、送来一抹淡淡的微笑，你都会感到格外的温暖，甚至铭记一辈子。

我在干校改造，妻子在京郊改造。按当时的政策，两个改造是可以合二为一的。干校里有不少家属随行，他们也多来自不同的单位。妻子带着周岁的儿子在农村，既要下地干活，又要照顾孩子，想申请带孩子去干校改造，却遭到留守处人员的讽刺拒绝。无非是因为我是被批斗的对象，连瘦弱的妻子和幼小的孩子都不放过。同是一个单位的人员连这点同情心都没有，在那个年代不足为奇。不同情也就罢了，昔日朝夕相处的同事一旦手里有了一点点权力，便拿来对妇孺百般刁难乃至骚扰，又把令人寒心提升了一个等级。

不过在那个“史无前例”的年代里，我遇到的寒心事已经算是小巫见大巫了。

※

“废话！”这是在骂人。但静下心来想想，挨这样的骂无需过于生气。废话，即无用的话，无内容的话，无意义的话，说不说都一样的话……在我们一生所说的话中，究竟能占多大比例？“非废话”又能有几句？“一句顶一万句”的话，更是闻所未闻，只能理论上出于圣人之口，与凡夫俗子无涉。

可是我们还在说，没完没了地说，自以为是地说，自说自话地说，指手画脚地说，唾沫四溅地说，柔情似水地说，慷慨激昂地说，满腹牢骚地说，装腔作势地说，心直口快地说，口是心非地说。有人说就得有人听。我们还得听，没完没了地听，不厌其烦地听，耐着性子地听，充耳不闻地听，似懂非懂地听，似信非信地听，严肃认真地听，真心实意地听，忍辱负重地听，装模作样地听。

不知哪位高人说的，沉默是金。可人就是沉默不下来，宁可不要金，也不愿意沉默。常会听到大人训斥孩子：“大人说话，小孩别插嘴。”“闭嘴，不会把你当哑巴卖了！”即便如此，孩子还是不管不顾地要把话说完。小孩不懂什么话语权，他们不想沉默，只是觉得不把自己的话说完憋得慌。

童言无忌，其实这也是有条件的，关键看大人是否宽容。在我们的传统里，家长通常都是禁止孩子胡言乱语的。可成年人就不同了。说与不说，说什么不说什么，什么时候说什么时候不说，都是门学问。又不知是哪朝哪代留下的箴言：病从口入，祸从口出。特别是经历了种种颠簸之后，过来人都知道，话是不能随便说的，但还是忍耐不住。因而因言获罪、因言挨批的事就司空见惯了，但又有什么办法呢？老天爷给人安了张嘴，可不光是用来吃饭的。

当教师的，自然是不能不说的。每堂课要足足说满四十五分钟，只能多不能少。刚上讲台时，备课的重要一环是把讲稿的字数算了又算，总怕讲不到下课铃响。当年，青年教师出这种洋相的并不稀奇。一个教师上一次课，就要讲一个半小时，一周按低限两次课算，一年按四十周计，一年下来，一个教师在一个课堂上，就须喋喋不休地讲上一百二十小时。不算不知道，一算吓一跳，几十年如一日地讲，一辈子究竟对学生讲了多少话呢？这些话都是有用的吗？这些话都是正确的吗？我敢肯定，（就我而论）废话比例不会低于90%。正因为我有此自知之明，所以我上课从不点名，既然学生认为你的课不好听、不值得听，又何必强求呢？如果他能在宿舍或图书馆里阅读自己喜欢的书籍，不是比心不在焉勉为其难地坐在课堂上，有意义得多吗？用废话来折磨人，不是很不人道的吗？

从另一个角度说，教师一辈子要说那么多话，岂有不说错话之理。要求学生监督老师、揭发老师、批判老师，日复一日，年复一年，几十双眼睛盯着看，几十对耳朵竖着听，不也很不人道吗？说话，就有对有错；而对错之分，又不是能“一言以蔽之”的。涉及学术，就更复杂了。

现如今有很多“名嘴”，我不知道这是尊称还是贬义。

※

我是球迷，但很久以前我就不看中国足球了，不知这是不是不爱国的表现。我看意甲，看英超，看西甲，特别爱看欧冠、欧锦，以为它比世俱杯、世界杯好看，只因欧洲足球实在太强势，不知这是不是算欧洲中心主义、西方价值观。看球也要看出个主义、价值来，怪怪的。别看中国足球踢得臭，但每次俱乐部比赛还都煞有介事地奏国歌，大概是在激励队员们时刻不忘为国争光吧。可职业联赛，队员是要为俱乐部争分，与国无关。难怪此时此刻，总令洋外援不知所措，难道他到你这里来踢球，还非爱你的国不可吗？他爱的是球，只是球（如果还有别的，那可能就是钱）。

足球文化发展至今，球迷对球队的“愚忠”是重要组成部分，所谓“胜也爱败也爱”。他们，被称为球队的第十二名队员。的确，主客场的优劣，已成为比赛者不得不考虑并要善于利用的因素。但是，这种“从一而终”的“情操”，弊端也是十分明显的。它必然使人目光短浅，心胸褊狭，盲目地为自己的队伍叫好、打气，给对方起哄，直至粗暴地制造“事件”，破坏比赛的正常进行，等等等等。站在这样的“立场”上观战，激情四射，发泄酣畅，甚至暴力相向、凶器助攻……这还是可以冷静欣赏的体育比赛吗？你还能真正看出双方的竞技水平吗？运动员力与美的结合还能得到充分的展现吗？

还有一种更加不堪的力量，在不断腐蚀、扭曲和摧毁着体育精神：金钱。

2014 年，世界杯（将）在足球王国巴西举行。人们原本以为，这个以足球和狂欢节闻名世界的国度，肯定会出现一次令人疯狂的足球狂欢。但谁也没料到，在这里竟然掀起了一波又一波的“反世界杯”浪潮，连里瓦尔多这样的足球巨星都加入了这个行列，把巴西的举办斥之为“耻辱”。人们认为，应当把钱投向医疗和教育，改善医院和学校的条件，而不是挥霍在世界杯上。

毫无疑问，世界杯会如期举行；毫无疑问，我和所有的球迷一样，会夜以继日地为各国运动员们的精彩表演而陶醉。但是，热爱足球的巴西人的理性诉求，难道不应当让疯狂的体育世界变得清醒一点吗？

体育变味了，变得铜臭了。比赛越来越激烈，但却并非越来越可爱。人们难以想象，一届世界杯或一届奥运会，从申办到结束，方方面面究竟要花费多少银子。有的政府从来不公布预决算，好像为办这种影响巨大的国际赛事，纳税人的钱怎么花都是有理的——为了国家的荣誉嘛。运动会真的就那么神圣吗？许多国家不遗余力地争办世界杯、奥运会，真的目的就那么“纯粹”吗？本来，体育是件很简单的事情，不就是锻炼身体健全体魄嘛。可现在的竞技体育，负载的东西实在太多太多。

※

“不能让孩子输在起跑线上。”多么诗意的表达！

于是，孩子们便开始学习“抢跑”——你用英语抢跑，他用绘画抢跑；你背唐诗三百首，他背宋词五百句；你学芭蕾，她练国标；你学钢琴，她弹古筝；你上补习班，他进强化班……与通行的竞赛规则不同：抢跑不罚分。如果是在正规的赛场上，这些抢跑者早就被淘汰下场了。

起跑线在哪里？小学？学前班？幼儿园？托儿所？产房？腹中？……起跑线不断前移。令人担心的是，在人生的跑道上，他们起跑尽管神速，但都能跑到终点吗？要知道，人生不是百米赛，而更近乎马拉松、障碍赛、五项铁人赛，绝对重要的是耐力、是意志品质、是不折不挠的韧、是对终点的执着。相比后者，起跑线上的胜败，可说微不足道。而在起跑线上反复折腾的人，要么自以为已成天才，忘了龟兔赛跑的简单道理，沾沾自喜地肯定自己会成为最终的“必胜客”；要么在不断的抢跑中疲于奔命，早早就厌倦了赛跑本身，跌跌撞撞、磕磕绊绊地不知摔倒在哪段路上，或者干脆找个草垛呼呼大睡，放弃了漫长的竞争。

以后，便是幼升小、小升初、初升高、高升大等的系列“火拼”。正常，奋斗人生嘛，步步惊心，无可争议；反常，快乐人生，无影无踪，只剩下一大堆枯燥乏味的成绩单、分数线、排座次。孰对孰错，见仁见智。

其实，在起跑线上辛苦拼搏的首先是爹妈，或者说是以爹妈为代表的庞大团体。他们要动员起一切可以动员的力量，直系旁系亲属自不必说，亲戚的亲戚、朋友的朋友、同学的同学、同事的同事、街坊的街坊、上级的上级、下级的下级，八竿子打得着打不着的，统统都是“利用”对象。为达目的，不择手段。该送礼的送礼，该请客的请客，该递条的递条，该行贿的行贿，明码标价者有之，暗箱操作者更甚。总之，拼爹拼妈拼关系拼财富，到此时人们才明白，教育还真是个产业，是个红利相当丰厚的产业。

于是，便有了复古的私塾，教师爷带着孩子们摇头晃脑地诵读“之乎者也”；有了爹妈带着孩子隐居深山老林，亲自进行言传身教；更多的人，则是把越来越小的孩子送出国，把他们的命运毫无保留地交给洋人去打理。种种怪象，都是抗争，也都是嘲讽。我们的教育究竟怎么啦？那么多领导人都有高超的“教育思想”，那么多教育代表团在全世界飞来飞去，那么多官员、校长们在侃侃而谈教育改革，那么多专家学者在著书立说，为教育开了那么多次大大小小的会，那么多大大小小的官员慷慨陈词作了那么多次号称重要、十分重要、具有历史意义的报告。事实却是如此无情。

最受罪的当然还是孩子。大人在争“自由”“人权”，可你们想到过谁来保障孩子的“自由”“人权”吗？“让我再玩一会儿嘛！”时常可以听到这类哀求的声音。“玩”，成了奢侈品，最不值钱的东西变成了无价之宝。一个没有玩耍的童年，还是童年吗？孩子还小，跟他们讲什么人权？错，大错特错！“天赋人权”，人权是与生俱来的。孩子的生存权、生活权、成长权、学习权、健康权、快乐权……都应得到有效的保障。正因为他们过于脆弱，因而更需要外力的呵护。维护孩子的权利，政府有政府的责任，家长有家长的责任，学校有学校的责任，社会有社会的责任。小眼镜，小胖墩，小懒虫（不爱运动），充斥校园；未老先衰，医院常客，随处可见……他们真能成为人生的赢家吗？

孩子不能输在起跑线上，

老人不愿赢在终点线上。

※

癌来了。没敲门。不知是真是假的就往里闯。

不管怎么着，我也得对付一下啊。就算你不想理它，还有你的亲人呢。在这谈癌色变的时代里，只要和它沾上点边儿，你就甭想再安宁。

一通检查又一通检查，是必不可少的。一家医院又一家医院，一层楼又一层楼，一个科又一个科，一间屋又一间屋，一个大夫又一个大夫，一件仪器又一件仪器，一个器官又一个器官；挂号，电话预约的，网上预约的，大厅排队的……在医院门口，经常会有人悄悄走近你，南腔北调地问道："专家号要吗？"为了一个号，通过关系、关系的关系、关系关系的关系，找到主任医、副主任医、名医、专家、权威……这个人确诊，那个人推翻；那个人推翻，这个人又确诊。信谁不信谁？都难。

按理，医院应是静悄悄的。这不，到处都可见警示牌，"请勿大声说话""禁止喧哗""保持安静"等等。为了消磨过长的等候时间，我常常会带上一本书或一本杂志。但是，每次都看不了两页就不得不扔回书包里。我们的医院像市场，熙熙攘攘，人声鼎沸：候诊的患者，高谈阔论，声音之洪亮使人难以判断他们究竟是否真的有病；大喇叭呼唤着患者的姓名，让你到某某诊室候诊；有的大夫居然能边接听手机边开药方，真正做到工作聊天两不误；无论在门诊还是在病房，无论在白天还是在深夜，你都可以听到护士小姐们的朗朗笑声，旁若无人的笑声。在繁重碎屑的工作中，能开怀一笑，你怎么好意思打断她们的兴致呢，可这又毕竟是需要极度安静的医院啊……

进入医院，我常常感到十分矛盾。我到这里来是治病的，夸张一点说是来找人救命的。但人头涌涌的医院里那混浊的空气、高分贝噪声，又每每让我觉得要命。这似乎怪不得谁：难道只许你生病，不准别人有疾？人口密度高了，就医环境自然好不了。医生护士每天要应付这么多病人，还得提心吊胆地生怕有点闪失成为“医闹”的牺牲品，哪里顾得上那么多小节。又好像谁都有责任：医护人员以治病救人为天职，带头营造良好的医疗环境应该算是职责所在吧？病人个个需要安静，就不能以己度人，约束一下自己和家人的嗓门？人家都为能在大医院看得起病、挂得上号庆幸，为什么我就那么多牢骚？

不管怎么说，医院如此拥挤嘈杂总不是件好事。医疗资源过度集中在大城市的大医院，让求医心切的病人蜂拥而至，应该是造成这种现象的直接原因。我不是给医院看病的大夫，开不出药方来；但总该有人来治上一治。

※

人长寿了，痴呆患者多了，这好理解。

社会和谐了，不“斗争”了，吃得饱喝得足了，怎么抑郁症却多起来了呢？怎么坠楼者一个接一个，诗人、作家、演员、官员、教师、大学生，甚至中学生……而且多是些有头有脸的人物，都是些有知有识的人物，都是些应当生活无忧的人物。

无忧，如果说的是物质生活，那么，显然，物质的无忧不等于精神的无虑。其实，有忧有虑，并不是坏事。古训云，人无远虑，必有近忧。远虑近忧也好，近虑远忧也好，对一个成年人来说，都是人生的要义。纯而又纯的乐天派，貌似豁达明朗，实则暗藏隐患，经不起任何风吹雨打。

有支球队的口号是“永远争第一”。有的家长也习惯于让孩子“永远争第一”。作为球队，不论它有没有争到过第一，只要不怕人笑话，调子唱多高都无所谓，反正不上税嘛。对一个孩子而言，这“争第一”的口号可不能随便提。孩子对父母的要求可是认真的，你让他争第一，他就不敢拿第二，拿了第二他就不敢回家、不敢见人、不敢告诉爸妈，甚至做出更极端的事情来。给孩子订一个高目标，似乎是为督促孩子上进的良方。但，这必须是实事求是的目标，是经过努力能够达到的目标；否则让孩子从小在无穷无尽的挫折感中长大，恶果大概和拔苗助长差不多。

大人也好不到哪里去。记得曾读过的科普文章说，抑郁症与自我认知偏差有密切关系；说白了大概就是对自己评价过高，遇到挫折更容易抑郁。不过话说回来，认识自己这件事即便不是人生中最难做到的，至少也是之一。所以无论大人也好，孩子也罢，像王健林说的那样："先给自己订一个小目标"，一步一个脚印地往前走也许更有利于身心健康。

※

聚会。同学聚会，小学的、中学的、大学的、研究生的；还有各种与老关系有关的聚会，老同事的、知青的、干校的……旧友重逢，有兴高采烈的，有老泪纵横的，有不冷不热的；当然，偶尔也会有怒目而视、恶言相向的……

有一次，我们三对老夫妻从餐馆出来。互相握别后，我们坐上了一辆出租车。刚一落座，司机就发话了："同学聚会？"我说："您怎么那么聪明啊？""嗨，一看就知道。AA制？"他越说越来劲，好像把我们这些老家伙的那点儿事看得透透的。是啊，聚会成了一种时尚。老百姓的聚会，与那些以交易为目的的聚会不同，聚会本身就是目的，乐乐呵呵，吃吃喝喝，酒逢知己千杯少，话不投机半句多，也可能歌功颂德一番，也可能愤世嫉俗一通，说完就完，回家该干吗干吗。不过，多数情况下，大家都很默契，莫谈国事，谁都明白，谈国事伤神。一言不慎，挑起争端，伤了和气，得不偿失。搞不好，引起不必要的麻烦，不经意间伤害到谁，岂不更失去了聚会的本意？

※

三家村（邓拓、吴晗、廖沫沙），彭（真）罗（瑞卿）陆（定一）杨（尚昆），刘（少奇）邓（小平）陶（铸），王（力）关（锋）戚（本禹），杨余傅，林——黄吴李邱……三人组，四人组，五人组，人们已经难以数清，在这十余年里，究竟批倒批臭了多少个团伙，揪出打倒过多少个黑帮。我们“革命群众”也跟着忙得不亦乐乎，搜集各种小报，探听各种小道消息，一有风吹草动，就赶紧刷大标语表态，唯恐落在“对立面”的后面，落下“保守派”的骂名。

一辆破旧的平板三轮，一桶本派食堂师傅打的热乎乎的浆糊，几大卷五颜六色的大字报纸，一把刷浆糊用的破扫帚，几把刷油漆的刷子，找一个不会骑自行车却会蹬三轮的车夫、一两个会熟练运用刷子写大字的写手……这样，一支兴致勃勃的“表态队”便向大街小巷出发了。选择一块足够宽阔的墙面，先抡起扫帚刷浆糊，再把红黄绿白各色纸张贴上去，然后书法家们就可以大显神通了：砸烂……“唉，砸烂谁的狗头啊？快念！”“杨余傅。”“杨余傅，杨余傅是谁啊？”“管他是谁呢，叫你写你就写！叫你砸你就砸！”“你可别念错喽！砸错了，可算你的。”“看把你吓的，……”不一会儿，红红绿绿的大字标语便粘满了半壁江山。围观者或交头接耳嘀嘀咕咕，或大喊口号跟着起哄架秧子——群众把运动闹成了热热闹闹的“嘉年华”（半个世纪后的时髦词儿），运动把群众耍成了认认真真的小丑。我们就是这样的小丑，但还总以为是紧跟伟大领袖革命的斗士。

小丑的标志性行为，是我、我们，已然过了懵懂年纪的中青年教师，还和红卫兵大学生一样，戴上柳条帽，手握磨得十分锋利的钢钎站岗放哨。你相信吗，你能想象吗，我们头戴柳条帽、手执锋利的钢钎的“英雄形象”？多么可怕，多么恐怖，多么可笑，多么丑陋……那可是在认认真真地捍卫无产阶级革命路线！

我会杀人吗？我会杀自己的同事、自己的学生吗？一个多么可笑又多么愚蠢的问题，一个事后、多年后、多多年后想起来总让我不寒而栗毛骨悚然的问题。如果，如果某一刻真有“对立面”的“敌人”（教师或学生）冲过来，我不知道，我真的不知道我们当时究竟会疯狂到什么程度。幸亏在我们面前什么也没有发生；然而，莫名的疯狂、可怜的愚昧难道就“也没有发生”了吗，心灵深处留下了难以平抚的划痕。我没有杀人，不等于我肯定不会杀人，不等于我心灵深处没有一个黑暗的王国。魔鬼附体的冲动，究竟来自何方？

人性善恶之争，原本是个哲学问题；但在强大的政治面前，却显得如此苍白！

当年，确实有很优秀的学生倒在了同学的长矛下……多么残酷的互相残杀，而校史系史却从不记录杀人者和被杀者的姓名。年轻的生命在倒下那一刻，还真以为把自己奉献给什么伟大的事业了。在那个疯狂的年代里，那些在规模大大小小的武斗中“捐躯”的人们，还有人记得吗？……半个世纪过去了，父母的眼泪早已流干，“战友”的记忆恐已刷白，无谓的“壮怀激烈”、真正的“空悲切”！

※

在京郊一所中学斑驳的旧墙上，看到一条没有完全涂干净的大标语：五七道路走到底！孩子们问，这是什么意思？五七道路是什么路？“五七干校”。这对许多人来说，已经是十分陌生的事物了。

列车满载着“五七战士”轰隆隆轰隆隆地向祖国的四面八方开去。不知哪方神圣给起的雅号，这些被称为“战士”的人，男男女女老老少少，有意气风发者，有老弱病残者，挤满一节节硬座车厢，真有点奔赴前线“决一死战”的架势。据说，我们是在执行林副统帅的一号令，一道关于准备打仗的命令。

许多人扔掉大大小小的家具、扔掉成捆捆的书籍，拉家带口，扶老携幼，显然大都做好了“五七道路走到底”的准备，胸怀壮士去兮不复返的豪情。告别京城、告别校园、告别书本、告别知识、告别专业、告别过去的一切……莫回首，莫叹息，义无反顾，脱胎换骨，重新做人，老九们斗志昂扬地勇往直前，诚心诚意地“悟已往之不谏，知来者之可追”。

“五七干校”是“备战备荒为人民”的疏散地，更是与天斗、与地斗、与人斗的广阔天地。其实，与天地斗，都是为了与人斗，或者更准确地说，都是为了“斗人”。试想，让千百万手无缚鸡之力的公职人员、知识分子，带薪下放到穷乡僻壤，那是什么样的成本啊！当时，与人斗的主战场是“斗私批修”“灵魂深处闹革命”，每个人在“劳其筋骨”的同时，还要天天找差距、“狠斗私字一闪念”。在没完没了的生活会上，人人争先恐后地检讨自己如何怕脏怕累，如何怕冷怕热，如何怕水田里的蚂蟥或草丛里的毒蛇……而政治斗争的一个重要内容是“清理阶级队伍”“揪五一六”。“五一六通知”是“文化革命”的纲领性文件，可这回，这个数字却十分诡异。据说，有一个神秘的反动组织叫作“五一六”，其宗旨是反对周总理。在那个除了一个人不能反谁都能反的年代里，有人反对周总理并不是什么稀奇事。稀奇的是，谁是组织成员，他们都干了什么，全凭掌权者一张嘴，捕风捉影已经算是好的，子虚乌有比比皆是，连我这个一向对周总理充满崇敬的人也被冠上了“五一六分子”头衔，而且在批斗纲领中还写下了“不怕死人”的字样。欲加之罪，何患无辞。没完没了的政治斗争，繁重的体力劳动：砸石头、搬砖、盖房、下田……这就是我们在“五七干校”的生活，而且就准备下半辈子在此终了余生了。

“九一三”林彪客死异乡，我们的命运顷刻反转，结束“五七干校”生活，打道回府了。回头看看这段经历，总不免产生一种荒诞感——贝内特、尤内斯库重生，能否写出这样一出神仙打架，小鬼遭殃的脚本来？

跋

应柳公盛情邀约，我用笤帚扫了扫早被遗忘和尚未遗忘的旧文，惴惴不安地凑成了这本《无味集》。但愿读者在“无味”中，还能品出些味道来。

《无味集》源自“为无为，事无事，味无味”的名句。我是在退休之后才有了专属自己的三尺书室的，我便戏称之为“无味斋”，意指虽日日端坐于此，不过也是光阴虚度，强以无味为味，聊以自慰。

后　记

在我的记忆中，父亲非常热爱他的工作：教学与写作。从讲坛上退休之后，写作便成了他唯一的使命。他的作品以其专业领域——外国文学研究专著为主，不时也会写点夹叙夹议的散文，后者也许是他更想说的话。所以接到柳鸣九先生邀请后，他明知自己身处癌症晚期，仍欣然决定接受约稿加入“本色文丛”，于是便有了这本专辑。

本辑收录的文字有些曾见诸书报杂志，有些未曾发表，其中相当一部分是强撑病体专门创作的。旧文多与文学专业有关，新作则涉及甚广。无论新旧，每一篇都是有感而发，绝无应景敷衍之作。

父亲一向乐观而自信，虽身体每下愈况，却从未怀疑自己能否如约完稿，不料 2017 年 9 月 14 日住院后病情急转直下，于 10 月 8 日溘然长逝。值得庆幸的是，我们在整理遗稿时发现父亲已完成了《无味集》全部正文，并不影响履约出版。唯一的遗憾是他为全书所写的《跋》尚未完成，考虑到残篇虽短却是书名清晰的题解，我们决定就让它以原貌示人吧。

最后，特别感谢柳鸣九先生与出版社编辑们的帮助，使本书顺利出版，了却父亲一桩遗愿。还要感谢首都师范大学吴康茹教授使父亲最后一次登上他毕生至爱的讲台，将在学术研讨会上所做的演讲整理为成文；没有她的帮助，我们无法将极有纪念意义的《人是会思想的芦苇》收入本书。

黄水怒

2017 年 10 月 28 日

本色文丛

（柳鸣九主编　海天出版社出版）

《子在川上》柳鸣九 / 著

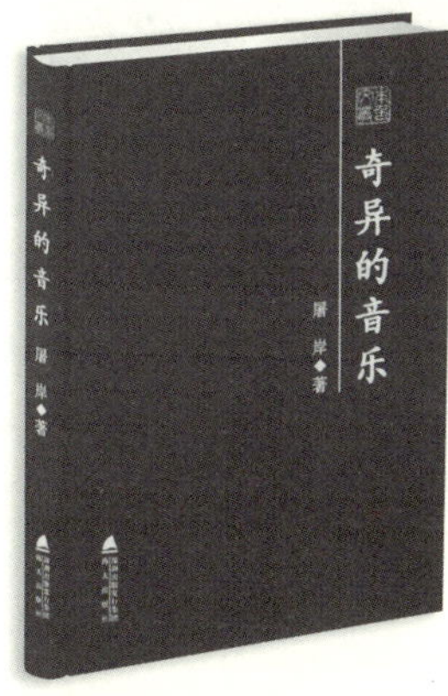

《奇异的音乐》屠　岸 / 著

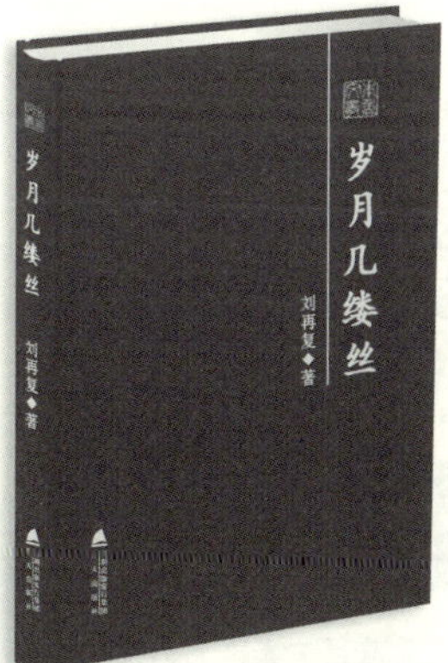

《岁月几缕丝》刘再复 / 著

《榆斋弦音》张　玲 / 著

《飞光暗度》高　莽 / 著

《往事新编》许渊冲 / 著

《信步闲庭》叶廷芳 / 著

《长河流月去无声》蓝英年 / 著

《坐看云起时》邵燕祥 / 著

《花之语》肖复兴 / 著

《母亲的针线活》何西来 / 著

《神圣的沉静》刘心武 / 著

《青灯有味忆儿时》王春瑜 / 著

《无用是本心》潘向黎 / 著

《纸上风雅》李国文 / 著

《花朝月夕》谢　冕 / 著

《秦淮河里的船》施康强 / 著

《风景已远去》李　辉 / 著

《美色有翅》卞毓方 / 著

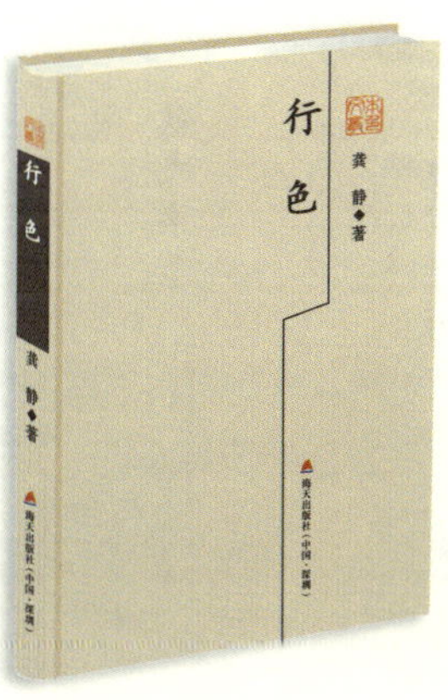

《行色》龚　静 / 著

《好女人是一所学校》梁晓声 / 著

《山野·命运·人生》乐黛云 / 著

《散文季节》赵　园 / 著

《春天的残酷》谢大光 / 著

《哲思边缘》叶秀山 / 著

《春深更著花》江胜信 / 著

《蛇仙驾到》徐　坤 / 著

《心自闲室文录》止　庵 / 著

《向书而在》陈众议 / 著

《四面八方》韩少功 / 著

《遥远的，不回头的》边　芹 / 著

《一片二片三四片》钟叔河 / 著

《乡愁深处》刘汉俊 / 著

《率性蓬蒿》陈建功 / 著

《披着蝶衣的蜜蜂》金圣华 / 著

《尘缘未了》李文俊 / 著

《艾尔勃夫一日》罗新璋 / 著

《无数杨花过无影》周克希 / 著

《无味集》黄晋凯 / 著

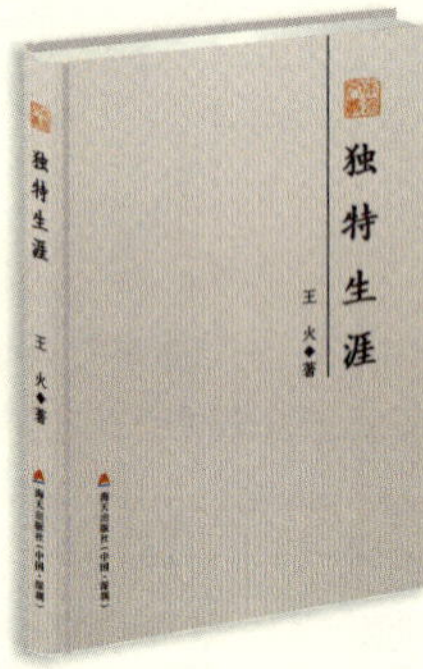

《独特生涯》王　火 / 著

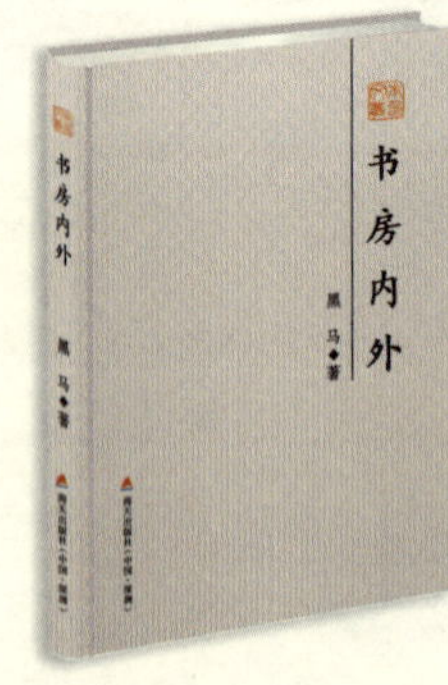

《书房内外》黑　马 / 著

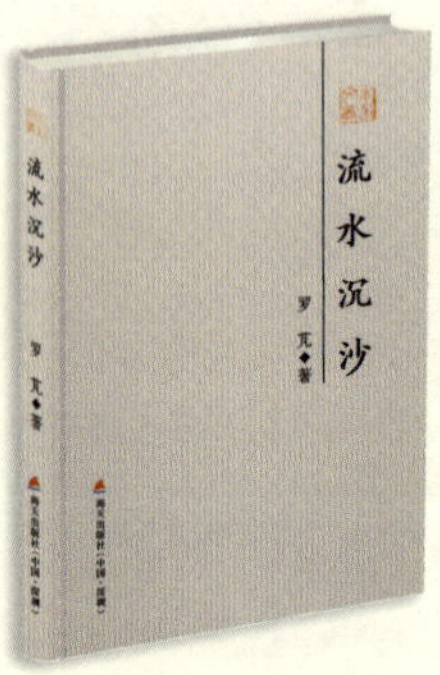

《流水沉沙》罗　芃 / 著